世界经典文学名著

阅读能让你充满智慧 · 智慧将带你通向成功

欧洲民间故事

廉东星 编

品读经典 · 传承文明

人民东方出版传媒
東方出版社

世界经典文学名著

名师导读/新阅读

名师导航

帮助学生了解文章内容，提高阅读兴趣。

名师精批

分析词句，引导学生深入理解文章含义。

好句积累

文中精彩句子收集，以便写作借鉴。

一个爱父亲像爱盐的公主

名师导航

一位愚蠢而肤浅的国王有三个女儿，他对三个女儿的要求简单而苛刻。因为他误解了三公主的话，便要砍掉三公主的脑袋，三公主要怎么活下去呢？

很久以前，在一个王国里，国王和王后一共生育了三位公主。大公主和二公主资质平平，并且相貌普通，可是三公主却聪明伶俐，并且温柔漂亮。国王的脾气十分古怪，他从不直接告诉别人自己的心情如何，而是制作了三个不同的宝座：一个是白色的，一个是红色的，还有一个是黑色的。如果他的心情十分愉快，他就会选择白色的宝座；如果他比较平静，他就会选择红色的宝座；如果他的心情十分郁闷，非常生气，他就会选择黑色的宝座。

【排比】指出国王的奇怪之处，为下文做铺垫。

有一天，大公主和二公主在陪着国王聊天，可是笨嘴拙舌的她们，没一会儿就惹得国王勃然大怒，他气冲冲地坐上了黑色的宝座。过了一会儿，三位公主都来向国王撒娇，希望自己的父亲不要再生气。

大公主说：“亲爱的父王，您为什么坐在黑色的宝座上？难道您还在生我的气吗？”

【语言描写】是什么惹得国王生气了？让读者产生好奇心。

国王回答：“没错，我对你的怒气还没有消散。”

大公主又问：“那您为什么生气呢？”

国王回答：“我认为你不爱我。”

大公主惊讶地说：“怎么可能？我非常非常爱您，我的名家导读，精心批注，扫除阅读障碍，提高阅读和写作能力。

拓展阅读

名师点拨

农民弟弟和鞋匠哥哥的性格特征对比鲜明，一个淳朴善良，一个狡诈贪婪。如果鞋匠哥哥知道满足，他就不会惨遭强盗杀害，也不会让强盗找到家中。相比之下，鞋匠的老婆的沉着冷静，让她自己和孩子都幸免于难，值得赞扬。

回味思考

1.农民的哥哥为什么劝他不要再去藏宝洞了？

2.女老板是怎么对付强盗的？

好词收藏

拮据　凶神恶煞　延伸　贫穷　依靠　考虑　安顿

好句积累

◈不一会儿，眼前就出现了一个山洞，山洞中堆满了各式各样的金银珠宝，从地面几乎堆到了洞顶，让人没有落脚的地方。

◈几天以后，鞋匠再次来到了那棵橡树下，他看着强盗从里面出来了以后才走进橡树里面。

◈弟弟心地善良，他十分担心自己的哥哥的安危，于是等到天黑以后，他又再次来到了橡树下。

名师点拨

分析文章的深层含义，让学生掌握重点。

回味思考

提出针对性问题，让“读”与“想”紧密结合。

好词收藏

收集精彩词语，丰富写作知识，让写作得心应手。

阅读导航

YUEDUDAOHANG

作品导读

世界上的童话是无穷无尽的，每个民族都有属于自己的美丽传说。欧洲是地球上的七大洲之一，在欧洲这片广袤的大地上，国家众多，当然也会有许多充满趣味性的、富有哲理的民间故事。这些经久不衰的民间文学，是欧洲人民的智慧结晶，在各国人民中口口相传、家喻户晓。

翻开《欧洲民间故事》，就仿佛进入了一个童话的世界。在这里，你可以看到善良美丽的公主，恶毒狠心的继母，深爱自己女儿的国王，沉睡百年的睡美人，勇敢无畏的王子……

这里的故事永远讲述着最美好的爱情、友情、亲情，永远讲述着正义最终战胜邪恶，让孩子们去领会真善美，远离假丑恶。

文学特色

民间故事是从远古时代起就在人们之间流传的一种以奇异的语言和象征的形式讲述人与人之间的种种关系，题材广泛而又充满幻想的叙事体故事。民间故事从生活本身出发，但又并不局限于人们认为真实的和合理的范围之内。

为了让这本《欧洲民间故事》成为所有孩子都喜爱的故事书，通过阅读这些故事让孩子真正了解欧洲的风土人情，激起阅读的兴趣，开阔视野，本书保留了故事所具有的民族特色和语言特色，使这些故事能更生动地展现在孩子面前。而且，本书故事内容包罗万象、活泼有趣，充满传奇色彩，情节扣人心弦，文字朴实无华却寓意深刻，既能教给孩子堂堂正正做人的道理，又能带给孩子通往成功之路的勇气和力量。

Contents

目录

阅读能让你充满智慧·智慧将带你通向成功

目录

父亲的行动

名师导航

聪明的盖尔什遇到了一个势利眼的老板娘，被她轻视不说，连晚饭都没有着落。盖尔什没有大吵大闹，而想到了一个巧妙的办法。让我们来看看老板娘是怎么乖乖送上饭菜的吧！

一天傍晚，盖尔什投宿在一家小旅店，他想吃完晚饭早点休息，可是旅店的老板不在家，老板娘看到盖尔什不像个有钱人，于是她没有给盖尔什准备晚饭。

盖尔什等了很久也没有吃到晚饭，他自言自语地说："既然不给我准备晚饭，看来我只能像父亲那样做，我知道他在遇到这种情况时会做什么。"说完，盖尔什就在房间里不停地走起来。

【语言描写】设置悬念，调动读者的好奇心。

老板娘看到盖尔什的古怪行动，心里有点害怕，她问盖尔什："如果您父亲遇到这种情况，他会怎么做呢？"

盖尔什看都不看老板娘一眼，继续来回踱着步，边走边说："对不起，与您无关，恕不奉告。"

看到盖尔什这样的举动，老板娘越想越害怕，她赶紧拿出好饭菜，招待盖尔什用晚餐，还特意打开一瓶上好的烧酒请盖尔什品尝。

【行为描写】老板娘害怕盖尔什做出什么可怕的事情，表现出老板娘惊慌的情绪。

等到盖尔什吃饱喝足，老板娘小心翼翼地向盖尔什提出那个让她困惑的问题："先生，请您告诉我，您刚才说，要像您父亲那样做，如果您父亲遇到刚才那种情况，他会怎么做呢？"

盖尔什看了看紧张的老板娘，一本正经地说："晚上没有晚餐，那就只好饿着肚子去睡觉，这就是我父亲遇到这种情况的做法。"

拓展阅读

名师点拨

盖尔什说自己要像父亲那样做，但没有具体指出怎样做，给欺软怕硬的老板娘留下了想象的空间。加上盖尔什故意做出古怪的举动，这就让老板娘不禁将事情往坏处想了。

回味思考

1.老板娘为什么不给盖尔什准备晚饭？

2.盖尔什的父亲的做法是什么？

好词收藏

投宿　自言自语　品尝　小心翼翼　困惑　一本正经

好句积累

◈ 盖尔什等了很久也没有吃到晚饭，他自言自语地说："既然不给我准备晚饭，看来我只能像父亲那样做，我知道他在遇到这种情况时会做什么。"

◈ 盖尔什看都不看老板娘一眼，继续来回踱着步，边走边说："对不起，与您无关，恕不奉告。"

◈ 看到盖尔什这样的举动，老板娘越想越害怕，她赶紧拿出好饭菜，招待盖尔什用晚餐，还特意打开一瓶上好的烧酒请盖尔什品尝。

教驴读书识字

名师导航

一个爱耍小聪明的人，总是不那么讨人喜欢，于是人们让他去教毛驴读书识字，奇怪的是，他居然答应了！面对一头毛驴，他该怎么教育它呢？

小朋友，你们认识一个叫厄仑史皮格尔的人吗？他是布拉格城里一个爱耍小聪明的人。最近，厄仑史皮格尔搬到爱尔福特去住了，因为他让很多布拉格人吃了亏，他担心这些人会报复他。

【反问】吸引读者的注意力，引出下文。

在爱尔福特有一所非常著名的大学，厄仑史皮格尔想到大学去当老师。于是，他写了一封信贴在这所大学里。

阅读笔记

大学里的老师们听说厄仑史皮格尔要来这里教学生，大家都非常担心，因为他们早就听说厄仑史皮格尔非常狡猾，在布拉格经常耍弄他们的同事，很多人都被他骗过。最后，他们想出一个办法，准备让厄仑史皮格尔给一头驴当老师。

驴是爱尔福特的特产，这里有很多很多驴，肥的、瘦的、大的、小的，应有尽有。老师们挑选了一头小毛驴，他们叫来厄仑史皮格尔，对他说："先生，我们看到了您张贴在校园里的信，知道您身怀绝技，世界上任何一头牲畜遇到您，都会在最短的时间内，学会读书识字。现在，请您收下这头小毛驴，让它当您的学生，接受您的教诲，可以吗？"

【语言描写】刻意刁难主人公，反映出老师们对主人公的厌恶心理。

厄仑史皮格尔想了想说道："当然可以。不过要教育这头小毛驴可要费一些时间，因为它是一个愚蠢又不安分的家伙。”

大学教师们答应给厄仑史皮格尔二十年的时间，让他教这头小毛驴学会读书识字。

【心理描写】
主人公心里有自己的盘算，他认为这些老师根本不可能真正困住他二十年。

厄仑史皮格尔接受了这份工作，他在心里盘算：“二十年，这不是开玩笑吗？如果哪一天老校长去见了上帝，我不就自由了？再说我的毛驴学生也活不了二十年，它死了，我还教谁？就算他们都活得好好的，我还可以跑回家去，谁能管得着呢？”

厄仑史皮格尔向学校提出，他要五百个银币作为毛驴学生的学费。于是，他得到了一些钱。

为了更好地给毛驴学生上课，厄仑史皮格尔搬到“钟楼”旅店去住，他让旅店的伙计准备一个独立的牲口棚，他要在这里给小毛驴上课。厄仑史皮格尔找来一本赞美诗，这可是一本相当古老的书。他把赞美诗放到草料槽里，把毛驴最爱吃的燕麦撒在赞美诗的书页间，这样毛驴在吃燕麦的时候，就不得不用嘴去掀动书页，看上去就像毛驴在翻书。等到毛驴把书页间的燕麦吃完了，它还会发出“咿啊，咿啊”的叫声。厄仑史皮格尔发现了毛驴的这个生活习性，他喜出望外，就更加认真地训练起小毛驴。

【行为描写】
知道想办法诱导毛驴，说明主人公确实有些小聪明。

过了一段时间，厄仑史皮格尔跑到校长办公室对校长说：“尊敬的校长先生，您还记得那头可爱的毛驴吗？您想了解一下它的学习情况吗？请您去看看您的毛驴学生，好吗？”

“哦，亲爱的厄仑史皮格尔老师，我当然不会忘记您和您可爱的毛驴学生，它现在还好吗？愿意和您学知识吗？”校长问道。

【语言描写】
强调毛驴的问题，突出自己在其中起到的关键作用。

“说起这个毛驴学生，真是让人头痛。以前它整天在外面疯跑，野性得很，根本不听管教。我对它的教育真是下了一番功夫，现在您去看看它的变化，真是不小啊！会读书识字，尤其是一些元音字母，它还能读出来呢！校长先生，如果您感兴趣，请您和我一起去看看这个可爱的毛驴学生上课的情景，请您亲耳听一听它发出的美妙的读音。”厄仑史皮格尔声情并茂地向校长描绘着小毛驴的习性，听上去简直神乎其神。

校长被厄仑史皮格尔的一番话打动了，他也想亲自去验证一下，这头小毛驴是不是真的学会了看书和发音。于是，他告诉厄仑史皮格尔，下午三点他和一些老师会亲自到小毛驴的教室去听课。

【心理活动】表现出了校长的好奇心理。

厄仑史皮格尔赶紧跑回旅店，他停止给小毛驴吃任何东西，一直让它饿到下午三点。当校长和大学里的一些老师准时到来时，厄仑史皮格尔拿出一本新书，放在草料槽里。正饿得发慌的小毛驴一看到这熟悉的情景，立刻用嘴翻动那本书，它以为还会在书里找到燕麦吃。可是翻来翻去什么也没有，小毛驴有些不高兴，它扯开嗓子高声叫道：“咿啊，咿啊……”

站在一旁的厄仑史皮格尔赶忙对校长说：“尊敬的校长先生，您听到了吧，我的毛驴学生已经会发‘I’和‘A’这两个元音啦！我想，不久的将来，它一定还会学到更多的知识。”

【语言描写】主人公又在耍小聪明了，将驴叫声说成是在发音。

可是，没过多久，校长去世了，没有人再关心这头小毛驴是不是又学会了新的发音。于是，厄仑史皮格尔放走了他的毛驴学生，任由它去过从前的那种自由生活。

拓展阅读

名师点拨

毛驴的眼中只有食物，它翻动书页也是为了寻找食物。主人公正是抓住了毛驴的这一行为习性，用食物加以诱导，才让毛驴形成了翻书本的习惯。而这时候就轮到主人公胡扯了，他将毛驴的叫声说成是在发音。

回味思考

1.老师们为什么决定让主人公教毛驴？

2.毛驴真的学会书本上的内容了吗？

好词收藏

著名　狡猾　应有尽有　身怀绝技　教诲　喜出望外

好句积累

◈ 大学里的老师们听说厄仑史皮格尔要来这里教学生，大家都非常担心，因为他们早就听说厄仑史皮格尔非常狡猾，在布拉格经常耍弄他们的同事，很多人都被他骗过。

◈ 驴是爱尔福特的特产，这里有很多很多驴，肥的、瘦的、大的、小的，应有尽有。

◈ 为了更好地给毛驴学生上课，厄仑史皮格尔搬到“钟楼”旅店去住，他让旅店的伙计准备一个独立的牲口棚，他要在这里给小毛驴上课。

◈ 厄仑史皮格尔声情并茂地向校长描绘着小毛驴的习性，听上去简直神乎其神。

青蛙姑娘

名师导航

青蛙姑娘破除魔咒很不顺利，她和王子的爱情会经历哪些挫折呢？让我们一起来看看吧！

国王有三个儿子，他们都已经到了结婚的年龄。国王说：“你们各自射出一支箭，箭落到谁家，不管遇见的是人还是动物，你们就娶谁家的女儿或动物当老婆。”

老大的箭落在了大臣家，老二的箭落在了富商家，老三的箭却落在了一只青蛙面前。老大、老二分别娶了大臣家的女儿和富商家的女儿，只有小王子非常沮丧地将青蛙带回来，问父亲：“难道我真的要娶这只青蛙吗？”

【设置悬念】选妻的箭竟然落在了青蛙面前，小王子会怎么做呢？

国王说：“当然，这是上天的安排。”小王子只有娶了那只青蛙。

几天之后，国王让三个王子的妻子分别给他做一炉面包，他要品尝谁的技术好。

小王子回去之后，不住地叹气。青蛙问：“亲爱的，你有什么心事？”小王子说：“父亲让你们三个儿媳分别烤一炉面包，你能做到吗？”青蛙说：“不用担心，没事的。”小王子没有多说什么，就去睡觉了。等他醒来时，却闻到了香喷喷的面包味。桌子上正放着一炉面包，小王子兴奋地将面包带进宫。国王品尝之后，认为青蛙儿媳的面包最好吃。之后，国王又让三个儿媳分别织一条地毯，看谁的手艺最好。

【语言描写】小王子不相信青蛙妻子能按父亲的要求烤出面包来，心里很烦闷惆怅。

小王子回去之后，对青蛙说：“父王让你们三个儿媳分

【细节描写】地毯精致漂亮，青蛙真是心灵手巧、贤惠能干。

别织一条地毯，希望你能够织好。”第二天，王子醒来时，看到一条色彩独特、构思巧妙的地毯。小王子将地毯带进宫，国王认为青蛙儿媳的地毯织得最好。之后，国王准备请三个儿媳进宫，设宴招待她们。

【铺垫】为下文写青蛙变成美人，坐着豪华的车子进宫赴宴做铺垫。

第二天，青蛙让小王子先走，并说：“你听到‘隆隆’的车轮碾马路声时，就说明我来了。”

哥哥们见小王子一个人进宫，便问他为什么不带青蛙过来。就在这时，宫外传来“隆隆”的声音，小王子说：“我的妻子来了。”

这时，八匹英俊的白马拉着一辆琉璃车停在宫门口，一位穿着华丽的美丽女子从车上下来。所有人都被她的美貌所吸引，都目不转睛地看着她。她来到小王子面前，握住他的手说：“愣着做什么？我就是你的青蛙妻子呀。”

宴会上，青蛙姑娘一边喝酒，一边把酒倒入左边的袖子中，将吃干净的烤鹅骨头放入右边的袖子中。她的两个嫂嫂以为这很优雅，就照做了。

【对比】用嫂子们的蠢笨粗野衬托出青蛙姑娘的优雅迷人。

舞会开始，青蛙姑娘开始跳舞。她一挥左臂，身后出现一汪碧水；她一挥右臂，水中出现了两只天鹅。她的两个嫂嫂学着做，左袖的酒洒到了王后身上，右袖的骨头扔到了国王的杯中。国王和王后很生气，将两个嫂嫂赶出宫去了。

舞会结束后，王子和青蛙姑娘一起回家了。半夜，王子趁青蛙姑娘睡着，就将她的青蛙皮烧了。青蛙姑娘醒来，知道青蛙皮被毁后，她伤心地说：“本来再过几天我就变成人了，但是现在青蛙皮没了，我将变成天鹅，飞到科士耶魔王那里。如果你是真心爱我的，就来救我吧。”说完，她就变成天鹅，从窗户飞走了。

【语言描写】王子的鲁莽行为害得妻子变成天鹅回到魔王身边。

小王子看着她飞远，流下了伤心的泪水。他来不及和国王辞别，就直接去寻找青蛙姑娘了。

在途中，小王子遇到了一个什么都知道的女巫。小王子问:“老婆婆,您知道科士耶魔王在哪里吗?”

女巫说:“我将这只鸽子送给你,它会带你去找科士耶魔王。不过你杀不死他的,因为他的外号叫‘不死魔君’。”

小王子请女巫告诉他杀死魔王的办法。女巫说:“只有找到一根钢针,将它砸断,才能杀了魔王。那根钢针在兔子的肚子里,兔子被锁在箱子里,箱子被挂在枞树上。而那棵枞树,由科士耶魔王亲自看守。好了,这些就是我知道的,祝你好运。”之后,女巫便离开了。

小王子在鸽子的带领下,去找科士耶魔王。在途中,他看到了一只大黑熊。当他准备射杀大黑熊时,黑熊说:“不要杀我,说不定我能够帮助你。”小王子不忍心杀害这头会说话的熊,就带着它一起上路了。

【叙述】

从王子不杀黑熊的行为可以看出,他是一个善良的人,而他的善良也为他带来了好运。

之后,小王子的队伍里又多了一只苍鹰。当他们见到科士耶魔王时,黑熊将枞树拔起,苍鹰啄死兔子,小王子从兔子肚内取出钢针,并用石头将钢针砸断,科士耶魔王被小王子打败了。

小王子重新找到了青蛙姑娘。青蛙姑娘恢复了人形,和王子重新生活在一起,过上了幸福生活。

拓展阅读

名师点拨

小王子身上有许多优秀的品质,如诚信、善良、勇敢、执着等。他没有因为妻子是一只青蛙而拒绝娶她,也没有因为救妻艰险而退却,像他这样的人,获得幸福是理所应当的。我们要像他一样,勇敢而执着地追寻属于自己的幸福。

回味思考

1.结合事例说明青蛙姑娘是个什么样的人。

2.描写跳舞的段落运用了什么修辞手法？有什么作用？

3.你认为小王子最后能救出妻子的原因有哪些？

好词收藏

沮丧　独特　巧妙　目不转睛　辞别　带领　恢复

好句积累

◈ 老大的箭落在了大臣家，老二的箭落在了富商家，老三的箭却落在了一只青蛙面前。

◈ 这时，八匹英俊的白马拉着一辆琉璃车停在宫门口，一位穿着华丽的美丽女子从车上下来。

◈ 她一挥左臂，身后出现一汪碧水；她一挥右臂，水中出现了两只天鹅。

◈ 她的两个嫂嫂学着做，左袖的酒洒到了王后身上，右袖的骨头扔到了国王的杯中。

◈ 当他们见到科士耶魔王时，黑熊将枞树拔起，苍鹰啄死兔子，小王子从兔子肚内取出钢针，并用石头将钢针砸断，科士耶魔王被小王子打败了。

我还给您石块

名师导航

有个吝啬的地主，他歧视穷人的行为，让我们的主人公盖尔什愤怒了，于是盖尔什决定教训地主一把。一起来看看盖尔什是怎么教训地主的吧！

有一次，盖尔什听朋友说，在赫梅利尼克有这样一个地主，他在路边开了一家旅店，可是只允许有钱人住店，穷人一律不准进去。更让人生气的是，如果有乞丐到他家乞讨，地主就会拿出一块石头对乞丐说："我能给你的只有这块石头，我可没有钱。"

【语言描写】通过语言描写塑造人物吝啬的形象。

听说了这些事，盖尔什非常气愤，他对朋友说："像这样嗜钱如命的人就应该受到惩罚。过几天我正好要到赫梅利尼克去，看我怎么教训他吧。"

几天后，盖尔什从梅吉波什起程前往赫梅利尼克。他随身带了三只崭新的大皮箱，里面不知装了什么东西，拎起来很沉重。

【设置悬念】皮箱里面装的是什么呢？引起读者兴趣。

当盖尔什到达赫梅利尼克之后，他派人把这三只大皮箱送到地主家的旅店，并在这里订了房间。地主看到盖尔什的行李，喜出望外，赶忙堆起笑脸招待这位尊贵的客人。他没有收任何押金，因为他觉得眼前这位客人一定是有钱人，准会让他狠狠地赚上一笔。

盖尔什在地主家的旅店里住了半个月，这天，他派人将地主叫来，对他说："我要外出一天，这些行李太重，带着

【语言描写】
故意吊起地主的贪心，引出下文。

不方便，就放在店里，请你替我保管。因为你是我见过的最诚实可靠的人。”地主欣然同意。盖尔什又说：“不过，我可要提醒你，这些箱子里装的都是些贵重东西，不能出任何意外。只要你做得好，等我回来会多付你钱的。”

地主连连点头，对天发誓会好好保护这三只皮箱。这样，盖尔什才离开旅店，可是他这一走却再也没回来。

原来，盖尔什已经回到了梅吉波什，当他把这件事讲给那位朋友听时，朋友摇了摇头说：“唉，可惜呀，让那个地主白白得到三只大皮箱。”

【语言描写】
表现出盖尔什缜密的思维，连箱子的便宜都没让地主占成。

盖尔什听罢哈哈大笑道：“那皮箱不是我的，它们是地主儿子的。他也住在梅吉波什，我向他借了三只皮箱，告诉他用完之后，我会送到他父亲在赫梅利尼克的旅店。”

后来，贪婪的地主从儿子那里知道了这三只皮箱的来历，他怒气冲冲地打开箱子，只见里面装的都是大石块。在石块中间还夹着一张字条，上面写着：听说您经常把石头送给穷苦人，还说我没有钱，只有石块。现在我就替那些穷苦人把石块还给您。字条落款写着三个字：盖尔什。

拓展阅读

名师点拨

地主没有施舍给乞丐，这说明地主为人吝啬，但也无可厚非。盖尔什决定教训他的原因在于地主歧视穷人，不容许穷人住店。主人公盖尔什并没有让地主付出惨重代价，只是将石头送给地主，让地主看清自己的做法。

回味思考

1.盖尔什为什么要教训地主？

2.大皮箱里面装的是什么？

好词收藏

气愤　惩罚　教训　崭新　沉重　发誓　贪婪　怒气冲冲

好句积累

◈更让人生气的是，如果有乞丐到他家乞讨，地主就会拿出一块石头对乞丐说："我能给你的只有这块石头，我可没有钱。"

◈地主看到盖尔什的行李，喜出望外，赶忙堆起笑脸招待这位尊贵的客人。

◈盖尔什在地主家的旅店里住了半个月，这天，他派人将地主叫来，对他说："我要外出一天，这些行李太重，带着不方便，就放在店里，请你替我保管。因为你是我见过的最诚实可靠的人。"地主欣然同意。

◈后来，贪婪的地主从儿子那里知道了这三只皮箱的来历，他怒气冲冲地打开箱子，只见里面装的都是大石块。

一个爱父亲像爱盐的公主

名师导航

一位愚蠢而肤浅的国王有三个女儿，他对三个女儿的要求简单而苛刻。因为他误解了三公主的话，便要砍掉三公主的脑袋，三公主要怎么活下去呢？

很久以前，在一个王国里，国王和王后一共生育了三位公主。大公主和二公主资质平平，并且相貌普通，可是三公主却聪明伶俐，并且温柔漂亮。国王的脾气十分古怪，他从不直接告诉别人自己的心情如何，而是制作了三个不同的宝座：一个是白色的，一个是红色的，还有一个是黑色的。如果他的心情十分愉快，他就会选择白色的宝座；如果他比较平静，他就会选择红色的宝座；如果他的心情十分郁闷，非常生气，他就会选择黑色的宝座。

【排比】指出国王的奇怪之处，为下文做铺垫。

有一天，大公主和二公主在陪着国王聊天，可是笨嘴拙舌的她们，没一会儿就惹得国王勃然大怒，他气冲冲地坐上了黑色的宝座。过了一会儿，三位公主都来向国王撒娇，希望自己的父亲不要再生气。

大公主说：“亲爱的父王，您为什么坐在黑色的宝座上？难道您还在生我的气吗？”

国王回答：“没错，我对你的怒气还没有消散。”

【语言描写】是什么惹得国王生气了？让读者产生好奇心。

大公主又问：“那您为什么生气呢？”

国王回答：“我认为你不爱我。”

大公主惊讶地说：“怎么可能？我非常非常爱您，我的父王。”

国王问道:“你怎么爱我呀?”

大公主回答:“我爱您就像爱面包一样。”

国王知道面包是生活中必不可少的,大女儿像爱面包一样爱自己,那自己对于大女儿的重要性就不言而喻了。这么一想,他没那么生气了。

【心理活动】
国王能理解的只是生活中的普通食物,可见国王头脑简单。

过了一会儿,二公主也来安慰国王了。

二公主说:“亲爱的父王,您为什么坐在黑色的宝座上?难道您还在生我的气吗?”

国王回答:“没错,我对你的怒气还没有消散。”

二公主又问:“那您为什么生气呢?”

国王回答:“我认为你不爱我。”

二公主惊讶地说:“怎么可能?我非常非常爱您,我的父王。”

国王问道:“你怎么爱我呀?”

二公主回答:“我爱你就像爱葡萄酒一样。”

【对话描写】
二公主嘴甜,可见二公主十分机灵。

国王知道葡萄酒是多么甜蜜,二女儿像爱葡萄酒一样爱自己,可见她对自己的感情是多么美好。这么一想,他高兴多了。

过了一会儿,小公主也来安慰自己的父亲。他们又重复了大公主和二公主的对话,可是小公主却说,她爱父亲就像爱盐一样。国王一听,刚刚平静下来的心情又掀起了风暴。他想着:“盐那么咸,我们每天都只吃一点点,如果多了便难以下咽。难道她对我的爱,就只有那么一点点吗?”国王越想越生气,认为小女儿辜负了自己的感情,便下令让人把小公主拖到森林里乱刀砍死。

【心理描写】
国王无法理解三公主的意思,表现出国王的肤浅。

这件事被王后知道了,她不忍心看着自己的小女儿惨遭杀害,便派人阻止了行刑的侍卫,救下了小女儿。在王后的卧室里,有一个十分精美的烛台,烛台下面是一个箱子。

箱子不大不小，小女儿躲进去刚刚好。于是，王后把小女儿藏在箱子里，还在箱子里放了一些食物和金币。

【语言描写】王后这么做的用意是什么？引人思考。

接着，王后找来自己最信任的心腹，告诉他："你把这个烛台带到集市上去，如果有人要买，你就仔细观察，倘若他看起来是个穷人，你一定要把价格喊得高高的，让他买不起。如果要买的人是个有钱人，你就把烛台的价格压低，便宜卖给他。"

仆人按照王后的嘱咐，将烛台带到了集市上。烛台十分精美，吸引了不少人前来询问价格，于是仆人把价格抬高得离谱，前来问价的人都被他吓走了。就这样一天过去了，太阳都快落山了。这时，一个穿着十分华丽的年轻人来到了烛台前。原来这个年轻人正是邻国高塔国的王子。仆人见他器宇轩昂、气质非凡，便把烛台以十分低廉的价格卖给了王子。

【叙述】看来王后的目的是想将公主托付给一个有钱人。

王子十分喜爱这个精致的烛台，就令随行的侍从将烛台先行运送回国。数日之后，王子终于回到了自己的国家。他刚一回到王宫，便立即让人把烛台搬到了餐厅里，准备好好欣赏。无论是谁来到餐厅里，都会被烛台的精致华美所震惊，他们纷纷赞叹着王子的好眼光。

【铺垫】大家都走了，为公主的现身做铺垫。

等到晚餐时，王子吩咐仆人们："我有事要出去一趟，你们把我的晚餐放在餐厅里，然后就可以退下了。我想要一个人用餐，不要有人留在餐厅。"仆人们按照王子的吩咐准备好了一切，然后便离开了餐厅。此时的餐厅一个人也没有，静悄悄的，躲在烛台箱子里的小公主，听见外面没了声响，便悄悄爬了出来。她把留给王子的晚餐都吃掉了，然后又回到了烛台里。王子办完事，回到王宫却发现什么吃的都没有。仆人们解释说，准备好的晚餐一定是被小猫或小狗偷吃了。王子只好让仆人另外准备一份，吃完饭后他便回房休息了。

到了第二天晚上，仆人们又把晚餐准备好放在桌上。

这一次，他们不仅把门窗关好，还把所有的小猫小狗都带出餐厅，以确保万无一失。可是当天晚上，王子从外面回来却发现桌上的晚餐全都变成了残羹冷炙。王子大发雷霆，把所有的仆人都狠狠训斥一番。事后，王子觉得这其中一定有蹊跷，他决定一探究竟。于是，第三天王子早早地就藏在餐桌下，并用餐桌长长的桌布遮挡住自己的身影。接着，仆人们将晚餐准备好放在餐桌上，然后带走猫狗，关上门窗便离开了。没过多久，小公主又从烛台里爬了出来，她见四下无人，便安心地坐在餐桌旁狼吞虎咽地吃起来。就在这时，王子却从桌子下跳了出来，一把抓住小公主的胳膊。小公主害怕极了，却又无法逃走。平静下来之后，小公主便把自己的经历向王子娓娓道来。王子听后，温柔地对她说："美丽的公主，对于你的经历，我十分同情。我想要让你成为我的妻子，以后让我来照顾你吧。但此事需要从长计议，你先躲回烛台里，之后的事我会安排好的。"

【心理活动】门窗都关好了还出现问题，王子开始起疑心了。

【语言描写】王子打算先做好计划，表现出王子的善良和理智。

第二天一早，王子便让仆人把烛台搬回自己的卧室，然后又命人准备两份早餐。当仆人们陆续离开卧室之后，王子立刻把房门锁好，然后才把小公主从烛台里放出来，他俩便躲在卧室里一起吃早饭。之后的午饭、晚饭都是如此。一连几天，王子都和小公主待在卧室里。国王和王后见王子不再与他们一同用餐，有些郁闷地抱怨道："不知我们的孩子在忙些什么？现在连饭都不和我们一起吃了。"王子听说了这件事，便想了很多方法来安抚自己的父母。

【行为描写】王子不想暴露小公主的事情，他有什么计划呢？吸引读者兴趣。

几个月的时间一眨眼就过去了，始终没有人发现小公主藏在王子的卧室里。这一天，王子对他的母亲说："妈妈，我想结婚了。"

王后一听，喜不自胜，连忙问道："太好啦！不知道是哪一个国家的公主这么幸运，能得到我儿子的青睐？"

王子回答："我卧室里有一个烛台十分精美，在我看来，

【语言描写】人要和烛台结婚，王后会答应吗？

它是这世上最美的，我要和它结婚。”

王后一听，勃然大怒道：“胡闹！你乃一国王子，怎么可能和一个烛台结婚，你是疯了吗？”

可是王子却说自己另有安排。他锲而不舍地劝说着自己的母亲，希望她能够在十天后为自己举办婚礼。王后就只有这一个儿子，耐不住王子软磨硬泡，最后只好答应了。

十天很快过去了，婚礼如期举行。这一天，一队华丽的马车从王宫浩浩荡荡驶了出来。第一辆马车最为华丽，上面坐着英俊的王子，旁边是一个精美的烛台。所有观礼的人都为王子要娶一个烛台而感到惊讶。来到教堂后，王子站在神父面前，亲手打开了旁边的烛台，然后从中抱出了小公主。此时的小公主穿着最为华丽的礼服，佩戴着璀璨夺目的珠宝，是那样光彩照人，明艳不可方物。所有的人都惊呆了，然后他们才纷纷上前祝贺王子，为他迎娶了如此美丽的姑娘而高兴不已。婚礼结束后，王子和小公主便把事情的来龙去脉一五一十地告诉了王后。

【外貌描写】描写小公主的美貌，引出人们惊奇的表现。

小公主的遭遇让王后同情不已，她说：“不用担心，孩子。我会想办法教训教训你的父亲，他应该知道谁才是这世上最爱他的。”

【设置悬念】王后为什么要再办一次婚礼？引起读者好奇心。

不久之后，王后便为王子和小公主重新举办了一次盛大的婚礼。这次婚礼，王后邀请了周围所有国家的国王前来观礼，小公主的父王自然也在被邀请的宾客当中。在婚宴上，王后告诉厨师：“我们有一位特殊的客人，他的饮食习惯和其他人不同，为他准备的所有饭菜，你都不要加盐。”

【语言描写】王后这么做，是为了让那位糊涂国王认识到盐的重要性。

接着，王后又对前来参加婚宴的宾客们说：“十分抱歉，各位贵宾。新娘身体抱恙，现在需要休息一会儿，请大家先享用美食，过一会儿，她会出来和大家见面的。”

于是，仆人们便把一道道精美的佳肴端上了餐桌，客人们开始享用。每一道菜都获得了所有人的赞美，大家纷纷赞叹着婚宴的丰盛与美味。可是，小公主的父亲却感到难以下咽，因为无论是他的汤，还是他的菜，抑或是他盘子当中的肉，全部都寡淡无味，一点咸味也没有。他觉得这些食物难以入口，可是周围所有的人都吃得津津有味，碍于颜面，他只好装模作样地吃了几口，可是越吃他便越难过。此时，他终于想起来自己美丽可爱的小女儿曾说过，她爱自己的父亲就像爱盐一样。国王十分懊悔，心痛难忍，忍不住在婚宴上哭了起来："我实在是太愚蠢了，我对自己的女儿都做了些什么呀？"

【语言描写】在众人面前不顾颜面地大哭起来，表现出国王的悔恨和自责。

王后和其他的来宾都注意到了他的异样，便纷纷上前询问。国王便将自己和小女儿的事告诉了在座的所有人。而这时，王后笑着让仆人去请新娘进来与大家一同用餐。当新娘走进餐厅，国王才发现那不是别人，正是自己的小女儿。国王激动得热泪盈眶，连忙和女儿抱在一起。

【行为描写】本以为已经死去的女儿却重新出现，可见国王内心的激动。

小公主把事情的经过完完整整地告诉了自己的父亲，国王这才长舒一口气，感叹道："因为我的愚蠢和狂妄，差一点我就失去了最爱我的女儿。"看到这一幕，坐在一旁的小公主的母亲更是激动得泣不成声，一家人终于团圆了。之后，王子的国家又接连举行了好几天的晚会，以庆祝他与小公主的婚姻。

拓展阅读

名师点拨

王后要将烛台卖给有钱人，是期望女儿逃出王宫后能有好的生活。幸运的是，事实超出了王后的期待，小公主找到了一位充满智慧的王子，不仅收获了幸福，还解开了和父王之间的误会。

回味思考

1.国王为什么要杀小公主？
2.王子是怎么抓住小公主的？

好词收藏

郁闷　笨嘴拙舌　勃然大怒　不言而喻　安慰　辜负
精致　残羹冷炙　大发雷霆　蹊跷　狼吞虎咽　娓娓道来

好句积累

◈ 大公主和二公主资质平平，并且相貌普通，可是三公主却聪明伶俐，并且温柔漂亮。

◈ 有一天，大公主和二公主在陪着国王聊天，可是笨嘴拙舌的她们，没一会儿就惹得国王勃然大怒，他气冲冲地坐上了黑色的宝座。

◈ 此时的餐厅一个人也没有，静悄悄的，躲在烛台箱子里的小公主，听见外面没了声响，便悄悄爬了出来。

◈ 此时的小公主穿着最为华丽的礼服，佩戴着璀璨夺目的珠宝，是那样光彩照人，明艳不可方物。

◈ 可是，小公主的父亲却感到难以下咽，因为无论是他的汤，还是他的菜，抑或是他盘子当中的肉，全部都寡淡无味，一点咸味也没有。

◈ 他觉得这些食物难以入口，可是周围所有的人都吃得津津有味，碍于颜面，他只好装模作样地吃了几口，可是越吃他便越难过。

以牙还牙

名师导航

小伙子养了头膘肥体壮的奶牛，原本能卖个好价钱，可被三个农夫坑骗后只好甩卖！小伙子咽不下这口气，他会想出什么办法对付这三个农夫呢？

话说村子里有个名叫希特尔·彼得的人，他头脑灵活，办法多，村里人都叫他“聪明人”。没想到，这个称呼却引起村里三个农夫的嫉妒。他们经常凑到一起说希特尔·彼得的坏话，败坏他的名声，还想找机会捉弄他。

【叙述】介绍故事背景，指出人物间的矛盾点，引出下文。

希特尔·彼得家里养了一头奶牛，他每天给它喂水喂料，照顾得非常仔细，这头奶牛长得膘肥体壮，招人喜爱。正巧，邻近村子里要举行农产品集市，各家各户的马、牛、羊之类的大牲畜都可以在那里进行买卖交易。希特尔·彼得打算把这头奶牛牵到集市上卖个好价钱。

这天一大早，希特尔·彼得牵出他的奶牛，经过一番精心收拾之后，他牵着奶牛上路了。村里的三个农夫听说希特尔·彼得要到集市上卖奶牛，他们也早早地从家里出来，不过，他们并没有一起走，而是分别等在希特尔·彼得去集市的路上，制造与希特尔·彼得偶遇的假象。

【设置悬念】三个农夫会怎么对付主人公呢？引起读者兴趣。

第一个农夫看到希特尔·彼得牵着奶牛走过来，他装模作样地向希特尔·彼得行礼问好，然后假意问道：“您牵着牛要到哪里去呀？”

希特尔·彼得想不到他们会捉弄自己，告诉农夫他要到集市上去卖奶牛。

农夫一听，故意睁大眼睛看着奶牛说：“多好的一头奶牛啊！可惜，多一条尾巴，要是没有尾巴，一定能卖个好价钱。”

希特尔·彼得觉得很奇怪，忙问农夫为什么没有尾巴的奶牛会卖个好价钱。

农夫说：“因为没有尾巴的奶牛非常稀少，物以稀为贵嘛。”

【心理描写】表现出主人公此刻贪婪的心思。

希特尔·彼得觉得这话有道理，他看看自己的奶牛，心想：只要能卖个好价钱就算割了尾巴也值得。于是，希特尔·彼得割下奶牛的尾巴，然后继续赶路。

没走多久，希特尔·彼得遇到第二个农夫，他也虚情假意地向希特尔·彼得问好，然后劝他砍下牛角，因为这样可以卖更高的价格。希特尔·彼得同样相信了他的话，砍下牛角，继续向集市走去。

走到离集市不远的地方，第三个农夫走了过来，他先把这头没有尾巴没有角的奶牛夸耀一番，然后说道：“如果再把牛耳朵割下来，那就太完美啦！这才是世界上独一无二的奶牛，一定能卖个天价！”

【行为描写】主人公被利益蒙蔽了内心，一心想着卖个好价钱。

希特尔·彼得真是鬼迷心窍，他当真割下奶牛的耳朵，以为这样就能卖到最好的价格。

当希特尔·彼得牵着他那没角、没耳朵、没尾巴的奶牛走进集市时，大家都好奇地围了上来。原本好多人都喜欢这头壮实的奶牛，可是一看到它的怪模样，谁都不肯买。最后，希特尔·彼得只好把奶牛送进屠宰场，换了可怜的几块钱。

希特尔·彼得很后悔听了三个农夫的话，现在他才明白这是他们在捉弄他。回家的路上，希特尔·彼得又看到那三个农夫，他们满脸坏笑地向希特尔·彼得打招呼，眼睛里露出嘲笑的目光。

【埋伏笔】为下文主人公的报复埋下伏笔。

希特尔·彼得恨透了他们，心里暗暗发誓要报仇，但是表面上却显得很平静，还要请他们到家里做客，以表示对三个人的感谢。

这天，希特尔·彼得请三个农夫来家里吃饭。在他们来之前，希特尔·彼得指着家里的兔子对妻子说：“等一会儿客人来的时候，我不在家，你就让这只兔子去找我，我很快就回来。”说完，希特尔·彼得就到田野里找了一个离家近还能听到狗叫的地方躲了起来。

【行为描写】表现出三个农夫爱贪小便宜的性格。

三个农夫兴冲冲地来做客，希特尔·彼得的妻子热情地接待了他们，她请他们在屋子里坐下，然后拎出一只兔子，对他们说：“我马上就让它把希特尔·彼得叫回来。”三个农夫看着希特尔·彼得的妻子，只见她对兔子说：“客人到了，快到田里把主人叫回来。”说完，她把兔子放到路口，兔子蹦蹦跳跳地跑开了。村里的狗看到兔子就汪汪地大叫起来，躲在田里的希特尔·彼得听到狗叫声连忙往家跑。

【叙述】三个农夫急着印证兔子的神奇之处。

看到希特尔·彼得进门，三个农夫很惊讶，他们连忙向希特尔·彼得寻问是谁告诉他家里来了客人。希特尔·彼得笑了笑回答道：“是我家的兔子跑到地里告诉我家里来了三位贵客。”

三个农夫很好奇，想再看看这只兔子。希特尔·彼得拎出家里的另一只兔子对他们说：“这就是我家的宝贝兔子，拿座金山我都不换啊。”

其实，希特尔·彼得家里有两只长相差不多的兔子，三个农夫根本分辨不出来。

【行为描写】主人公只是在装模作样，好抬高兔子的价钱。

三个农夫被这只神奇的兔子迷住了，他们想买下它。可是希特尔·彼得说什么也不卖。费了一番周折，最后，三个农夫用高出那头奶牛几倍的价格买走了这只兔子。

三个人小心翼翼地抱着兔子往家走。路上，他们发现了一个大问题：兔子只有一只，他们三个人怎么分呢？总不能把一只兔子分成三份吧？他们争来吵去，谁也不肯让步，最后，他们商量出了一个办法，让兔子每天轮流在各家生活几个小时，谁也不能多占一分钟。

【叙述】三个笨蛋要试验兔子的神奇之处了，让人期待。

大家对这个办法都表示满意，这时，他们已经离希特尔·彼得家很远了，其中一个农夫提议，让兔子再表演一下它的神奇本领。于是，他们分开站好，一个人抱着兔子，跑到离其他两个人很远的地方，让兔子把其中一个人找过来。他学着希特尔·彼得妻子的样子，也把兔子放到路口，可是，兔子却没有像他们希望的那样去找主人，而是自己跑开了，没等三个人想明白，兔子已经跑得无影无踪了，路上只留下三个呆若木鸡的农夫。

【突出中心】强调居心不良不会有好的结果，警醒读者。

三个居心不良的人终于受到应有的惩罚，心存邪恶必将付出高昂的代价。

拓展阅读

名师点拨

主人公并非蠢人，只是最开始没有坏心眼，加之有着利益摆在眼前，他才轻信了三个农夫的话。后文中主人公的表现更证明了他的智慧，同时反映出主人公不是一个甘愿吃亏的老实人！

回味思考

1.主人公为什么要割掉奶牛的耳朵？

2.三个农夫为什么要买兔子？

好词收藏

嫉妒　败坏　膘肥体壮　装模作样　独一无二　鬼迷心窍

后悔　分辨　商量　无影无踪　呆若木鸡　高昂　代价

来自诺克格拉夫顿的传说

名师导航

传说诺克格拉夫顿曾出现过两个驼背，他们生活在同一个时代。其中一个驼背得到了仙人的帮助，而另一个则遭受了惩罚。是什么影响到了仙人对他们的态度呢？

从前，有个穷人，生活在肥沃的阿尔洛山谷里。他是个驼背，远远看去，身子似乎折叠着架在肩膀上，他的脑袋非常沉重，坐着时必须用膝盖撑着下巴。村里人都不想在人烟稀少的地方碰到他，虽说这个无辜的人像新生儿一样纯洁善良，但他残疾的身体像个怪物。

【外貌描写】描写人物的外貌特征，塑造人物外在形象。

一些坏心眼的人到处说他的坏话，说他喜欢研究草药和符咒。说句真话，他确实喜欢用稻草和灯芯草编帽子和篮子，并靠这个手艺挣钱吃饭。

因为他喜欢往自己的草帽上插一支叫“仙人帽”或“毛地黄”的小草，所以人们给他取了个绰号——毛地黄。他编的东西卖得比其他人要贵些，但很多人都愿意买。可能是出于嫉妒吧，所以才会有各种关于他的谣言出现。但不管是不是这样，在一个晚上，毛地黄从凯尔小镇回到卡帕。他因为身子矮小，还是驼背，所以只能缓慢地走路，等他到达诺克格拉夫顿的古老山寨时，天都黑透了。山寨在大路右边。他感到非常困倦，想到还有一晚上的路要走，他就非常难过。想到这里，他就坐在了山寨边，大口喘着粗气。他的心情很差，抬头望天，却看到：

【叙述】人们给他取的绰号反映出了人们对主人公的轻视之心。

【比喻】
将月光下的云彩比喻成披肩，生动而美好，反映出了主人公纯洁的内心世界。

彩云追月，明月高悬。

好一派女王气象，照出万丈荣光！

给暗夜送上闪亮的披肩！

就在这时，身材矮小的毛地黄听到了超凡脱俗又潇洒的歌声。他仔细聆听，发现自己此生从没有听到过这么让人激动的音乐。好像有很多声音同时歌唱，它们巧妙地融合在一起，是那么和谐，不同的曲调构成了美好的韵律。他听到的歌词应该是这些：

达鲁安，达莫特，达鲁安，达莫特，达鲁安，达莫特。

他们一直在歌唱，经过了短暂的停顿后，美好的旋律又再次响起了。

【侧面描写】
描写毛地黄的反应，从侧面衬托出歌声的优美动听。

毛地黄仔细地听着他们唱歌，连呼吸都放低了声音，就怕自己错过细微的音调。他知道这乐声是从山寨传来的。不过尽管这声音让他沉醉，但始终听这一成不变的调子，也让他感到些许烦躁。所以，当听到“达鲁安，达莫特”唱过三遍之后，他趁着停当，就将调子升高了，按照这个旋律接着唱：奥古斯，达达丁。

那些诺克格拉夫顿的仙人们——果然是仙人们唱着歌——他们突然听到自己的旋律里有这样一句，非常高兴，他们当即决定邀请凡人加入其中，因为他的才华要胜于仙人们。然后一阵旋风，就把毛地黄卷了起来，将他带到仙人那里。

【暗喻】
以稻草作比，突出此刻这神奇的一幕。

毛地黄在天空飞旋，像稻草般轻盈，随着优美的韵律飞到了山寨。眼前的场景让他终生难忘！仙人们用最诚挚的礼节接待他，认为他是最出色的音乐家。他们让侍者伺候他，对他非常热情，向他表达最诚挚的敬意，简单地说，此时，在仙人眼中，他就是这片土地的国王。

毛地黄发现，仙人们正在进行热烈的讨论。虽然他们很有礼貌，但他还是很害怕。这时，有位仙人走来对他说：

毛地黄啊！毛地黄啊！
不要担忧，不要害怕！
看你后背的驼背，
已经了无踪迹。
群聚的仙人啊，
将它扔在地上。
你看看啊，毛地黄！

紧张的毛地黄顿时感觉自己是那样开心、快乐，如释重负，仿佛自己轻轻一跃就能跳到月亮上，就如同神仙一样。驼背从他的身上掉落，让他感到非常开心。他尝试着向上抬头，非常小心，怕撞到天花板。他愉快地活动脑袋，看着周围的场景，发现四周是那么的美好。眼前的事情发生得太突然了，让他感到头晕目眩，后来他的眼前一片黑暗，最后他瘫倒在地，睡着了。当他睡醒的时候，天已经亮了，太阳高高地挂在天空，鸟儿叽叽喳喳地叫着。他在诺克格拉夫顿的山寨脚下静静地躺着，母牛和羊群在旁边吃草。毛地黄伸手摸了摸自己的脖子，看看驼背是否还在——真的没有了！他激动地看着自己，发现他已经变成一个体态健硕、俊美不凡的小伙子了，不光是这样，他还拥有了一套新衣服，应该是仙人们赠送的。

【动作描写】表现出主人公雀跃、激动的心情。

【叙述】是仙人们完成了毛地黄的愿望，刻画出仙人们神圣、善良的形象。

他大步走向卡帕，走一步跳一下，仿佛自己是个舞蹈大师。因为没有人见过他去掉驼背的样子，所以他花了很长时间告诉别人自己是谁——事实上他已经换了模样，外表根本看不出以前的样子。

很快，大家都知道了毛地黄的故事，人们都觉得这很神奇。整个村子里的人，无论是富人还是穷人，都在讨论这件事。

【铺垫】毛地黄成名了，为下文做铺垫。

有一天早上，毛地黄满心欢喜地坐在自己的屋前，这时一位老奶奶走了过来，向他询问去卡帕的路。

“不需给你指路，好奶奶，”毛地黄说，“这个地方就是卡帕，你要找谁呀？”

“我呀，”老太太说，“我从沃特福德郡的迪席村来的。我要找毛地黄，听说仙人治好了他的驼背，我朋友的儿子也是驼背，他早晚会没命的。我想他能不能也学学毛地黄的办法，将自己的驼背治好呢。你现在知道我为什么来了吧，我就是想知道毛地黄的办法，希望他能告诉我。”

【行为描写】毫不藏私地讲了出来，表现出毛地黄无私的品格。

毛地黄非常善良，他把整件事情都告诉了那位老太太，包括他是如何拔高了仙人们的曲调，他的驼背又是怎么从肩头掉下的，还有他因何得到了一套崭新的衣服。

听完毛地黄详细的描述，老太太非常感激他，她向毛地黄道谢之后就愉快地回去了。她回到沃特福德郡，来到了自己的好友家，将毛地黄告诉自己的事情都告诉了她的好朋友，然后她们就把这个驼背的孩子——他自小就身材矮小，人又油滑——扶上了车，大家把他推出村子。这条路很远，但她们不害怕，因为她们心中只有一个念头，就是治好这个驼背的孩子。她们想在天黑前到达诺克格拉夫顿的古老山寨，让他待在那里。

【铺垫】描写出驼背孩子油滑、懒惰的形象，为下文做铺垫。

杰克·马顿——驼背孩子的名字——他刚坐下，山寨就传出了歌声，这声音越发好听了，仙人们是按照之前毛地黄改好的调子唱的，现在这首歌变成了：达鲁安，达莫特，达鲁安，达莫特，达鲁安，达莫特，奥古斯，达达丁。现在中间缺少了停顿。

杰克·马顿太讨厌自己的驼背了，仙人们没有唱完，他就忍不住了，没有耐心等待好时机来调高曲调。他发现仙人们都唱到第七遍了，依然没有停下来，就急得大叫道：奥古斯，达达丁；奥古斯，达达丁。他的怪叫没有节奏，更谈不上旋律，也没有仔细打磨歌词。他认为加了一句仙人们就会很高兴，那加两句仙人们岂不是更开心。如果仙人

【语言描写】表现出人物急躁、自以为是的性格特征。

赠送了毛地黄一套新衣，那他一准儿能得到两套。

他刚叫出声音，就有股怪风将他带到了山寨。仙人们围在他身边，歇斯底里地大叫道："谁这么大胆子敢破坏我们的曲调？哪个可恶的家伙破坏了我们的曲调？"

【语言描写】可见仙人们酷爱音乐，被人破坏后非常愤怒。

这时，一个仙人来到他跟前说：

"是杰克·马顿！是杰克·马顿！

你的插嘴实在难听，

破坏了我们最爱的曲子，

也摧毁了我们的城堡。

我们必须惩罚你的过失，

快给杰克·马顿加上个驼背！"

这时走出二十个身体强壮的仙人，他们高高举起毛地黄的驼背，装在了杰克·马顿的背上，这个驼背贴在了之前的驼背上，粘贴得非常牢固，人们准以为是最厉害的木匠拿一打钉子钉上的。他被仙人们踹出了城堡。天亮以后，他的妈妈和好友找到了他，看到他奄奄一息地躺在山寨脚下，他的后背又多了个驼背，我的天啊，她们吓得目瞪口呆！但她们一句话都不敢多说，生怕自己的后背也多个驼背。她们心如死灰，默默地将可怜的杰克·马顿装上车带回家。因为自己身上又多了个驼背，一路车马劳顿后，没多久杰克·马顿就离开人世了。大家都在说，他给世人留下个诅咒，任何人都没有胆量聆听仙人们唱歌了。

【动作描写】给驼背再加装个驼背，语句诙谐，增加故事趣味性。

拓展阅读

名师点拨

毛地黄有着纯洁的内心，他心中的音乐也是纯洁美好的，因此得到了仙人们的帮助。反观另一个驼背杰克·马顿，这家伙油滑懒惰，又缺少耐性，更别说音乐才能了，他的下场也就在情理之中了！

回味思考

1.杰克·马顿是个怎样的人？

2.仙人们为什么要惩罚驼背杰克·马顿？

好词收藏

肥沃　人烟稀少　困倦　超凡脱俗　潇洒　聆听　韵律
一成不变　诚挚　头晕目眩　瘫倒　俊美不凡　崭新

好句积累

◈ 他是个驼背，远远看去，身子似乎折叠着架在肩膀上，他的脑袋非常沉重，坐着时必须用膝盖撑着下巴。

◈ 村里人都不想在人烟稀少的地方碰到他，虽说这个无辜的人像新生儿一样纯洁善良，但他残疾的身体像个怪物。

◈ 好像有很多声音同时歌唱，它们巧妙地融合在一起，是那么和谐，不同的曲调构成了美好的韵律。

◈ 眼前的事情发生得太突然了，让他感到头晕目眩，后来他的眼前一片黑暗，最后他瘫倒在地，睡着了。

◈ 天亮以后，他的妈妈和好友找到了他，看到他奄奄一息地躺在山寨脚下，他的后背又多了个驼背，我的天啊，她们吓得目瞪口呆！

天上的星星

名师导航

有个想要摘星星的小姑娘，因为父母帮不了她，所以她便自己开始了一段精彩的冒险之旅，可就在她快要摘到星星的时候，突然掉了下来。到底是怎么回事呢？一起来看看吧！

很久以前，有一个小女孩，她很想摘下夜空的星星。只要是天气晴好的夜晚，小姑娘就会抬头看着灿烂的星空，她心里想，如果能摸到星星，那将是多么美好的一件事啊！她请求爸爸妈妈给她摘几颗星星，但爸爸妈妈告诉她不要胡思乱想。她真的非常想要星星，经常在幻想中入睡。

【叙述】直接点出故事发展的起因。

有一天，小姑娘一个人出门了，她要自己去寻找星星。当她看到旧磨坊旁的贮水塘时，就问贮水塘说："打扰了，请问您是否见过星星？"

【对话描写】小姑娘与贮水塘进行对话，奠定了本文的童话风格。

"我见过，"贮水塘说，"星星很喜欢来我这里玩呢，如果你能跳下来，也许就找到它们了。"

小姑娘听完，马上跳入了贮水塘。她一直往前游，可连星星的影子都没看到。她的眼前只有一条小溪。她询问小溪道："小溪，你是否见过天空的星星？我想摘几颗。"

"我当然见过星星啊，"小溪说，"星星经常来岸边游玩。你就顺着堤岸走，没准儿能发现星星的踪迹。"

小姑娘一直朝前走，感到非常疲累，但始终没有发现星星。她又来到了一片草地上，看到仙女们正在做游戏。

"打扰一下，"小姑娘问，"你们有没有见过星星啊？我

阅读笔记

想知道哪里可以找到星星。”

“我们见过的，”仙女们说，“星星会在草地上玩耍，我们经常看到它们的亮光，你同我们跳舞吧，这样你就能看到它们了。”

【神态描写】没能如愿就哭，刻画出小姑娘天真的形象。

小姑娘和仙女们跳起舞来，可依然没看到星星。她太累了，就坐在地上号啕大哭。

“我在水里游泳，还去了岸边，现在也跳了舞，”小姑娘说，“可依然没看到星星。如果你们不帮我，那就没人能帮我了。”

“小姑娘，”仙女们说，“如果你不想回家找妈妈，那我建议你朝前走。”

“你的意思是我能摘到星星？”小姑娘问。

【语言描写】借仙女的话交代后文情节走向，为下文做铺垫。

“可能吧，”仙女们说，“你要先找到有四条腿的，然后你们一起去寻找那个没有腿的，那个没有腿的能带你寻找没有梯级的梯子，你爬上没有梯级的梯子，如果没到星星旁边，那就是到达了其他地方。”

小姑娘跟仙女道了别，打起精神，念叨着仙女的话。

没多久，小姑娘就来到了一片黑森林，林边树上有一匹马。

“打扰一下，”小姑娘问马，“我想找天空的星星，你能帮忙吗？”

“那不行，”马说，“我可不管这个事儿，我是给仙女们做事的。”

【语言描写】按照话中的意思具体要怎么做呢？引发小读者们思考。

“仙女们说，我要先找到有四条腿的，然后我们一起去找那个没有腿的，而没有腿的可以帮我找没有梯级的梯子。我爬上梯子，应该就能找到星星了。”

“是这么回事啊，”马说，“解开缰绳，你就到我背上来吧。”

小姑娘赶紧把缰绳解开，一跃上了马背，马就跑向了黑森林。他们很快就从森林出来，到达了大路，顺着大路他们到达了海边。马在海边停住了。

“小姑娘，从我身上下来吧，”马说，“我的工作结束了。”

小姑娘从马背上跳下来说：“请问，您能告诉我哪里能找到没有腿的吗？”

“我不管这个事儿，”马说，“我已将你带到陆地的尽头，四条腿的只能到达这里。”

【语言描写】马完成了自己的任务，便不再管小姑娘了。

马说完，就抬起脖子，朝黑森林的方向奔去了，把小姑娘扔在了海边。

小姑娘不知所措，这时一条大怪鱼来到她旁边，鱼儿将头探了出来。

“打扰了，”小姑娘说，“我想找天上的星星，你能帮忙吗？”

“这可不行啊，”鱼儿说，“我不管这事儿，我只负责伺候仙女。”

“是仙女让我来的，”小姑娘说，“仙女让我寻找没有腿的，没有腿的帮我寻找没有梯级的梯子，我只要上了梯子就能看到星星。”

【语言描写】四条腿的马，没有腿的鱼儿，那没有梯级的梯子又是怎样的呢？引人遐想。

“好吧，”大怪鱼说，“你到我背上来吧。”小姑娘赶紧爬到鱼背上，她的两腿分开，紧紧抓住鱼背。鱼的后背很滑，坐得不是很稳，但小姑娘抓住了鱼鳍，就这样她骑着怪鱼往海里去了。

他们顺着宽广的闪光水路来到了大海中，发现在水路尽头的天上有个五光十色的东西：有红色、黄色、蓝色和绿色，天空都是这个颜色。他们来到那个东西下面，这时鱼说：“小姑娘，从我身上下来吧，我们已经在没有梯级的梯子旁了，咱们就在这里分开吧，我已经完成了仙女交代的事情。”

【景物描写】这就是没有梯级的梯子，引发读者联想。

小姑娘从鱼背上下来，鱼儿转身离开了。

小姑娘一个人站在那个五光十色的东西下面，非常害怕，她那么矮，梯子太高了。但好奇心战胜了恐惧，那东西太闪亮了，非常吸引人。于是，她爬了上去，爬了很久很久，费了很多体力，但依然没有发现天上的星星。她越到高处，就觉得越发明亮，后来她的眼睛都看花了。她感到头重脚轻，突然脚滑了一下，她就直直地摔了下去，她的身体一直下落，假如卧室的地板没有接住她的话，她应该还在坠落。小姑娘睁开眼睛的时候，发现天已经亮了。

【动作描写】原来小姑娘还在卧室内，一切都只是一场梦。

拓展阅读

名师点拨

小姑娘为了找到星星，在仙女的指导下展开了一场冒险之旅。从四条腿的马儿，到没有腿的鱼儿，再到没有梯级的阶梯，一个浪漫的童话世界渐渐铺开，这也是小姑娘内心的写照。

回味思考

1.仙女让小姑娘找的“四条腿的”指谁？

2.仙女话中“没有腿的”指谁？

好词收藏

胡思乱想　踪迹　疲累　不知所措　五光十色　坠落

好句积累

◈小姑娘赶紧把缰绳解开，一跃上了马背，马就跑向了黑森林。

◈小姑娘不知所措，这时一条大怪鱼来到她旁边，鱼儿将头探了出来。

◈小姑娘一个人站在那个五光十色的东西下面，非常害怕，她那么矮，梯子太高了。

海陆两行船

名师导航

某个穷苦人家的三个儿子都想要娶公主，三兄弟之中只有小儿子勤劳朴实，他顺利地完成了国王的要求，可国王反悔了，他该如何应对呢？

很久很久以前，有位国王下了道奇怪的命令：

如果谁能够造出这样的一条船——既能在海面上航行，又能在陆地上使用，那么我就将我的女儿许配给他。

在这个国家里住着一位老父亲，他和三个儿子相依为命。一匹马、一头驴和一头小猪，就是他们所有的财产。

【叙述】介绍故事背景，交代关键人物，引出下文。

有一天，他的大儿子听说了这道命令。他想娶美丽的公主为妻，就缠着他的父亲，求他将马卖掉，这样得来的钱就可以用来买铁造一条船，等他成功造好了船就可以去娶公主为妻，他的父亲耐不住他的苦苦哀求就答应了他。

大儿子开始造船，很快船就完工一半了。

这时，路过的老人被他手里的活计吸引了，便问："小伙子，你在这里做什么呢？"

他回答道："我在做我喜欢的东西。"

老人不解道："你喜欢的东西是什么？"

"木桶板！"小伙子回答。

接着老人告诉他："小伙子，你会做出木桶板的。"

【设置悬念】老人为什么是肯定的语气？引人遐想。

说完老人就离开了。

第二天，天刚刚亮，他赶忙回到造船的地方，却发现他昨天那条造了一半的船和木头都不见了，只有一堆木桶板留在那里。

大儿子非常伤心，他哭着跑回了家，把自己的遭遇告诉了父亲。老父亲想到自己为了能让儿子造一条船，甚至连自己唯一的马都卖掉了，却换来了这样的结果，他十分生气，甚至想把儿子打一顿。

【动作描写】塑造了老父亲老实、愚昧的形象。

过了不久，二儿子也产生了和大儿子相同的想法，他也想造一条满足国王要求的船，这样他以后就能和漂亮的公主生活在一起。

他不停地在父亲身边表达自己的想法，并再三保证自己一定能造出一条那样的船来。于是，老父亲又卖掉了驴为他买来了铁。

【行为描写】可见老父亲十分疼爱儿子，卖完马又卖驴。

二儿子也开始造船。他十分勤劳，几乎不眠不休！

船很快就造好了一半，二儿子很满意。这时，那个老人又来了，他问二儿子："帅气的小伙子，你在干什么？"

二儿子回答："我在做自己喜欢做的。"

老人接着问："你喜欢做的是什么？"

"扫帚把！"二儿子回答。

老人说："你会如愿以偿的。"说完这句话他就离开了。

第二天，当二儿子再回到这个地方的时候，这里发生了和他的哥哥差不多的事，只有扫帚把留在那里。

二儿子几乎不敢相信这件事情会发生在他头上，他十分难过，但船是造不成了，他只好硬着头皮回到了家，将发生的事情如实告知了父亲。

老父亲又怒又气，指着他骂道："你们都活该，有这种痴心妄想的念头，我也活该，竟信了你们的鬼话。"

【语言描写】骂自己活该，充分表现出了老父亲内心的悔恨和心酸。

家里最小的儿子听说了这件事也想尝试一番。老父亲只好将最后一头小猪卖掉，换来钱给小儿子造船。小儿子像他的两位哥哥一样开始造船，船快建造好的时候，那位老人又来了，他问："好孩子，你这是在干什么？"

小儿子回答："我在造一条在海上和路上都能行驶得很快的船。"

【语言描写】只有小儿子说了实话，表现出小儿子朴实的品格。

老人对小儿子说："你会得到你想要的。"

第二天，小儿子回到造船的地方，开始造船，却发现那条船已经造好了。

他登上船，说了一声："船，行走在陆地上吧！"船就像在海里面一样快速地行驶了起来。当他回到家的时候，他的父亲和哥哥们都惊呆了。

接着他又对船说："去王宫。"

一路上，遇到河流，船便进入水中行驶，当回到地面，行走在高山平原上的时候，它便在地面上疾驰，速度一点不比在水里慢。

【情景描写】描写船行驶时的神奇情景，富有童话色彩。

船有了，小儿子想，自己需要一个水手。

当他经过一条大河的时候，发现小河的水没有办法注入大河里面，他十分好奇，于是他沿着小河寻找原因，最后发现原来是小河的上游有个大个子，他正在把河水喝到肚子里，所以小河的水没有办法流到大河里。他想："我的船正好缺一个水手，不如叫他来帮我。"

于是他对大个子说："好心人，你的喉咙真大，我的船上还缺一个水手，正需要你这样厉害的人，你愿意来帮我吗？"

【语言描写】小儿子说话直截了当，态度诚恳，进一步刻画出人物淳朴的形象。

大个子回答："正有此意，刚好我喝水也喝饱了，现在不渴了。"就走上了船。

船过了河，到了路上，这时他们看到另一个大个子，他正在转动着一根铁棍，用火烤上面的水牛。

男孩问他："你愿不愿意跟我走，我可以带你去王宫！"

那人答："愿意，不过要等我吃完这只鸫鸟，我实在是饿极了。"于是，大个子就像吃鸫鸟一样，一口把那头水牛吃光了，然后走上了船。

船穿过湖泊，走过田野，来到了又一个大个子面前，他正在用自己的肩膀来抵住一座大山。

【对话描写】男孩集齐了三个各有本领的大个子，为下文做铺垫！

男孩又问他："你想不想和我们一起去王宫？"

大个子答道："想，但是我不能动。"

男孩又问他："你为什么不能动？"

"因为我的肩膀撑着这座山，我一动山就塌了。"大个子回答。

"那你就让它倒下来吧。"男孩说。

于是，大个子刚跳上船就听到一声巨响，山塌了，就这样船上又多了一个人。

他们坐着船走过无数条山脉和河流，最后终于来到了王宫。

男孩走下船，来到国王面前，说："尊敬的陛下，我已经达到了您的要求，造了这样一条既能在海上行驶也能在陆上行驶的船，希望您能履行承诺，让我迎娶公主。"

【心理活动】国王轻视男孩是个穷光蛋，大个子的本领正好派上用场，引人期待！

国王没想到真有人能成功地造出这样一条船，但是又不想把女儿嫁给一个穷光蛋，便推脱说："除非你和随从将我准备的午餐全部吃掉，我才会把女儿嫁给你，而且一点食物都不准剩。"

男孩接着问道："什么时候吃这顿午餐？"

"明天。"国王说。

第二天中午，国王如约摆上了一桌有上千道菜肴的午餐。男孩来了，他带来了那个把水牛当鸫鸟吃的大个子。

【心理描写】国王作为反派质疑，引出下文的意外展开。

国王心想："这个小乞丐，他和他的随从绝对不可能把上千道菜都吃掉。"但事实上大个子很快就把上千道菜都吃完了，还有些没吃饱。国王简直无法相信，连忙让后厨把剩菜也端上桌来。可剩菜刚端上来就被大个子很快吃掉了，连渣都没剩。

国王只好另想对策，他说：“你们已经把上千道菜肴吃完了，你可以娶我的女儿了，但是在此之前，我希望你的随从可以把我赐给他的酒窖里的所有的酒喝完，一滴都不剩。”

这一次来的是那个喝河水的大个子，他拿过一瓶葡萄酒就开始喝，接着是一桶、一缸。他甚至把手伸向了国王珍藏的两桶白葡萄酒，最后这两桶白葡萄酒也进了他的肚子。

【动作描写】表现出人物轻松惬意的状态。

国王说：“很明显我没有什么理由再拦着我女儿嫁给你，但是我女儿有很多嫁妆，包括书柜、衣橱、床、首饰箱和家里所有的东西。你要一次把这些东西都拿走，还要保证我女儿坐在上面。”

“你说他是不是在开玩笑？”男孩对撑着大山的那个大个子说。

【语言描写】很显然男孩搬不动，表现出男孩内心的惊疑。

大个子答道：“很好，我很开心这样做。”

国王叫来了脚夫，脚夫们开始把衣橱、柜子、床、所有的首饰箱等东西搬到他肩膀上，堆得像座山那样高。

公主爬过了一座塔楼，坐到了那堆东西上面，然后大个子对公主说：“公主抓好了。”大个子开始奔跑，最后跳到了船上。

男孩对船说：“我的船呀，快飞起来吧！”

于是，船便载着他们飞了起来，国王连忙让卫兵去追，却只看到飞扬的尘土，连船的影子都看不到了。

【行为描写】接连反悔，刻画出国王无耻的嘴脸。

老父亲看到最小的儿子乘船回到家，还带着身穿嫁衣的美丽公主和一船的财宝，甚是欣慰。

男孩修建了一座七层的漂亮宫殿，父亲和哥哥们住一层，三个伙伴各住一层，剩下的留给自己和他美丽的妻子居住。

拓展阅读

名师点拨

主人公的品格在一次次的考验中得到了充分体现。第一次是造船，家中三兄弟唯独他勤劳朴实；接连遇到三位奇人，他以诚恳的态度发出邀请；面对国王的刁难，他沉着应对。全篇结构清晰，读来趣味十足。

回味思考

1.国王为什么瞧不起男孩？

2.国王反悔了几次？

好词收藏

相依为命　遭遇　如愿以偿　痴心妄想　疾驰　履行

好句积累

◈ 第二天，天刚刚亮，他赶忙回到造船的地方，却发现他昨天那条造了一半的船和木头都不见了，只有一堆木桶板留在那里。

◈ 二儿子几乎不敢相信这件事情会发生在他头上，他十分难过，但船是造不成了，他只好硬着头皮回到了家，将发生的事情如实告知了父亲。

◈ 一路上，遇到河流，船便进入水中行驶，当回到地面，行走在高山平原上的时候，它便在地面上疾驰，速度一点不比在水里慢。

◈ 于是，船便载着他们飞了起来，国王连忙让卫兵去追，却只看到飞扬的尘土，连船的影子都看不到了。

浴火重生的罗西娜

名师导航

罗西娜有一个恶毒的继母和妹妹，她们总是不想让罗西娜好过，总想刁难罗西娜。在这对母女一次次的迫害下，罗西娜能得到幸福吗？

很久以前，有一个贫穷的农夫，他的妻子因为生了重病去世了，妻子给他留下了一个名叫罗西娜的美丽女儿。可是女儿年纪还太小，没有办法照顾自己，农夫又要外出工作养家糊口，也无法留在家中照看年幼的女儿，所以在妻子去世没多久，农夫便又娶了一个妻子。这个妻子也给农夫生了一个女儿，取名为阿松达。同父异母的两姐妹从小便生活在一起，一同玩耍，一同学习。几年过去了，两个女儿渐渐出落成大姑娘了。

【叙述】介绍主人公的家庭状况，引出下文。

有一天，阿松达从外面回到家，刚一进门便大发雷霆，冲着母亲哭诉道：“妈妈，罗西娜真是太令人讨厌了，我再也不想见到她，你不要让她和我一起去上学。”

母亲十分不解，便疑惑地问道：“难道罗西娜欺负你了吗？你为什么讨厌她？”

【语言描写】询问缘由，可见这时候的母亲还是讲道理的。

“我每天都和罗西娜在一起，可是人们看见我们俩却总是说出不同的话。人们见到罗西娜就会夸她肤白貌美、彬彬有礼，简直如同仙女下凡；而见到我时，却总嘲笑我皮肤黝黑、莽撞冲动，简直就是个丑丫头。”阿松达不服气地说。

听了阿松达的话，妈妈细声安慰着自己的宝贝女儿：

"亲爱的阿松达，不要听那些人胡说八道，即便你的皮肤没有那么白皙，但你也是一个美丽而可爱的姑娘呀。"

【语言描写】表现出阿松达骄纵、任性的性格特征。

阿松达听了母亲的话并没有平静下来，反而更加生气地说："妈妈，你说这些有什么用？不管怎么样，我就是不想再和罗西娜待在一起了。"

母亲见阿松达如此生气，十分心疼自己的宝贝女儿，便问她："好吧，我亲爱的宝贝。那你有什么想法呢？"

【语言描写】充分反映出阿松达恶毒的内心世界。

阿松达歪着脑袋想了想，一个恶毒的主意出现在她的脑海里，她对母亲说："妈妈，从明天开始，你让罗西娜不用去上学了，就留在家里帮你去放牛。不仅如此，在她放牛的时候也不能闲着，你让她带上一斤麻去纺成线。等到晚上回家，如果牛的肚子没有吃得鼓起来，或者她的线没有纺好，你就以此为理由狠狠地揍她一顿。等到第二天，你再如此重复，找借口打她。要不了多久，她就会变成一个相貌粗鄙的丑丫头。"

阅读笔记

母亲认为这样做十分不妥，但是又不忍心自己的女儿生气，最后她还是按照阿松达的主意去做了。第二天一早，她对罗西娜说："罗西娜，家里面的事情实在太多了，我一个人忙不过来，你今天不要上学了，就留在家里给我帮忙吧。你要做的事情很简单，把这些牛赶到远处的草地上去吃草，还要把这些麻带上，放牛的时候，你要把它们纺成线。不要偷懒，晚上回来的时候，线要纺好，牛也要吃得饱饱的，如果让我发现你没有完成我交给你的任务，你就等着挨打吧！"

【语言描写】表现出罗西娜内心的担忧和害怕。

继母的话让罗西娜十分害怕，但是她不敢出言反驳，因为如果她拒绝继母，那她可能现在就要挨上一顿毒打了。就这样，可怜的罗西娜背上麻、牵着牛出发了。一路上罗西娜闷闷不乐，她苦恼地自言自语："又要放牛，又要纺线，这根本是不可能完成的任务。我要到哪里去找个人来帮我一起完成这么多事情呢？亲爱的奶牛们，我该如何是好？难道这顿打，我是逃不掉了吗？”

就在罗西娜一筹莫展之时，一头奶牛开口说话了：“放心吧，亲爱的罗西娜，我们会帮助你的！你只用去把草割好，纺麻就交给我们吧。不过，你要对我们吟唱‘善良的奶牛，请用你的嘴来纺线吧，请用你的角来缠线吧，快快帮我把麻线绕成球’。”

罗西娜听到奶牛说的话，高兴得手舞足蹈，浑身像是有使不完的劲，她把麻留给奶牛们去纺线，自己便跑去割草。她用割来的草把奶牛喂得饱饱的，然后再去割草。等到太阳下山的时候，每一头奶牛都吃得肚子鼓鼓的，而她的麻线也都已经纺好了。罗西娜回到家中，继母和阿松达发现奶牛不仅吃饱了，每头牛的背上还背着一筐草，麻线不仅纺好了，还整齐地绕成了团。这让阿松达火冒三丈却又无法发作，于是她偷偷地交代母亲：“妈妈，你明天还让她去放牛，然后给她更多的麻让她纺成线。我就不信她还能完成，一旦她做不完，你就狠狠地打她。”

【语言描写】阿松达因为自己的计划没有实现，没有看到罗西娜遭殃，所以很愤怒。

于是到了第二天，继母就给罗西娜安排了更多的活儿。像前一天一样，罗西娜去割草，奶牛们则帮她把所有的麻纺成线再绕成团。等到晚上回家时，阿松达发现罗西娜又把所有的任务完成了，她既生气又觉得不可思议，便问道：“你到底是怎样把这么多事情都做完的？”

罗西娜是一个心无城府的姑娘，便把自己遇到的一切都一五一十地讲了出来。到了睡觉的时候，阿松达又找到母亲，悄悄地说：“妈妈，明天让罗西娜留在家里替你干活，我去放牛。”继母对于阿松达的话当然是言听计从。

【叙述】刻画出主人公罗西娜纯朴的形象。

等到天亮，罗西娜被留在家里帮继母干活儿，而阿松达则带着奶牛们去草地上吃草。只是阿松达脾气十分暴躁，奶牛们动作稍微慢一点，或者没有按照她的指挥行动，

【动作描写】阿松达不仅脾气暴躁，还因为自己的长相而对这个世界满怀怨恨。

她便扬起一根粗粗的木棍狠狠抽打奶牛。不仅如此，她傲慢地将一大团麻丢给奶牛，让它们纺成线。奶牛们自然不会搭理她，阿松达见此情景更是怒火中烧，扬起手中的木棍抽打得更加用力。奶牛们为了躲避木棍四处逃窜，那团麻被弄得乱七八糟。

【语言描写】充分表现出了阿松达对罗西娜的嫉恨。

晚上回到家，阿松达憋着一肚子气向妈妈抱怨道："那群奶牛根本不听我的使唤，还四处捣乱，把我气坏了。我不能就这样放过罗西娜，我一定要让她受到惩罚。你告诉她，我要吃风铃草，让她去田里面偷吧。"

继母按照阿松达的话，让罗西娜去偷风铃草。罗西娜一听，大惊失色："我没听错吧，您是让我去偷东西吗？偷窃可是不好的行为，我从来没有做过这样的事。更何况天色已晚，要是让人们发现有人在他们的地里偷东西，他们会不分青红皂白就向我开枪的。"

罗西娜的话还没有说完，阿松达便打断她："别说这么多废话，你要是不想挨打，现在就给我乖乖地去偷风铃草！"

【心理描写】可见罗西娜心中十分紧张害怕，担心回去后会挨打。

罗西娜别无他法，只好一个人离开了家来到郊外，她来到一块田地里，四处寻找风铃草，却一无所获，不过她在田间发现了一些萝卜。罗西娜心想："带些萝卜回去总好过两手空空。"于是，她使劲儿把萝卜拔出来。可是拔出萝卜带出泥，她在萝卜下面的泥土里发现了一只青蛙，而它的窝里面还有几只小青蛙。罗西娜看到这些小青蛙十分高兴，忍不住赞叹道："多么可爱的小生命啊！"她把这些小青蛙轻轻放在自己的手掌心里，一边抚摸它们一边不停地赞美它们。可是她的手太小了，一只小青蛙不小心从她手中跌落到地上，还摔断了一条腿。罗西娜一看，连忙道歉："哦，小可怜儿，十分抱歉，我不是故意的！"

【语言描写】展现出主人公善良纯朴的内心世界。

这时，手掌上的小青蛙们对罗西娜说："可爱的姑娘，你的心是如此善良，就像月光一样皎洁。你的手是如此温暖，就像春风一样和煦。我们要祝福你，你会成为这世上最美丽的姑娘。哪怕是在黑夜，哪怕是阴雨连绵，你都会像天上的太阳一样光芒万丈。”

可是，不小心掉在地上的那只小青蛙却不开心，它气愤地说：“我才不喜欢她呢，她把我的腿都摔断了，必须要受到惩罚。我诅咒她永远不能看到阳光，一旦见到阳光，就会立刻变成一条蛇，除非她能够钻进燃烧的火炉，否则就无法恢复原样。”

罗西娜听到小青蛙的诅咒，吓坏了，她赶紧把青蛙们又送回它们的小窝，然后就带着萝卜回家了。回家的路上，四周一片漆黑，天上既没有星星也没有月亮，但是罗西娜却浑身散发着耀眼的光芒，如同太阳一般把道路都照亮了。路上的行人看到这景象，还以为是天上的仙女下凡了，都忍不住赞叹。

【动作描写】赶紧把青蛙们送回去，可见罗西娜十分胆小。

罗西娜终于回到家里，阿松达和继母看见她变得比出门前更加美丽耀眼，惊讶得合不拢嘴，接着又感到十分嫉妒。老实的罗西娜把她一晚上的经历毫无保留地告诉了妹妹和继母，然后哀求道：“求求你们了，一定不要让我被阳光照射到，否则我就会变成一条蛇。”

【语言描写】继母和妹妹会如她所愿吗？为下文做铺垫。

就这样，罗西娜再也没有在白天出过门。每天她都会待在家里帮继母做家务，偶尔得空的时候就一个人静静看会儿书。只有当太阳下山，天完全黑了的时候，她才能够出门去散散步。

有一天晚上，一位王子从罗西娜的家门口路过。他发现这户人家的窗户里，散发出一种美丽耀眼的光芒，于是便上前仔细查看。从窗户里，王子发现了在黑夜中闪闪发光的罗西娜，他惊讶地赞叹道：“多么美丽的姑娘啊！”

【语言描写】借王子之口赞美主人公罗西娜，突出主人公纯洁而美丽的形象。

于是，王子敲开了罗西娜的家门。他走进屋里对罗西娜一家人说：“你们好，我是这里的王子。刚刚路过此地时，从窗户中看见了这位耀眼美丽的姑娘，希望能和你交个朋友。”罗西娜和王子成了朋友，并向他讲述了自己的经历和被小青蛙诅咒的事。王子听说后，安慰道：“不要在意这些，亲爱的罗西娜！你是我见到过的这世界上最独特、最美丽的姑娘，这简陋的农舍和清苦的生活如何配得上你？请你做我的妻子吧！”

【语言描写】继母故意揭罗西娜的短处，充分表现出继母丑陋的内心。

罗西娜的继母一听王子求婚，十分嫉妒，于是从中作梗，对王子说：“尊敬的王子殿下，我们不敢隐瞒，倘若罗西娜见到阳光，就会变成一条毒蛇，我们实在害怕这件事会惊扰圣驾，还请王子殿下三思！”

王子不耐烦地回答：“我的事情还轮不到你来做主，其实你的心中并不是真正地爱着这个女儿。罗西娜是一定要随我回王宫的。过几日我会派一辆马车来把她接回宫中，以确保在路上她不会被阳光照射到。当然，你们是罗西娜的家人，我也不会不管不顾，我会让随从带很多金币送给你们，以后你们的生活也就可以衣食无忧了。”

【行为描写】说明王子十分细心，同时表现出他对罗西娜的情感。

王子交代完就离开了。两天之后，一辆马车来到了罗西娜家。为了不让罗西娜被阳光照射到，王子特地将马车的车厢全部封闭起来，只是车顶上还有一个小孔，就用漂亮的华盖把它遮挡住。驾车前来的是一个威武的士兵，罗西娜上车之后，她的继母悄悄塞给士兵五个金币，小声地对他说：“这些钱你拿着，等会儿要请你帮个小忙。等到中午太阳正大的时候，请你把车顶的华盖掀开，让阳光从那个小孔照进车厢。”

【铺垫】为下文做铺垫，引出下文罗西娜悲惨的遭遇。

士兵拿着钱，回答道：“没有问题，夫人。”

继母安排好这一切，便也登上马车，陪着罗西娜一起前往王宫。马车一路奔驰着，到了中午，烈日当空，阳光普照大地。士兵果然按照继母的吩咐，掀开了车顶的华盖，阳光从小孔中射入车厢。就在罗西娜被阳光照射到的那一瞬间，她突然就变成了一条蛇，从门缝里溜走，钻进森林中不见了。

马车没有停留，一路驶进了王宫。王子兴高采烈地打开马车门，希望见到自己的心上人。却发现马车里只有继母，早已不见罗西娜的身影。王子知道继母肯定动了手脚，他怒火中烧，立刻下令把罗西娜的继母问罪斩首。周围的人们见王子如此生气，纷纷上前劝慰，请他一定要冷静，不要冲动。再者，罗西娜不可能一生不见阳光，这件事迟早都会发生。在众人的劝说下，王子终于恢复平静。可此时所有的宾客都已经来齐，人们在餐桌前入座，婚宴已经准备好了，王子只好下令婚宴继续。

【叙述】说明王子很机智，并且性格果决。

厨师们得到命令便开始烧火做饭。正巧此时一批木材被送进王宫，一个厨师拿着其中的一捆准备扔进火炉，却突然发现木材中盘绕着一条蛇。这个厨师吓坏了，他想也没想就把蛇连同木柴一起扔进了火炉。此时，神奇的事情发生了，一个美若天仙的少女竟然从火炉中走了出来。她浑身上下散发着耀眼迷人的光芒。厨师们被眼前发生的一幕惊得目瞪口呆，好一会儿，他们才尖叫起来："快来人啊，火炉中走出来一个姑娘。"

【语言描写】这个姑娘会是谁呢？引人联想。

王子听到呼喊声，连忙来到厨房。在人群中，他一眼就认出了罗西娜，二人紧紧相拥，王子和罗西娜的婚礼又能正常举行了。所有的宾客都被罗西娜的美貌所震惊，纷纷为一对新人送上诚挚的祝福，从此他们度过了幸福的一生。

拓展阅读

名师点拨

阿松达出于嫉妒心理对姐姐罗西娜心怀怨恨，以至于她拉上母亲一起刁难罗西娜，乃至影响到继母也开始嫉妒罗西娜。在这对母女的刁难中，罗西娜非但没有如阿松达所想的那样变丑，反而在一次次的经历中得到了锻炼，变得愈发美丽。

回味思考

1.阿松达为什么嫉妒罗西娜？
2.罗西娜为什么会受到诅咒？

好词收藏

彬彬有礼　胡说八道　闷闷不乐　一筹莫展　手舞足蹈
火冒三丈　不可思议　心无城府　一五一十　言听计从

好句积累

◈ 罗西娜听到奶牛说的话，高兴得手舞足蹈，浑身像是有使不完的劲，她把麻留给奶牛们去纺线，自己便跑去割草。

◈ 罗西娜回到家中，继母和阿松达发现奶牛不仅吃饱了，每头牛的背上还背着一筐草，麻线不仅纺好了，还整齐地绕成了团。

◈ 只是阿松达脾气十分暴躁，奶牛们动作稍微慢一点，或者没有按照她的指挥行动，她便扬起一根粗粗的木棍狠狠抽打奶牛。

◈ 罗西娜别无他法，只好一个人离开了家来到郊外，她来到一块田地里，四处寻找风铃草，却一无所获，不过她在田间发现了一些萝卜。

林中的睡美人

名师导航

一位美丽的公主，遭到了老仙女的诅咒，一睡就是一百年。百年后，她终于遇到了自己的王子，可不幸的是，这位王子有个妖精母亲，接下来又发生了些什么可怕的事情呢？一起来看看吧。

很久以前，有一位国王与自己的妻子一直没能有孩子，整日愁容满面。他们遍访各国名医，但就是没有效果。

但王后后来竟然奇迹般地怀孕了，生了一个漂亮的女儿。国王非常高兴，举办了一场盛宴，邀请国内的七位仙女参加。这七位仙女按照礼俗，都各自为小公主准备了礼物，这样，小公主就能变得非常完美了。

【行为描写】可见国王对来之不易的女儿十分疼爱。

国王为仙女们准备了盛大的筵席。仙女们的食器非常精致：首先是个金匣子，里面装有调羹、餐叉和纯金小刀，刀上镶嵌着精美的金刚钻和红宝石。就在仙女们要入席的时候，从外边进来一位年老的仙女，国王没有邀请她，因为她已经五十年没有走出自己居住的塔了，有人说她已经死了，还有人说她被邪法压制住了。

国王赶紧给她准备餐具，但找不到像其他仙女那样的金匣子。因为这样的匣子只有七个，是专门为仙女们制作的。老仙女很生气，觉得国王瞧不起自己，就开始说一些恐吓的话。坐在她旁边的小仙女听见了她说的话，担心她给小公主送一些不好的礼物，就在筵席结束的时候，藏到壁幔后。她想最后一个送祝福，以此消减老仙女不好的祝福。

【动作描写】表现出国王对仙女的重视。

仙女们已经开始给小公主送祝福了。第一个仙女的礼物是美貌，小公主将成为世界上最美的人；第二个仙女赠予了公主仙女般的智慧；第三个仙女赠送的礼物是风度，小公主做任何事都会有风度；第四个仙女送给了公主优美的舞姿；第五个仙女送给了公主美丽的歌喉；第六个仙女送给了公主高超的奏乐技巧。

【神态描写】表现出老仙女歹毒的内心。

之后便是老仙女，她边说边摇头——这是充满怨恨的摇头，不是因为年事已高。她说公主会被纺锤刺破手，最终惨死。

大家被这个礼物吓怕了，都流下了悲伤的眼泪。就在这个时候，最小的仙女走出壁幔，她大声说："国王和王后，你们不用担心，小公主不会死去。尽管我的法力不能推翻前一位仙女说的——纺锤会刺破公主的手，但我能保证她不会因此死去，她会沉睡一百年。过了一百年，就会有一位年轻的王子来唤醒她。"

【语言描写】指出公主接下来的遭遇，为下文做铺垫。

国王怕老仙女的诅咒成为现实，就发布命令：所有人都不能用纺锤、纺线，人们家中也不能藏有纺锤，违反者会被处死。

【叙述】这样巧合的事情都能被公主碰到，证明了诅咒的可怕，增加了故事的童话色彩。

过了十五六年，有一天，国王和王后带着公主去别墅城堡游玩，悲剧发生了。公主在城堡里闲逛，跑遍了好几间屋子，后来到了一座塔顶。塔顶的一个房间里，坐着一位慈祥的老婆婆，她正拿着纺锤、纺线。她不知道国王对纺锤的禁令。

"慈祥的老妇人，您在做什么？"公主问。

"可爱的孩子，我在纺线啊。"老婆婆说。她不认识公主。

"看起来真好玩！"公主说，"这怎么做？给我试试，我看看能不能做好。"

她说完就拿过纺锤，独自把玩起来。结果老仙女的预言成真了，纺锤把她的手刺破了，她倒在了地上。

老婆婆吓得高呼救命。大家拿起水往公主脸上泼，还用力拍打她的手，往她的太阳穴上涂抹药水，但她就是醒不过来。

国王在一片喧闹声中来到楼上，他想起了老仙女的诅咒，知道有大事发生了。他赶紧让人将公主送到一间豪华的房间，把她放在一张华贵的床上。

大家都认为她是天使，长眠不能让她的容颜受损：她的脸颊微红，嘴唇如珊瑚般美丽。她的双眼微闭，大家能感受到她微弱的呼吸——看来她真的没有死。国王命令任何人都不能打扰她安睡，大家要静静地等待公主苏醒。

【外貌描写】
刻画出公主天使般美丽的形象。

公主出了这样大的事情，那位挽救了她的生命，并宣告她会沉睡一百年的仙女，此时正在一万两千法里以外的马达干王国，她从侏儒那儿听到了这个消息——侏儒拥有一双七法里靴，穿着这双靴子，一步就能跨出七法里。

仙女马上往回赶，坐着由群龙驾驶的车，只用了一个小时的工夫就赶回去了。国王亲自出宫来迎接她。仙女同意国王为公主做的事情，但她知道，如果公主醒来，发现古堡里就剩下自己一个人，肯定会非常难过，所以她简单做了一些布置。

【行为描写】
国王的表现既是尊敬仙女，也是因为着急女儿。

仙女用自己的仙杖逐个点过城堡里的人（国王和王后除外）：女教师、宫娥、侍女、侍从、官员、内臣、御厨、仆人、侍卫、哨兵、奴仆、随从，以及马厩里的马儿，还有马夫、大狗、小波丈（公主的宠物狗，此时正在她身旁睡觉）。被公主的仙杖点过以后，大家就都睡着了，当公主苏醒以后，大家也会同时醒来，他们还要接着伺候公主。甚至连火炉以及正在架子上烤着的鹧鸪和山鸡也沉睡了。仙女很快就做好了这一切，她们做事很有效率的。

【铺垫】
为下文大家一起重新苏醒做铺垫。

国王和王后亲吻了自己的女儿，不敢吵醒她，随后就走出了城堡。到了京城，他发布禁令，任何人都不可以去城

【环境描写】
描写城堡外的环境，指出没有人能随便闯进去的原因，使得故事逻辑更完整。

堡。其实禁令是可有可无的，因为花园周围一夜之间长出了很多树，有大有小，还有的带着钩或刺，互相交错，人和狗都过不去，人们只能看到城堡的塔尖，其他的什么都瞧不见，即便想看到塔尖也只能站在非常远的地方。这些只有神力能办到，这样，公主在沉睡的时候，就不会受陌生人的打扰了。

一百年以后，有一位其他国家的王子来公主住所附近打猎，他看到森林中树梢顶上露出的塔尖，就向别人打听那是什么。人们根据自己听到的传说告诉他：有人说古堡里住着魔鬼；有人说住着妖精，他们会把抓来的孩子带到那里吞吃，因为一般人穿不过森林，只有他们能。

【语言描写】
借农夫的话引出王子接下来的行动。

王子不知道该听谁的，旁边的一位农夫说："王子啊，我的父亲在五十多年前和我说过，城堡里住着一位漂亮的公主，她需要在里面沉睡一百年，到时候就会有一位英俊的王子来唤醒她，想必她正在等候王子呢。"

王子很好奇。他觉得自己可以完成这场浪漫的冒险，出于追求爱情和荣誉的目的，他打算去看看里面到底有什么。

【侧面描写】
描写王子的表现，从侧面衬托出环境的诡异。

王子走进了树林里，发现大树和荆棘都自动为他让路。他走向城堡，证实了这就是他在林间看到的城堡，让他感到吃惊的是，居然没有人跟来，因为树林在他走后又自动合拢了。这位年轻又浪漫的王子非常勇敢，他一直向前走，来到了大庭院。在这里，他感到了恐惧，只觉得浑身冰冷。这里太安静了，充斥着死亡的萧条气氛，这里只有人和狗的身体，其余什么都没有了。就在他看到卫兵长了包的鼻子和发红的面庞时，他才发现，他们就是睡着了，因为他们的酒杯里还有少许的酒，证明他们睡着以前还在饮酒。

他走上用大理石铺砌的天井，踏上扶梯，来到大厅，发现卫兵站成一排，背着枪，发出高亢的鼾声。他所到之处全是沉睡的达官贵妇，她们不是站着，就是坐着。最后，王子走进一个精致的房间，发现里面有张挂着锦帐的床，眼前的美景让他难忘：这是一位年约十五六岁的公主，她容光满面，神态娴雅。他小心翼翼地走向她，嘴里发出惊叹，在她身边缓缓跪下。

【神态描写】 百年后的公主未曾改变，增添了故事的童话色彩。

仙术解除了，公主苏醒了，她温柔地望着王子，对他很满意。

"你是我的王子吗？"她说，"我等了你太长时间了。"公主的话让王子着迷。特别是公主说话的样子，让王子发现自己深深地爱上了她，对公主的爱胜过爱自己。他激动得语无伦次，但话里充满了爱意。公主有充足的时间思考自己要说什么，因为好心的仙女在公主沉睡的时间里，给她送去了很多美梦。王子比公主还要害羞，他们聊了四个小时，但王子想说的话还没有说到一半。

【叙述】 表现出王子腼腆的性格，同时说明王子心中有许多疑问。

城堡里的人畜和公主在同一时间苏醒。大家马上想起自己要做什么，因为他们没有沉浸在爱情中，他们感觉到自己的肚子在咕咕叫，宫娥们也非常饿，急得冲公主喊道："用餐时间到了！"

王子把公主扶了起来，她的衣服很华丽——但他不好意思说这身装扮很像自己的祖母——她的衣服还是古式的皱领，但没有影响她的美。

他们来到周围装满了镜子的大厅，公主的仆从服侍他们用餐。大厅里响起了悠扬的提琴和笛子声，曲调很优美，尽管人们已经有一百多年没演奏了。用过餐后，大总管为他们举办了盛大的婚礼，宫娥将他们的帷幕拉开。

【景象描写】 描写城堡内优雅精致的生活景象，塑造公主优雅、美丽的形象。

他们没有睡多长时间，因为公主实在不想睡觉了。天亮之后，王子就向公主辞行，回到自己的国家中去，他的父亲非常思念他。王子告诉国王，自己因为打猎迷失在了森林里，后来在一个烧炭夫的茅屋里过了夜，烧炭夫给他准备了黑面包和干酪吃。王子的父亲非常老实，相信了儿子的

【设置悬念】王子为什么要偷偷摸摸的?引出下文。

话。但他母亲却不相信,她看到自己的儿子每天都会外出打猎,并且只要外出,就会说些冠冕堂皇的理由,好几个晚上都不回家。她觉得儿子外面有情人。

王子和公主就这样在一起生活了两年时间,他们生了两个孩子:大女儿叫晨曦;小儿子叫白昼,他比自己的姐姐还要漂亮。

王后想听王子说实话,就告诉自己的儿子,他得找个妻子了,但王子不敢告诉王后这个秘密。他非常害怕她,尽管他也爱自己的母亲,但她来自妖精族,国王因为贪财才娶了她。很多人在王宫里议论纷纷,说她作为妖精有个嗜好,就是只要有小孩子从她身边经过,她就忍不住捉住他们。所以,王子从不在她面前谈及自己的秘密。

【解释说明】原来这就是王子说谎的原因,他害怕母亲伤害孩子。

过了两年,国王去世了,王子当上了国王,他认为自己可以当家做主了,就向外界宣布自己已经结婚的事实,正式接自己的王后——他的妻子入宫。美丽的公主带着两个孩子雍容华贵地进入了王城。

不久以后,国王外出与邻国作战。他将国家政权交给了自己的母亲管理,还将妻儿交给她照顾,因为他要在战场上度过整个夏天。他刚走,他的母后就让人将他的妻子和儿女们带到了林间小屋里,这样就方便她满足自己的欲望了。几天后,她来到了林间小屋。一天晚上,她命令自己的御厨总管:“明天中饭我要吃小晨曦。”

“天啊,夫人!”御厨总管吓得大叫起来。

“这就是我的命令!”国王的母亲说,她的语气犹如饥饿的妖精看到了鲜肉般急切,“我要用辣酱佐餐!”

【语言描写】表现出妖精残忍的本性。

可怜的御厨总管知道妖精王后没有开玩笑,就拿着刀进入了小晨曦的房间。小晨曦四岁了,蹦蹦跳跳地来到他身边,还用手搂住了他的脖颈,让他给糖吃。他流下了眼泪,刀子从手里滑落。

他返回厨房的天井，杀掉了一只绵羊，用酱料调和了一下。那位妖精王后居然说自己从没吃过如此美味的食物。

总管赶紧把小晨曦带到自己的妻子那里，他的妻子把小晨曦藏到了厨房天井最里面的小屋里。

【行为描写】总管冒着死亡的威胁也要救下孩子，表现出总管善良的品格。

过了一个星期，凶恶的妖精王后又给御厨总管下了命令："晚餐我要吃小白昼。"

御厨没多说话，他打算再用上次的办法糊弄她。他来到小白昼的住所，看到才三岁大的小白昼正手拿花剑同猴子玩闹。御厨将小白昼带到了自己妻子的住处，和小白昼的姐姐小晨曦藏在一起。之后，他又烹煮了一只鲜嫩的山羊替代小白昼，那妖精觉得这味道鲜美可口。

事情都很顺利，过了几天，那邪恶的妖精居然对御厨总管说："今天我打算吃掉王后，调味酱就用上次吃小孩子用的那种酱料。"

【语言描写】进一步刻画出妖精残忍、贪婪的形象。

可怜的御厨总管这次可骗不了那个恶毒的妖精了。王后现在的年龄是二十岁（沉睡的一百年不算）。她肤白貌美，兽园中的什么动物才能替代她呢？他为了保命，决定杀死王后，于是他来到王后住的地方。他拿着刀，冲进了王后的房间，但他突然又不想杀人了，就一五一十地将恶毒妖精的命令告知王后。

"做你该做的事情吧，"她将自己的脖子伸了过去，"按她的命令行事吧。这样我就能看到我的孩子们了，我两个无辜的孩子。"自从孩子们被带走，王后就以为他们被杀死了。

【语言描写】王后以为自己的孩子已经死了，她也不想活了。

"不是的，王后！"御厨总管哭着说，"我不能杀死您，我要让您再见到您的孩子。您去我家里吧，您的孩子在我家里。我会再次欺骗那个妖精，做只小红母鹿给她吃。"

御厨总管把王后带到了自己的住处，让她和自己的孩子们团聚。他做了只美味的红母鹿，给妖精当晚餐，她品尝

【侧面描写】妖精三次都被骗了，从侧面突出了总管高超的厨艺。

着那只红母鹿，以为是年轻的王后。

妖精对自己的暴行非常满意，打算等国王回来的时候欺骗他，说是豺狼虎豹吃了他的妻儿。有一天，她在宫里的家畜场闲逛，想闻闻生人的气味，突然就听到了小白昼的哭声。声音来自矮屋，是白昼的母亲因为他的淘气将他打哭了，屋里还传来了小晨曦为弟弟求情的声音。

妖精马上知道这声音就是王后和她的两个孩子的，她知道自己被骗了，非常恼火。她在第二天早上就发布了一道让人惊悚的命令。她命人将一个大桶放进院子，桶里装满了癞蛤蟆、蝮蛇和蟒蛇，将王后和她的孩子，还有御厨总管及其妻子和侍女等人都丢进大桶。

【行为描写】表现出妖精残忍、歹毒的本性。

行刑的人刚想把他们扔进桶中时，国王正好回来了，没有人料到他会这时候回来。国王下马后，深感疑惑，赶紧问眼前的场景到底是怎么回事。大家不敢说。妖精发现国王赶了回来，非常生气，居然自己跳到了大桶里，很快，她就被桶里那些毒物分吃了。

【动作描写】妖精一生气，居然自杀了！令人大感意外。

国王非常难过，那毕竟是自己的母亲，但他的伤痛很快就被妻子和儿女的爱抚慰了。

拓展阅读

名师点拨

故事中除了性格鲜明的人物形象外，还有着多处巧合推动情节。善良美丽的公主先后与老仙女、妖精有了冲突，而后则是公主克服灾难的环节，最后以幸福美满收场。故事有条有理，层次清晰。

回味思考

1.王子开始为什么不敢带公主回家？
2.妖精为什么要自己跳进桶里？

好词收藏

镶嵌　挽救　效率　萧条　容光满面　语无伦次　冠冕堂皇

好句积累

◈ 大家都认为她是天使，长眠不能让她的容颜受损：她的脸颊微红，嘴唇如珊瑚般美丽。

◈ 其实禁令是可有可无的，因为花园周围一夜之间长出了很多树，有大有小，还有的带着钩或刺，互相交错，人和狗都过不去，人们只能看到城堡的塔尖，其他的什么都瞧不见，即便想看到塔尖也只能站在非常远的地方。

◈ 这里太安静了，充斥着死亡的萧条气氛，这里只有人和狗的身体，其余什么都没有了。

◈ 他走上用大理石铺砌的天井，踏上扶梯，来到大厅，发现卫兵站成一排，背着枪，发出高亢的鼾声。

长角的女人

名师导航

在一个月黑风高的夜晚，十二个女巫闯进了一个妇人的家中。女巫们明显不安好心，有意刁难妇人，妇人弱小又无助，她该怎么办呢？

那是一个寂静的夜晚，有个老实人家的主妇在贪黑梳理羊毛，她的家人和仆人早就睡觉了。就在这时候，门外有人大声敲门，有个声音大叫道："快开门，快开门啊！"

"是谁？"主妇问。

"单角女巫。"来人说。

【外貌描写】描写陌生女人奇怪的外貌特征，引人遐想。

女主人以为是自己的邻居来了，就赶紧给她开了门。结果是个陌生女人，她手里有一把羊毛梳子，额头还长了角，她应该出生就是这样的。她什么话都不说，直接来到炉火边，发疯一样地梳理羊毛。然后她又停下了动作，大叫道："女人们去哪儿了？她们太耽误时间啦！"

然后屋外又传来了敲门声，又有一个和刚才一样的声音叫道："快开门，快开门！"

【设置悬念】女巫为什么要转动纺轮呢？调动读者的好奇心。

女主人不得不起身开门，然后又跑进来一个女巫，这个女巫头上有两个角，她的手里还有个纺轮。

"给我让个地方，"她叫道，"我是双角女巫。"随后她也发疯般地转起纺轮。

屋外始终有人敲门，女主人一直给她们开门，女巫们依次进来，她们坐在炉火边，一共有十二个。主妇发现第一个进来的女巫有一个角，而最后一个进来的女巫长了十二个角。

她们高兴地梳着羊毛，转着纺轮，看起来很开心。

她们聚在一起唱着古老的歌谣，却不同家里的主妇说一句话。这十二个女人的声音很奇怪，长得很吓人，头上有奇怪的角，手还在不停地转着纺轮。女主人被吓得半死，想站起来求助，却又动弹不了，她也说不了话，叫不出声，女巫们用魔咒让她开不了口。

【情景描写】描写夜半十二个女巫转着纺轮的情景，营造诡异的氛围。

这时，其中的一个女巫用爱尔兰话说："起身吧，女人，做点糕点给我们吃。"女主人马上去找桶，好从井中打水，混合原料做糕点。但她却找不到桶。

【动作描写】女主人乖乖照办，反映出她内心的恐惧。

女巫下命令说："你找把漏勺打水也行。"

她拿着漏勺来到井旁，但水都从勺子里漏了出来，做不成糕点，她坐在井边伤心地哭了起来。

这时，她的耳边响起了井神的声音："找些黄泥和苔藓，搅拌在一起，把漏勺糊住，这样就能装水了。"

她试了一下，真的能装水了。井神又说道："进去吧，到达屋子北角时，你大叫三声：那些女仙人们的山，还有上面的天空全都着火了。"

女巫们听见后，吓得大叫起来，她们非常生气，急匆匆地逃向斯莱夫那蒙，她们就住在那里。井神告诉女主人，进屋收拾一下，以防女巫们返回。

为了破除她们的咒语，她将自己孩子的洗脚水倒在门槛上。随后她拿起女巫织的布，一半放在柜里，另一半留在外面，将柜子锁好。她又找到一块大横梁堵住门闩，把大门关紧，不让女巫们进来。做完这些，她就在屋里等待女巫了。

【动作描写】描写女主人奇怪的行为，增加故事的神秘色彩。

女巫们很快就回来了，她们歇斯底里地喊着要找女主人算账。

"快开门！快开门！"她们扯着嗓子叫道，"给我开门，洗脚水！"

【对话描写】

描写女巫和物品的对话，增加故事的童话色彩。

“我做不到呀，”洗脚水说，“她把我泼洒在了地上，我流到了湖中。”

“给我开门！大门！”她对门下命令。

“我不行啊，”大门说，“横梁被女主人塞到了门闩里，我动不了啊。”

“快开门，开门啊！我们的糕点在哪里？”她们大叫道。

“不行啊，”糕点说，“我们的身体都残缺不全了，现在我们在睡熟的小孩的嘴巴里。”女巫们气得大叫大闹，飞到天空中，回到了斯莱夫那蒙，她们用古老的咒语破口大骂，诅咒井神，是井神让她们如此狼狈。但这户老实人家的人都平安了。一个女巫升天时掉落了一件斗篷，被女主人收藏了，用以纪念这个夜晚的奇异事件。后来，她们这家人将斗篷世代相传，总共流传了五百年。

拓展阅读

名师点拨

无论是阴险邪恶的女巫，还是善良正义的井神，故事中出现的这些角色都充满了神秘色彩，而女主人的表现贴合现实，合乎常理。两者结合在一起就给读者营造了身临其境的阅读体验，读起来紧张感十足。

回味思考

1.女主人为什么大哭？

2.是谁帮助了女主人？

又一个强盗

名师导航

弟弟发现了一个藏宝洞，他在收获钱财后将这个秘密告诉了哥哥，然而他的哥哥不是个容易满足的人，他的贪心引来了强盗。

在很久以前，有一对兄弟，哥哥是鞋匠，生活富足；弟弟是农民，生活拮据。

【叙述】交代故事背景，介绍主要人物。

农民弟弟在田地里劳苦一天，正准备回家的时候，看见在一棵橡树底下站了十三个人，他们个个凶神恶煞，手里还都举着刀。

“他们一定是强盗。”他这样想着，同时快速地躲藏起来，想看看他们要做什么。他看见强盗走近那棵橡树，对着橡树说了一声“橡树开”，于是橡树真的开了一扇门出来，他们全都走了进去。这个农民弟弟依然躲在草丛中观察，不敢出声。过了一会儿，强盗们从橡树里面走出来了，他们又说了一声“橡树关”，门就这样关闭了。等强盗离开以后，他才从草丛中走出来。

他十分好奇，想进入橡树中一探究竟。于是，他走到橡树跟前，说了一句“橡树开”，果然门应声打开了。他走到橡树里面，发现有台阶向下延伸，他便沿着台阶向下走。

【行为描写】继续走下去会发现什么呢？让人期待。

不一会儿，眼前就出现了一个山洞，山洞中堆满了各式各样的金银珠宝，从地面几乎堆到了洞顶，让人没有落脚的地方。

农民弟弟仔细数了数，发现一共有十三堆。于是，他把这些金银珠宝往身上各个口袋里装，先是上衣，然后是裤子，最后连鞋子都装满了金币。

然后他拖着沉重的步伐，带着这些金银珠宝回到了家里。

【动作描写】表现出农民弟弟淳朴的品格，以及他对妻子的信任。

妻子看到他步伐不稳地回来，就着急地上前问道："怎么了？"他将身上的珠宝都倒了出来，并将刚刚的经历告诉了妻子，妻子感到十分吃惊！

量器是称钱工具，但是由于家中贫穷，他一般用不到这种东西，家里没有，于是他只好让妻子到鞋匠哥哥那里去借。

【行为描写】表现出鞋匠哥哥狡诈的本性，为下文埋下伏笔。

"我那个弟弟家里那么贫穷，什么都没有，他有什么可称的呢？"鞋匠心里想。于是，他把鱼油涂在了量器的底部，这样他就能够知道弟弟是拿它做什么用了。

弟弟很快将量器还了回来，鞋匠立刻拿来仔细查看，发现上面竟然沾了一枚金币，他感到十分吃惊！

于是，他立刻跑去找自己的弟弟，并询问他从哪里得来的钱。弟弟对自己的哥哥十分信任，将事情的经过毫无保留地告诉了他。哥哥对弟弟说："你应该带我去那个地方，我有孩子需要抚养，十分需要那笔钱。"

【语言描写】鞋匠根本不缺养育孩子的钱，反映出鞋匠的贪婪之心。

弟弟同意了哥哥的要求。就这样，他带着自己的哥哥，让两头驴各驮着两个口袋，再次来到了那棵橡树下。

弟弟对橡树说："橡树开。"门就打开了。

他们进去以后将口袋里装满了金银珠宝，然后回到了家里。到家以后兄弟二人平分了财物，他们以后都可以依靠这些钱过幸福的生活了。

这时，哥哥对弟弟说："我们现在已经有这么多钱，这对我们而言已经足够了，我们以后再也不要到那个山洞里面去了，否则一旦被强盗发现，我们就会因此丧命。"

农民弟弟对鞋匠哥哥的话深信不疑，再也没有考虑过山洞中剩下的那些金银财宝，但事实上，哥哥对弟弟说这些话，只是为了骗过弟弟，然后独吞剩下的金银珠宝。

几天以后，鞋匠再次来到了那棵橡树下，他看着强盗从里面出来了以后才走进橡树里面。

但是他并不知道，其实出来的强盗只有十二个。因为强盗已经发现了自己的财宝被人偷走过，所以这次他们特意留下一个人在这里看守。

很不幸，当鞋匠再次进入山洞里想去偷珠宝的时候，刚好被那个留守的强盗发现了。强盗跳了出来，毫不留情的举刀杀了鞋匠。

鞋匠的妻子在家等了很久，但直到天黑了，她也没等到自己的丈夫回家。于是，她只好去找农民弟弟："大事不好了！你的哥哥又去了埋藏宝藏的地方，但是到现在他都没有回来。"

弟弟心地善良，他十分担心自己的哥哥的安危，于是等到天黑以后，他又再次来到了橡树下。

他在树上看到了哥哥的尸体，十分悲伤，连忙将哥哥抱了下来，放在驴背上驮回了家。

弟弟又找来了另外一个鞋匠，让他帮忙将哥哥的尸体缝合在一起，然后将哥哥下葬。

鞋匠的妻子独身一人，她用鞋匠留下来的钱买了一个酒馆，从此她开起了酒馆，以卖酒为生。

而那些强盗也并没有放弃寻找丢失的财宝，他们四处打听。直到有一天，他们中的一个人来到了给死去的那个鞋匠缝尸体的鞋匠家，并对他说："嘿，伙计，你能帮我把这双鞋补补吗？"

鞋匠看强盗质疑自己的能力，感到十分不高兴，他回答道："我连鞋匠的尸体都缝过，你竟然觉得我不能缝一双鞋？"

"那个鞋匠是谁？"强盗问。

【对比】

将两兄弟做对比，突出了农民纯朴的品格。

【行为描写】

通过描写农民弟弟的表现，进一步刻画农民善良、淳朴的形象。

【语言描写】

刻画出强盗阴险狡诈的形象。

【对话描写】
轻易就将消息暴露给了强盗，表现出鞋匠的愚昧。

"是我的一个同行，他被人杀了，他的弟弟请我帮忙缝合他的尸体，这个人就是酒馆老板娘的丈夫。"

听了鞋匠的话，强盗们知道了自己的珠宝就是被老板娘的丈夫偷走的。他们感到很气愤，想要拿回自己的珠宝。

他们准备了一个大木桶，十一个人躲在木桶里面，余下的两个人负责将这个木桶放到车上，然后驾车去找那个老板娘。

【语言描写】
强盗博取老板娘的同情心，为方便下手。

他们来到了酒馆门前，对老板娘说："好心的老板娘啊，我们实在是饿极了，有没有地方可以让我们放一下这个桶，再给我们一些东西吃呢？"

老板娘请这两个强盗进门，并将他们安顿好，然后准备去煮通心粉给他们吃。

这时，老板娘的女儿正在院子中玩耍，她听到了木桶中强盗的对话："先让这个女人再多活一晚上，然后明天天一亮我们就杀了她。"

【行为描写】
充分表现出女老板沉着冷静的性格。

小女孩吓坏了，连忙将听到的一切都告诉了自己的妈妈。女老板并没有惊慌，她十分冷静，烧了一大锅滚烫的热水倒入水桶中，而后继续做通心粉，并在里面加了安眠药。

随后老板娘将通心粉端给强盗吃，等到强盗睡着以后，她对自己的女儿说："赶快将法官请过来。"

法官来了以后，发现了躺在地上的人，在核实了他们强盗的身份后，就给了老板娘一份奖励，感谢她的所作所为。

拓展阅读

名师点拨

农民弟弟和鞋匠哥哥的性格特征对比鲜明，一个淳朴善良，一个狡诈贪婪。如果鞋匠哥哥知道满足，他就不会惨遭强盗杀害，也不会让强盗找到家中。相比之下，鞋匠的老婆的沉着冷静，让她自己和孩子都幸免于难，值得赞扬。

回味思考

1.农民的哥哥为什么劝他不要再去藏宝洞了？

2.女老板是怎么对付强盗的？

好词收藏

拮据　凶神恶煞　延伸　贫穷　依靠　考虑　安顿

好句积累

◈ 不一会儿，眼前就出现了一个山洞，山洞中堆满了各式各样的金银珠宝，从地面几乎堆到了洞顶，让人没有落脚的地方。

◈ 几天以后，鞋匠再次来到了那棵橡树下，他看着强盗从里面出来了以后才走进橡树里面。

◈ 弟弟心地善良，他十分担心自己的哥哥的安危，于是等到天黑以后，他又再次来到了橡树下。

海上商人

名师导航

感情要好的两兄弟因为一个孩子闹翻了。殊不知，他们以为已经死亡的孩子，正踏上一场冒险之旅。

很久以前，有这样一对兄弟，其中一个没有孩子，另一个有个儿子。

【叙述】 交代故事背景，介绍关键人物。

他们两个人都对这个孩子很好，只要是孩子的要求，都尽力去满足。

他们两个人都非常富有，且在当地享有一定的名望。他们出过很多次海，乘船去过很远的地方，到过很多的国家。有一天，那个没有孩子的弟弟又要出海了，男孩想和他一起出海去做生意，顺便长长见识。

一开始他们都不同意，但是耐不住男孩的苦苦哀求，出于对男孩的疼爱，他们最后还是同意男孩出海了。父亲把男孩安排到了另一条船上，同他叔叔的那条船一起出海。

可是，天有不测风云，人有旦夕祸福。他们在海上遇到了很大的风暴，两条船都被浪掀翻了！最后，男孩的叔叔所在的那条船上的人被人救了，男孩所在的那条船却沉到了海底，船上无人幸免于难。幸运的是，男孩因为趴在了一块木板上，所以能一直浮在海面上，侥幸活了下来。

【叙述】 男孩的冒险之旅自此展开，引出下文。

但是当他上了岸以后，却迷了路，他走到了一处人迹罕至的森林里。

男孩害怕极了，他只有在白天才敢赶路，天黑了就不再行动。他饿了就吃树上的野果，渴了就喝泉水。为了防止自己睡着的时候遭到野兽的攻击，他只好每个夜晚都在树上休息。就这样，男孩独自走了很久，直到他看到一堵墙——这堵墙很长，根本看不到尽头，他借助树的力量爬上墙，看到在墙的另一边有一座城市，而这堵墙正是城中的人为了抵御野兽而修建的。

【行为描写】表现出男孩小心谨慎的性格。

他很轻松地爬下墙头，进入这座城市。他感到肚子有点饿，想去买一块面包填饱肚子。他走进面包店对老板说："老板，我想买一块面包。"但老板却没有理他。

他只好又走进一家香肠店，但是同样的，老板也没有理他，他感到十分气愤。

【设置悬念】这里的人为什么不理他？调动读者的好奇心。

"我应该去找国王，然后告诉他这件事情。"他对自己说。

他走进了王宫，但是并没有见到国王，他走到一间非常漂亮的屋子，发现里面有很多食物，有很大的书桌，还有很大很漂亮的床，他不知道其实这就是国王的房间。

侍女走进来，但她同样沉默不言，招待好了之后就离开了。他吃饱喝足以后，就躺在国王的床上休息了。

他在这个没有人说话的城市生活了很久。有一天晚上，在他即将就寝的时候，发现身边站了一位头戴面纱的女子，在旁边陪同她的，正是上次招待他的那位侍女。

那位美丽的女子对他说："我是斯科尔佐耐皇帝的女儿，我的父亲在去世前，给这座城市的所有人都施了一种让人沉默的魔法，有一个魔法师一直守护着这个魔法，所以这个城市中的人都不能说话。如果你能和我在一起待满一年，在这一年的时间里，既不看我，也不向任何人说我的故事，那么这个魔法就能够消失。不仅如此，你将成为这个国家的国王，我将成为这个国家的王后，受到这里所有人的尊敬。勇敢的小伙子，你能做到吗？你能帮助我吗？"

【语言描写】提出考验，小伙子能完成吗？让人期待。

男孩回答："我可以答应你，不过我想先回家去看望自

【语言描写】表现出主人公对家人的思念。

己的父亲、母亲和叔叔，因为我已经离家很久了，何况我将要在你的身边待上一年不能回家，他们一定会很担心我。”

公主对他的话表示怀疑，但是在他的请求下还是答应了。公主为他准备了一条船送他回家，在船上放了很多珠宝，并送给他一根手杖，对他说：“只要你拿着这根手杖，就能很快到想去的地方，但是一定要记住，不要把我的秘密对任何人说。”

男孩上了船，在手杖的帮助下，很快回到了父亲所在的那个城市，他住在当地最好的旅店，并将船上的所有财宝搬到了那个旅店里。

他向旅馆里的人打听，这里是不是有两个海商。

他们回答说：“这里确实有两个海商，以前他们非常富有，但是现在他们只能靠人们的接济度日。”

【设问】吸引读者的注意力，引人思考。

男孩感到很惊讶，他问：“为什么会发生这样的事情？”

人们回答说：“因为其中一个兄弟的儿子在和另外一个兄弟出海的时候，遇到了风暴，至今未归，生死未卜。两兄弟因此产生了嫌隙，关系不再像从前那样和睦，他们不再一起做生意，甚至成了死对头，两个人还因为打官司花光了所有积蓄。”

男孩找到了他的父亲，但是他的父亲并没有认出他。男孩对他的父亲说：“我想和你做一笔生意，但是必须要你和你的兄弟两个人一起参与。”

【语言描写】语气坚决，反映出父亲对叔叔的敌视。

他的父亲回答道：“这绝不可能，我们之间的矛盾已经不可调和，我不会和他一起做生意的，况且我因为打官司已经身无分文了。”

男孩又对他的父亲说：“如果你们同意和我一起做这笔生意，我不但会给你们一大笔钱作为资金，而且如果你们生意上有损失，所有的损失将由我一人承担。”

男孩约他的父亲和叔叔以及他们各自的妻子，在当地最好的餐馆里见面。双方的妻子见面以后都怒目而视，因为愤怒，他们没有吃下任何东西。

【神态描写】因为孩子的事情，双方变成了仇人。

男孩夹起一块肉放到父亲的盘子里，对他说："您不要生气，我现在就可以把您的儿子还给您，他就站在您的面前，其实我就是您的儿子。"

两家人都为他回来感到十分高兴，他们欣喜若狂，高兴地抱在一起。男孩将他带来的财宝分给了他的父亲和叔叔，并对他的母亲说："虽然我非常舍不得你们，很想留在你们的身边，但是现在我却不得不离开，因为我还有重要的事情要去完成。"

母亲十分不解，她不肯放儿子离开，直到儿子说出了那个斯科尔佐耐公主的故事。母亲才同意他离开，他对母亲说："我看不见公主的脸，不知道公主长得有多美丽。"

母亲对儿子说："儿子你听着，我这里有一根蜡烛，当公主睡觉的时候，你点亮这根蜡烛，拿着这根蜡烛照着，就可以看到她的脸了。"

【语言描写】母亲自作聪明地给儿子出主意，引出下文。

男孩登上了船，用公主给她的手杖，又回到了王宫。晚上当公主睡着以后，他拿出母亲送给他的蜡烛，将它点亮，急不可耐地想去看公主的脸，却不小心将蜡油滴到了公主脸上，公主被惊醒了。她对男孩说："你是一个叛徒，你背叛了对我的承诺，你无法再解救我了。"

男孩说："我感到十分惭愧，有没有什么补救的办法呢？我希望能继续解救你。"

公主对他说："现在只有一种办法，你要到森林里去，找到那个守护魔法的魔法师，战胜他，并将他杀死。"

【语言描写】借公主的话引出主人公接下来的行动。

"杀死他之后呢？"男孩接着问道。

公主回答："当你杀了那个魔法师以后，你要剖开他的肚子，他的肚子里面有一只兔子，兔子的肚子里面有一只鸽子，鸽子的肚子里面有三个蛋，你要取出那三个蛋，并保护

【语言描写】指出问题的严重性，增加故事的紧张氛围。

好它们，不能让它们受到一丝损坏，并将它们完好无损的带回王宫。只有这样才能破除魔法师的魔法，并解救这座城里所有的人。一旦失败，你和我们所有人都将受到魔法的惩罚，不能再说话，并且永远消失。拿着这根手杖，去找魔法师，打败他，我相信你一定能成功。”

男孩拿着公主给他的手杖离开了王宫。在去森林的路上，他看到了一群牛，还有牧牛人和那群牛的主人。

他对那群牛的主人说：“我实在饿极了，没有力气继续走路了，您可以给我一块面包吗？”

阅读笔记

好心的主人给了他一块面包，并强烈要求他留下来做一名牧人。

突然有一天，主人对牧人们说：“你们赶快把这些牛赶到森林里的草场上去，但是小心一定不要让它们进入树林，因为树林里有一位魔法师，这位魔法师不仅杀人，连牛也不放过。”

可是，男孩和那些牧人却偏偏把牛群赶到了树林里。他们将牛群赶到了树林里之后，主人满面愁容。

【语言描写】借牛主人之口，引出主人公下一步的行动。

他说：“现在它们已经进入了树林，但是谁有勇气能够将它们赶回来呢？”

没有一个人愿意进入那片树林，因为他们都知道树林中有一位魔法师，他们都害怕被那位魔法师杀掉。只有新来的牧人愿意进入那片树林，于是主人派一位小伙计和他一起进入树林。进入树林后，小伙计感到非常害怕。

牛进入树林以后，毁了很多的树，魔法师看到被毁的树和那些牛后十分生气。他拿着一根头上有六个铜铃的手杖上前去查看情况。

【对比】将小伙计和主人公的表现进行对比，突出主人公的勇气。

小伙计十分害怕，他藏在一头牛的身子下面，不敢出来。而男孩却很勇敢，他站在原地等着魔法师向他走过来。

魔法师对他说：“你是什么人？竟然敢破坏我的森林！”

男孩对魔法师说："我不但破坏你的森林，我还要取你的性命。"

于是，男孩和魔法师打了起来。他们打得不可开交，但是打了很久，都没有分出胜负。最后，两个人都十分疲惫。魔法师说："只要我手中有一块面包和一碗酒，我就能够让你像猪一样一分为四。"

男孩不甘示弱地答道："要是我有一块面包和一碗牛奶，我也要将你分成两半。"

【对话描写】表现出了魔法师和主人公好强的性格。

他们约定暂时停手，等到第二天的时候再出来打。男孩将牛赶出树林，和那位小伙计一起走了出去。

牛主人和其他牧人看到他们活着回来，都十分吃惊。

小伙计向他们讲述了那位魔法师和男孩之间的战况，并告诉他们说："魔法师想要一块面包和一碗酒，而这男孩则需要一块面包和一碗牛奶。"

于是，好心的牛主人吩咐人准备了一块面包和一桶牛奶给小伙计，让他带着这些东西，跟在男孩后面一起进入森林。

【铺垫】主人公得到了想要的东西，为下文的胜利做铺垫。

当男孩将牛群赶进树林里的时候，他又遇到了昨天那个魔法师，他们又斗了起来。

当两个人再次疲惫不堪的时候，魔法师说："只要我手中有一块面包和一碗酒，我就能让你像猪一样一分为四。"

男孩说："要是我有一块面包和一碗牛奶，我也能将你分成两半。"

可惜这里并没有魔法师想要的葡萄酒，却有男孩想要的东西。

男孩让小伙计马上将那桶牛奶和面包拿过来，男孩喝了一勺牛奶，然后在魔法师头上砸了一棍子，将他砸晕在地。

【动作描写】一勺牛奶决定了胜负，极具童话色彩。

他在魔法师的肚子里找到一只兔子，在兔子的肚子里找到一只鸽子，最后又从鸽子的肚子里找到了那三个蛋。

他小心翼翼地取出这三个蛋，将它们收好，然后又将牛群赶出了这片树林。

因为他战胜了魔法师，解救了人们，人们对他十分感激。牛主人希望他能留在这里，但男孩却说他还有别的事情要做，拒绝了他的请求。

【行为描写】表现出牛主人知恩图报的美好品德。

牛主人把魔法师待过的森林送给他，作为他战胜魔法师的礼物，然后男孩便离开了这里。

男孩回到那个没有人说话的城市，走进了王宫。公主牵着他的手，将他带进了国王的密室，并对他说："从此以后你就是这里的国王，我就是这里的王后。"

她把戴着王冠的男孩带到台子上，拿着三个蛋对他说："将这三个蛋一个放在右边，一个放在左边，一个放在前边。"

他按照公主的吩咐做了，很快人们就能够说话了。

【情景描写】描写出整座城市恢复生气后的情景。

这座城市又变得有活力起来：街上能听见小贩卖东西的喧闹声，军队开始执勤，哨兵开始站岗，所有人嘴里大喊着："国王万岁，王后万岁。"

拓展阅读

名师点拨

主人公的形象贴合现实，他并非十全十美之人。主人公接受母亲的建议，是因为他对公主的容貌抱着好奇之心；与魔法师正面单挑则表现出他鲁莽好强的一面。当然，更多时候，我们在主人公身上看到的是积极向上的品格。

回味思考

1.城市里的人为什么都不说话？

2.男孩是怎么打败魔法师的?

好词收藏

侥幸　人迹罕至　生死未卜　嫌隙　身无分文　欣喜若狂

好句积累

◈ 最后,男孩的叔叔所在的那条船上的人被人救了,男孩所在的那条船却沉到了海底,船上无人幸免于难。

◈ 就这样,男孩独自走了很久,直到他看到一堵墙——这堵墙很长,根本看不到尽头,他借助树的力量爬上墙,看到在墙的另一边有一座城市,而这堵墙正是城中的人为了抵御野兽而修建的。

◈ 两家人都为他回来感到十分高兴,他们欣喜若狂,高兴地抱在一起。

◈ 这座城市又变得有活力起来:街上能听见小贩卖东西的喧闹声,军队开始执勤,哨兵开始站岗,所有人嘴里大喊着:“国王万岁,王后万岁。”

螃蟹与金蛋

名师导航

穷苦的泥瓦匠因为一只螃蟹改变了窘迫的生活，因为这是一只会下金蛋的螃蟹。泥瓦匠隔壁的裁缝得知后贪心大起，他会想出什么办法将螃蟹占为己有呢？

在很久以前，有一个泥瓦匠，成亲以后，妻子给他生了两个儿子。

【叙述】介绍故事背景，引出下文。

突然有一天，他生了一场怪病，从此以后他再也不能干活儿了，只能待在家里。直到有一天，他所有的积蓄都被花光了，迫不得已他只能开始变卖家里的东西，他将家里的桌子、椅子、床都卖掉了，最后连头顶上的瓦片都被他卖掉了。

一天晚上，家里又没粮食了，儿子们都快饿坏了，他便对儿子们说："我出去看看，看能不能猎到一只鸟回来。"于是，他便独自出了门。

【心理活动】尽可能地为孩子着想，表现出父亲对孩子的疼爱。

但是他没有猎到一只鸟，却在回家的路上发现一块大石头，上面趴着一只螃蟹，他想，可以把螃蟹带回家给他的孩子们玩，于是就将螃蟹装进口袋带回了家。

回到家以后，他将螃蟹给了自己的两个孩子。

孩子们将螃蟹放进了小笼子里面。

第二天，当孩子们再去看螃蟹的时候，却在笼子里发现了一颗蛋。孩子们将蛋拿给了父亲，父亲发现这是一颗金蛋，便将蛋拿去卖掉，换了六个金币。

这只螃蟹每天晚上都会下一颗金蛋，第二天泥瓦匠把金蛋拿去卖掉就可以得到六个金币，就这样，没过多久泥瓦匠就成了一个富翁。

一个裁缝住在泥瓦匠的隔壁，他最近总是自言自语道："我真搞不明白，隔壁那个穷泥瓦匠怎么突然间就变得这么富有了！"

【铺垫】为下文裁缝展开行动做铺垫。

于是，他开始观察泥瓦匠一家，白天观察，晚上也观察。没过多久，他就发现了泥瓦匠一家的秘密，原来他们之所以可以在这么短的时间内变得这么富有，是因为他们拥有一只可以下金蛋的螃蟹。于是，他便打起了坏主意。

裁缝一共有三个孩子，两个儿子、一个女儿。

裁缝计划把自己的女儿嫁给泥瓦匠的一个儿子，这样他就可以想办法得到泥瓦匠家的那只会下金蛋的螃蟹。

婚事很快就定下来了，裁缝对泥瓦匠说："我女儿的嫁妆我准备好了，理所当然，你们也应该将那只螃蟹作为给我女儿的一份聘礼。"

【语言描写】直接开口要，刻画出裁缝贪婪愚昧的形象。

泥瓦匠同意了，但是他说："这只螃蟹必须作为我儿子的财产。"

裁缝终于拿到了螃蟹，他仔细地观察了一下，发现螃蟹上有一行字，他将上面的字读了出来："吃了螃蟹壳的人将来会当国王；吃了螃蟹腿的人，每天早上醒来，都会发现枕头下有一袋金子。"

裁缝心想："我应该将这只螃蟹煮熟了，让我的两个儿子把它吃掉。"

【心理活动】想着自家独占好处，表现出裁缝自私的性格特征。

于是，他杀了螃蟹，生起火将螃蟹放在火上烤，然后出门去叫他的两个儿子。

裁缝刚一出门，泥瓦匠的两个儿子就走了过来，他们看到了火上正在烤的螃蟹，觉得十分美味。于是，他们便把这只螃蟹吃掉了，一个人吃螃蟹壳，一个人吃螃蟹腿。

等到裁缝回来的时候，发现螃蟹已经不见了，于是两

【行为描写】
裁缝嫁女儿就是为了螃蟹，现在螃蟹没了自然就闹翻了。

家大吵了一架，他们的婚事也取消了。泥瓦匠的两个儿子知道自己闯了大祸，便对父亲说："我们决定去外面看看。"然后他们就离开了家。

他们在离家不远的一座小城停了下来，住进了一家小旅店。

第二天早上，弟弟醒来的时候，发现自己的枕头下面有一个装满了金子的袋子。

他对哥哥说："哥哥，旅店的老板娘肯定觉得我们是小偷，所以想试探我们一下，就将一袋子金子放在了我的枕头底下。"

【语言描写】
不为金钱所动，表现出人物正直的品格。

于是，他将这袋金子还给了老板娘，并对老板娘说："现在我已经将金子还给了你，这是不是足以证明我们并不是贼。"

老板娘对这件事感到十分惊讶，仿佛天上掉馅饼一般，但她十分狡诈，她并没有承认这不是自己的钱，而是面不改色地接过了那一袋金子，并对他说："没错，没错，这正是我放在你枕头下面的金子，现在你通过了我们的测试。"

【语言描写】
可见人物心思简单，性格纯朴，只想着尽量解决麻烦。

第二天，弟弟醒来的时候，在枕头下再次发现了一模一样的一个钱袋，里面同样装了满满一袋金子，他对哥哥说："看来他们还是不信任我们，我们还是赶快离开这里吧。"然后又把那一袋金子给了老板娘。

老板娘对两兄弟说："实在抱歉，我这个人就是比较粗心大意，总是乱放钱，但是对你们真的没有什么恶意。"

兄弟二人结了房钱，就离开了。他们走到一片树林里，看到天色已晚，就打算在这里休息一晚。

第二天一早，弟弟又在石头旁边发现了一袋金子。

弟弟愤怒地说："那个老板娘太讨厌了，她怎么还是不放心我们，竟然跟我们到了这里，这次我们再也不把金子还给她了，一定要让她受一点教训。"

但是无论他们走到哪里，住在哪里，第二天早上，都会在枕头边发现一个一模一样的钱袋。这时,他们才明白,其实得到钱袋与老板娘无关,是他们自己的好运气。

当他们走到了一个岔路口时,哥哥和弟弟决定分开,独自闯荡。弟弟对哥哥说:"哥哥你拿着这把刀,只要它没有生锈,就证明我还活着;如果它生锈了,就说明我已经不在这个世上了;你就回家告诉父亲我已经死了,并为我痛哭吧。"

【对话描写】两兄弟之间深厚的亲情跃然纸上。

"这瓶水给你,"哥哥说,"只要这瓶水没有变浑浊,就说明我还平安,假如有一天水变得浑浊了,也请你将我去世的消息告诉父亲,并为我痛哭吧。"

他们将这几天得到的钱平分了,然后依依不舍地各自离开了。

哥哥来到了一个国家,这里的国王刚刚去世。由于国王没有子嗣,大臣们便用鸽子来决定谁是新的国王。

【叙述】如螃蟹身上的字所预言的一样,充满了童话色彩。

哥哥没想到,鸽子竟飞到了自己的头上,顺理成章,他就当上了这座城市的国王。他坐在马车里,身后跟着卫队,乐队奏着音乐,威风凛凛地到了王宫。

人们给他穿上了漂亮的袍子,戴上了属于国王的王冠。

弟弟则来到了另外一个国家,他住进了当地的一家旅馆,旅馆的对面是一座宫殿。一天,他在街上遇到了漂亮的公主,两人交谈了许久。公主平日没什么活动可以打发时间,便对他发出邀请,希望他能来自己家里做客。

"这是我的荣幸。"他对公主说。

【铺垫】为下文发现小伙子的秘密做铺垫。

进入宫殿后,公主对他提议说:"让我们做点有意思的事情吧,打牌如何?"

他们开始打牌,但是小伙子不太擅长,所以每局都是公主赢,小伙子一直在输钱。但是他的钱怎么也输不完,因为他每天早晨都会得到一袋金子。

公主想不明白他怎么会这么富有,就去问女巫,女巫告诉公主说:“这个年轻人身上被下了一种魔咒,他有数不完的钱,因为有半只螃蟹在他的肚子里,他每天早晨醒来的时候,在枕头下都能发现满满的一袋金子。”

【叙述】表现出公主贪婪的一面,引出下文。

公主也想拥有这种魔力,便问女巫怎么才能拥有这种魔力。

女巫对公主说:“亲爱的公主殿下,只要您照我说的去做,就能得到您想要的。您需要给那个小伙子倒一杯葡萄酒,并将我给你的药掺在葡萄酒内,只要他喝了酒就会将肚子里的那半只螃蟹吐出来。然后,您再将这半只螃蟹吃掉,这样的话,每天早晨当您醒来的时候,枕头底下就会出现一袋金子,这是属于您的财富。”

【行为描写】公主的行为导致小伙子变成了流浪汉,表现出公主歹毒、自私的性格。

公主按照女巫所说的方法做了,吃掉了那半只螃蟹。小伙子也因此陷入了贫困,等他将身上所有的钱都花光以后,就只能开始流浪。他四处行走,直到有一天,他饿得实在走不动了,倒在了一块草地上。为了能活下去,他只好将地上的草拔起来吃掉。只是他并不知道他吃的并不是一种普通的草,而是菊苣菜。小伙子刚将它嚼碎,还没有吃到肚子里,自己就变成了一头小毛驴。

小伙子并没有为自己变成驴而难过,相反,他想自己虽然变成了驴,但是至少以后不会挨饿了,可以吃草来填饱肚子。

紧接着他又发现了一种像卷心菜的植物,刚将它嚼碎,他就化为了人形。他觉得这些草能带给他帮助,于是他采了很多菊苣菜和那种像卷心菜的植物。

【行为描写】可见小伙子并不迂腐,有仇报仇,大快人心。

他想要给公主一点教训,就将自己打扮成菜农的模样,带着这些东西,来到公主的窗下。他大喊道:“卖菊苣菜啦,有没有人要买菊苣菜呀?”

公主将他叫到了宫殿里,觉得这些菜十分新鲜,就顺手买了一些。她把买的菜刚拿起来放到嘴里,还没有吃下去，就变成了一头毛驴。小伙子连忙给它戴上笼头，牵着它，走出了宫殿。

宫殿里的守卫都没有发现这头毛驴是公主变的，他们很顺利地离开了宫殿。

小伙子牵着毛驴去了一个很远的地方，在这个地方，有许多人被国王雇用，他和毛驴也在这里找了一份工作。他让驴驮上很重的石头，并用木棍打着它让它往前走。

【叙述】

国王是他的哥哥吗？兄弟能否重聚？让人期待。

很多人看到这一幕，觉得他对这头驴太过残忍，就问他："你为什么要这么虐待这头驴呢？"

他回答道："这是我的驴，我想怎样对待它都是我的事。"

很快就有人将这件事情报告给了国王，国王知道以后，命人将小伙子押了过去，并问他："你为什么要这么残忍地对待这头驴？"

【语言描写】

成为国王后还会同情一头驴，反映出哥哥淳朴善良的本心。

"它活该受到这种惩罚。"小伙子回答。

小伙子看到国王腰带上佩戴着一把刀，他认出来那是他曾经送给哥哥的。

小伙子对国王说："请你将我在岔路口送给你的钱还给我。"

国王说："我是国王，你有什么权力这么跟我说话？"

"那我应该怎么跟你说话，你是我的哥哥，你看这是你送给我的瓶子。"

就这样，兄弟两人相认了，他们泪流满面地抱在一起。弟弟将他和公主之间发生的事仔细地讲给哥哥听。

了解了事情的原委后，哥哥对弟弟说："她这样对待你，确实是她有错在先，但是她已经受到了惩罚，如果她能够将吃掉的那半只螃蟹还给你，你就把她变回人形吧。"

【语言描写】

劝弟弟谅解公主，表现出哥哥宽广的胸怀。

弟弟同意了哥哥的话，他们给毛驴吃了药，让它可以吐出肚子里的螃蟹，又给驴吃了那种能使它变回人形的植物，让公主又恢复了原来的容貌。

拓展阅读

名师点拨

故事从泥瓦匠带回螃蟹时正式展开，围绕着螃蟹诞生了一系列的意外。这只会下金蛋的螃蟹引来了隔壁裁缝的觊觎，后来又因为螃蟹能生金子，引来了公主的贪心。通过发生在泥瓦匠一家身上的故事，读者能从中看到赤裸裸的人性。

回味思考

1.弟弟的枕边为什么有金子出现？

2.公主是怎么变成驴的？

好词收藏

迫不得已　承认　依依不舍　顺理成章　威风凛凛　原委

好句积累

◈直到有一天，他所有的积蓄都被花光了，迫不得已他只能开始变卖家里的东西，他将家里的桌子、椅子、床都卖掉了，最后连头顶上的瓦片都被他卖掉了。

◈老板娘对这件事感到十分惊讶，仿佛天上掉馅饼一般，但她十分狡诈，她并没有承认这不是自己的钱，而是面不改色地接过了那一袋金子，并对他说："没错，没错，这正是我放在你枕头下面的金子，现在你通过了我们的测试。"

◈哥哥没想到，鸽子竟飞到了自己的头上，顺理成章，他就当上了这座城市的国王。

◈他想要给公主一点教训，就将自己打扮成菜农的模样，带着这些东西，来到公主的窗下。

鸽子姑娘

名师导航

一个流浪的小伙子，跟随一个希腊人来到了一座山下，登上山顶后，他发现自己被骗了，还遇到了一名邪恶的魔法师，他该怎么逃出去呢？

很久以前，在欧洲的一个国家里，生活着一个小伙子。这个小伙子的运气十分不好，接二连三地遭受了很多挫折，他不禁对生活失去了希望。于是，小伙子便漫无目的地流浪着。直到有一天，他来到了海边，此时的他已经两天没有进食了。面对着茫茫无际的大海，小伙子不知道自己该何去何从，他的心中充满了悲伤。

【叙述】交代主人公面临的处境，引出下文。

就当他坐在海边唉声叹气之时，一个希腊人走了过来，他热心地问小伙子："年轻人，你可是遇到了什么困难吗？为什么坐在海边愁眉不展？"

"我是一个失败的人，无论我做任何工作总是得不到好的结果，现在我连自己的肚子都填不饱了。像我这样的人，活在世上又有什么用呢？"小伙子有气无力地回答。

希腊人听后安慰他说："年轻人，人生不如意者十之八九。你如此年轻，不要垂头丧气，快活一点！跟我来吧，我会为你提供食物，还可以给你一份工作。"

小伙子一听，喜不自胜，连忙说道："我真是遇到贵人了，不知您需要我为您做什么？"

【语言描写】表现出小伙子对希腊人的感激。

希腊人回答："小事一桩。一年之中你只需要为我工作一次，而这一次工作也不会花费很长时间。其他的你什么都不用管，每天我会为你准备好衣食，你帮我料理些家务就可以了。”

【叙述】
小伙子正饿着肚子，没有心思多思考。

小伙子一听说有这样的好事，十分高兴，没有多考虑就和希腊人签订了合约。之后，小伙子跟随希腊人回到了家中，每天要做的就是一些简单的家务。

幸福的时光很快就过去了，几个月之后的一天，希腊人对小伙子说：“养兵千日，用兵一时，需要你为我工作的时机到了。你去找两匹马来，然后我们一起骑马到一个地方。”

小伙子按照希腊人的吩咐找来了两匹马，他们骑着马日夜兼程，终于在七天之后到达了一座大山的脚下。

【对话描写】
借两人的对话设置悬念，吸引读者的兴趣。

希腊人对小伙子说：“你要爬到山顶上去。”

小伙子忍不住问道：“我到山顶去做什么呢？”

希腊人回答道：“这就是我需要你为我做的事。你爬到山顶，会发现山顶上有很多石头，你把那些石头通通扔下山，之后你再下山回来就可以了。”

小伙子想了想，说：“这件事听起来并不复杂，把山顶的石头扔下来，我也应该能够办到。可现在的问题是，这个山上并没有山路，山又高又陡，我怎样才能爬到山顶去呢？”

希腊人微微一笑，胸有成竹地说：“不用着急，我自有好办法。”只见他一刀杀死了他们来时骑的一匹马，又手脚麻利地把马的皮剥了下来，然后他把马皮披在小伙子身上。没过多久，飞来了一只雄鹰，在天空中盘旋，它发现了披着马皮的小伙子，还以为是猎物，便从空中俯冲下来一把抓住了他，然后就飞到山顶上去了。小伙子刚一到达山顶，便挣扎着从马皮中爬了出来。

【情景描写】
描写雄鹰带着主人公飞翔的情景。希腊人是怎么知道这一点的呢？引出下文。

而此时，希腊人在山脚下的喊声飘进了他的耳中：“别愣着了，小伙子！快把山顶上的石头都给我扔下来吧！”

小伙子一听，想起了自己的任务，便弯下腰来准备将山顶的石头推下山。可当他仔细一看，才发现这山上哪有什么石头，全都是各种钻石和珠宝！此时他终于明白，希腊人好吃好喝地照顾他几个月是为了什么。

【叙述】原来希腊人要的是珠宝，之前说是石头是为了避免年轻人有异心。

他心中暗想："这山顶上竟然全都是各种奇珍异宝。倘若我把这些宝贝扔下山，他自然可以凭借这笔财宝发家致富。可是这山顶上的珠宝，难道没有主人吗？我把这些价值连城的东西随意抛下山，真的不会惹麻烦吗？"

小伙子越想越觉得这其中一定有蹊跷，他决定不贸然行动，先在山顶上仔细查看一番，然后再决定该怎么办。于是，他在山顶上四处搜寻，果然发现了一个山洞。山洞有半人高，他弯着身子走了进去，发现洞中竟然另有天地。他走过一段路，眼前就出现了一座美丽的庄园，甚至还有一座精致华丽的城堡。

【心理描写】表现出年轻人机智谨慎的品格。

眼前的景象让小伙子惊讶得不知所措。当他准备再往前迈步仔细观察时，却发现自己的身体一动也不能动了。原来这座庄园和城堡属于一个魔法师，小伙子此时已经闯入了魔法师的领地。

魔法师眯着眼睛打量着小伙子，然后说："小子，你也是来偷我的宝石的吧！是那个希腊人派你来的吗？每年这个时候，他都会派一个人来山顶上偷我的宝石。这么多年过去了，他从未得手过。所有上山的人都没有好下场，如今轮到你了，我要杀了你。"

【语言描写】借魔法师的话揭露希腊人的阴谋，呼应前文。

小伙子一听，吓得瑟瑟发抖，连忙求饶："尊敬的魔法师大人，我也是被骗的。那希腊人只说让我上山推石头下去，并没有告诉我山顶上都是你的珠宝。你可以去看看，你的珠宝一件不少，我没有扔你的珠宝下去。"

魔法师将信将疑地说："好，我现在去检查检查，倘若真如你所说，我的珠宝一件不少，那我就留你一条小命。"

魔法师来到洞外，仔细地清点了山顶上的珠宝，发现果然如小伙子所说，一件不少。

【语言描写】可见魔法师很守规矩，并不会滥杀无辜。

魔法师又回到洞里，对小伙子说："年轻人，你还算诚实，我的珠宝果然一件不少。既然我答应了，自然不会杀了你。但你未经我的同意，私自闯入我的领土，死罪可免，活罪难逃。今后你就做我的奴仆吧，我有一项工作要让你去做：城堡的后面有一个马厩，里面关着十二匹马，每天早上你必须拿着木棍把每一匹马都狠狠地抽打九十九下，少一下都不行。你别想偷懒，做这项工作时，你必须让我听到抽打马匹的声音，如果我没有听见，那你就要受惩罚了。我说的话，你听懂了吗？"

小伙子一听说可以保住自己的性命，二话不说立刻点头答应。第二天天一亮，他就找了一根粗粗的木棍，跑到城堡后面的马厩里。这里果然关着十二匹马，每一匹马都十分漂亮，它们躯干壮实、四肢修长、皮毛油光水亮。小伙子实在不忍心动手，可是他又不敢违背魔法师的命令，只好拿着棍子站在马厩前左右为难。

【动作描写】"左右为难"表现出小伙子善良的本心。

这时，一匹马向他求情道："善良的年轻人，求求你，可怜可怜我们吧，不要再打我们了。其实我们都是人，只是不小心闯入了魔法师的领地，才被他变成了马。不如这样，你就用棍子使劲儿地敲击地面，我们配合你拼命惨叫，这样魔法师听着就以为你在打我们了。"

【心理描写】小伙子不想伤害马，所以他答应了能满足双方需求的主意。

小伙子低下头认真想了想，他觉得这个主意可行，就按照这匹马的建议去做。果然，魔法师听着棍棒敲打地面的声音和马匹们的惨叫声，认为小伙子忠实地履行了他的命令，十分满意。

一连几天，小伙子都用这种方法糊弄魔法师。有一天，一匹马对小伙子说："善良的年轻人，多亏了你，我们这些天才免受皮肉之苦。为了表示谢意，我们要报答你。"

小伙子一听，觉得不可思议："你们都被变成马了，又何谈报答我呢？”

那匹马回答道：“庄园里有一个花园，花园边有一个很大的池塘。每天早上会有十二只鸽子在那池塘中喝水、嬉戏。当这些鸽子从水中出来的时候，它们就会变成十二个美丽的姑娘。这些姑娘会把自己的鸽子外衣放在池塘边，你只需要悄悄地躲在旁边的树林里，趁她们不注意偷偷拿走你最喜欢的那个姑娘的衣服。她没了鸽子外衣，就会一直缠着你，向你要回衣服。记住你此时千万不能把衣服还给她，否则她得到衣服，就会又变成鸽子飞走的。”

【语言描写】调动读者的好奇心，引出下文。

小伙子听到这件事，觉得十分有趣，便按照那匹马的指点，在第二天一早就来到池塘边的树林中。他找了一个藏身的好位置，然后就静静地等待着鸽子姑娘们。没过多久，果然有一群鸽子飞过来落在池塘边。小伙子暗中数了数，不多不少正好十二只。鸽子们在水边喝了点水，又相互清理羽毛。过了一会儿，它们竟真的变成了美丽的姑娘，在池塘里嬉戏打闹着。

【行为描写】充分表现出了小伙子活泼、充满好奇心的一面。

小伙子在暗中仔细观察，然后把最漂亮的那个女孩的衣服偷偷拿走了。水中的姑娘们发现有人，便纷纷上岸穿好衣服又变成鸽子飞走了。只有那个最漂亮的女孩，她的衣服被小伙子藏了起来，她只好追着小伙子一直跑。那匹马早就将回家的路线告诉了小伙子，于是姑娘便跟着他一路跑回了家。

【动作描写】说明这件衣服对她而言十分重要，为什么呢？引人遐想。

回到家，他气喘吁吁地对母亲说：“亲爱的妈妈，她是我的妻子，你帮我照顾好她，千万不要让她跑走了。”

交代完母亲，小伙子便抱着姑娘的鸽子外衣进了屋，他要把衣服藏起来。在衣服的口袋里，他发现了很多宝石，便顺手拿了两颗准备到集市上去卖。出门前，他又再三叮嘱自己的母亲：“无论如何不要把女孩的衣服还给她，否则她会逃跑的。”

【语言描写】指出关键之处，为下文母亲的失误做铺垫。

小伙子刚一离开家门，姑娘便缠着他的妈妈不停地重复一句话："把我的衣服还给我，把我的衣服还给我。"

小伙子的妈妈被吵得头昏脑涨，什么事情也做不了，实在没有办法，只好从儿子的行李当中找出了一件衣服，那件衣服是用鸽子的羽毛做成的，看起来十分华丽。她拿给姑娘问道："你要找的是这件衣服吗？"

姑娘兴高采烈地接过自己的衣服，迫不及待地将衣服穿在身上，一眨眼的工夫就变成鸽子飞走了。小伙子的妈妈被眼前发生的一切吓坏了，过了一会儿，她才清醒过来，然后便满心忐忑，她不知道儿子回来之后自己要如何向他解释。

【心理活动】因为放跑了姑娘，母亲担心儿子回来后责怪她。

等到太阳下了山，小伙子终于从集市上回来了。他用两颗宝石换了很多钱，还买了各类生活用品。可是他刚一到家，却发现鸽子姑娘不见了。他的妈妈不敢隐瞒，便把白天发生的事如实告诉了小伙子。小伙子对妈妈说："妈妈，这里有不少钱，还有一些日常生活需要的东西，你就安心留在家里吧。而我必须要再次出发，追回我的妻子。"说完这些，他就连忙去收拾行李，小伙子暗暗想道："鸽子姑娘没有别的地方可以去，她一定还会回到魔法师的领地。"

【心理描写】小伙子思维敏捷，很快就想到了姑娘的去处。

小伙子带着行李，朝魔法师的领地走去。在路上，他遇到三个争吵不休的人。三人见小伙子向他们走来，便异口同声地说："英俊的小伙子，你能过来帮我们一个忙吗？我们这里有三样宝贝却无法平均分给三个人，因而争执不下。你和我们三个都没有关系，一定能帮我们公平地分配。"

小伙子问道："需要我帮你们分配什么？"

【语言描写】引起读者的好奇心，引出下文。

其中一个人回答："是这样的，我们三个都是小偷。从一个老财主家里，我们偷来了三样宝贝：第一样是穿上后就能跑得飞快地鞋子，第二件是穿上后别人就不能看见你的隐形衣，第三样是一袋子金币。我们三个人该怎样分配这些宝贝才公平？”

小伙子回答道：“在公平分配之前，我要先试一试，看看那鞋子和隐形衣是不是真如你说的那般神奇。”

小伙子先把鞋子穿在脚上，又把隐形衣披在身上，然后问三个小偷：“你们看得到我吗？”

三个人异口同声地回答：“我们看不到。”

【语言描写】刻画出三人愚蠢的形象。

话音刚落，小伙子便一把拎起地上的金币，飞快地跑走了。因为有了隐形衣的帮忙，他不费吹灰之力便来到了魔法师的花园里。然后和上次一样，又躲进了池塘边的树林里。

等到太阳刚刚升起的时候，那十二只鸽子再一次来到池塘边喝水、嬉戏。然后，小伙子就发现鸽子们把自己的外衣放在池塘边，变成了十二位美丽的姑娘。他又一次将最美丽的姑娘的衣服藏起来，然后其他的姑娘们穿上鸽子外衣飞走了，只有那个最漂亮的女孩，又一次追着他要衣服。

这一次，为了永绝后患，小伙子生了一把火将鸽子外衣烧成了灰烬。这下那个最漂亮的女孩永远无法变回鸽子了，她对小伙子说：“我原本是一个人，是魔法师对我施了魔咒才变成了鸽子，如今你把他的魔咒解除了，以后我就是你的妻子了。但是魔法师一日不死，你我就无法安生度日。要想我们生活得平平安安，你就要杀掉魔法师，再把马厩里的十二匹马恢复人形。”

【动作描写】表现出小伙子行事果决的一面。

小伙子答应了姑娘的要求。等到夜深人静，小伙子悄悄地潜入了魔法师的卧室，把熟睡中的魔法师一刀砍死。接着，他又来到了庄园后面的马厩里，按照鸽子姑娘告诉他的方法，在每匹马的身上都扯下几根鬃毛，然后这些马便纷纷恢复人形。十二个人的魔咒被解除了，他们对小伙子感激涕零。一行人又把魔法师庄园里的所有宝贝聚集在一起，每人分得一份，然后便各自回家了。

【动作描写】夜间行动，一刀毙命，表现出小伙子机智、勇敢的品格。

【语言描写】
公主讲述自己的来历，表达对小伙子的感激之心。

小伙子也带着自己的那一份回到了家中，这时他的妻子告诉他：“我原本是一位公主，因为我的父王得罪了魔法师，才被施咒变成鸽子。如今你破除了魔咒，也证明了你的勇敢和智谋，我愿意和你相互扶持，共度一生。”

拓展阅读

名师点拨

本故事的情节充满了童话色彩。从小伙子被狡猾的希腊人骗到山顶，到遇到魔法师，再到见到人变成的马和鸽子，情节起伏跌宕，加入了大量极具童话色彩的神奇幻想，富有吸引力。

回味思考

1.小伙子为什么会跟随希腊人？
2.山顶上真的有石头吗？

好词收藏

接二连三　漫无目的　茫茫无际　垂头丧气　喜不自胜
胸有成竹　瑟瑟发抖　将信将疑　左右为难　气喘吁吁

好句积累

◈ 没过多久，飞来了一只雄鹰，在天空中盘旋，它发现了披着马皮的小伙子，还以为是猎物，便从空中俯冲下来一把抓住了他，然后就飞到山顶上去了。

◈ 这里果然关着十二匹马，每一匹马都十分漂亮，它们躯干壮实、四肢修长、皮毛油光水亮。

◈ 姑娘兴高采烈地接过自己的衣服，迫不及待地将衣服穿在身上，一眨眼的工夫就变成鸽子飞走了。

伟大的欧东那格国王

名师导航

欧东那格国王智勇无双，仁爱百姓，得到了子民的爱戴。可有一天，这位国王在做出预言后突然消失了，是意外身亡，还是凭空消失了？

传说，在很久很久以前，现在的基拉尔尼湖被人称为李恩湖，统治李恩湖这一地区的国王名叫欧东那格。欧东那格国王是一位充满智慧的政治家，他为人宽厚，心地善良，刚正不阿，国家在他的治理下，河清海晏，时和岁丰，百姓过着安居乐业的日子。不仅如此，这位国王还十分骁勇善战，但是他从不以武力解决争端。当然，对于违反了法律、触犯了底线的人，他也绝不轻饶。即便是他最喜爱的儿子做了违法乱纪的事，也要与庶民同罪，受到公正的审判。很长一段时间，他的儿子都被他关押在岛上的“欧东那格”监狱里。

【叙述】介绍欧东那格国王的为人及其创下的功绩。

那是一个炎热的夏季。在一个凉爽的早晨，欧东那格国王召集所有的大臣在王宫中举办了一场盛大的宴会。在宴会接近尾声的时候，欧东那格国王发表了一场令人惊讶的演讲。在演讲中，他向人们讲述了他对于王国的预言。他告诉所有人，他们的后代中有人将完成丰功伟绩，会彪炳史册；也有些人会蒙受不白之冤，受到同僚们的迫害；有些人会犯下弥天大错，造成不可挽回的损失；也有些人会扶大厦之将倾，挽狂澜于既倒。在座的大臣们，听到国王的讲

【叙述】欧东那格国王并非是在预言，而是依靠智慧描述将来的种种可能。

述，心情起伏不定，一会儿感到骄傲，一会儿感到同情，一会儿觉得恼怒，一会儿感到钦佩。终于，国王把自己能预见的一切都讲完了。在此之后，他又亲切地与在座的每一个大臣拥抱。做完这一切，他便走出王宫，来到了湖边。大臣们不明所以，便跟着他一起站在湖边。只见国王突然踏上湖面，就在他的脚碰到湖水的那一刻，湖水突然结冰了。国王就这样一直朝着湖中心走去，如履平地，湖边的大臣们都惊得目瞪口呆。当国王到达湖泊的中央时，他突然转身，朝着岸边的众人挥挥手。大臣们以为国王落水遇险，便纷纷踏上湖面，想要前去营救。可谁知道，他们的脚刚一碰到坚硬的湖面，湖水结成的冰就突然化了。当大臣们手忙脚乱地从水中挣扎起来，再看湖中央，哪里还有国王的身影？

【动作描写】刻画出欧东那格国王平易近人的形象。

【反问】吸引读者的注意力，引人遐想。

国王不见了，大臣们在李恩湖附近不停搜索，希望能找到欧东那格国王的遗体，可是几个月的时间过去了，却依旧毫无进展。国不可一日无君，大臣们按照欧东那格国王生前的意愿，拥戴他的一个儿子继承了王位。时光荏苒，岁月如梭，欧东那格国王已经消失数百年了，可当地的百姓们却依旧坚信他们的国王并不是意外身亡，而是去了另一个世界，关于国王的种种传说仍然在民间代代流传。

而欧东那格国王离开的那一个夏日，则被人们称为五月节。人们相信，当五月节这一天的太阳跃出地平线时，他们的国王就会回到李恩湖湖边，巡视自己的王国。只有无比幸运的人，才能够有机会目睹老国王的面容，而老国王也将会保佑这个幸运儿一生顺遂。如果在某一年的五月节这天，很多人都看到了老国王的身影，那么那一年一定是一个丰收年。人们都在祈祷着，能够再一次看见欧东那格国王的身影，可是数百年间没有一个人再见到过他。

【侧面描写】人们始终相信国王会归来，从侧面衬托出了欧东那格国王的伟大。

有一年，王国接二连三发生天灾，仅仅在四月里，被风暴三番五次地肆虐，王国里人心惶惶。到了五月节这一天，坏天气终于消停了，久未露面的太阳终于拨开云层露了脸，晴空万里，惠风和畅。李恩湖的湖水平静得像一面明镜，阳光一照，跃动起无数耀眼的光斑，像是给水面铺上了一层闪闪发光的碎银，又像是被揉皱了的锦缎。人们成群结队，都迫不及待地来到湖边，希望能够有奇迹发生，能够在这里看见欧东那格国王的身影。

【心理描写】人们心中的期待反映出了他们对欧东那格国王的敬仰之情。

当第一束太阳光直射入湖面时，奇迹发生了。靠近岸边原本平静的湖面，像是被刀划开了一道口子一般，突然翻滚起波浪，浪花层层叠叠越堆越高。没一会儿工夫，一道波浪便直冲云霄，在浪花中依稀分辨出一匹战马的影子。在浪花落入湖水的那一瞬，一位勇士骑着战马缓缓从湖底升出水面。勇士一身银甲，映着阳光犹如片片金鳞，耀人眼目。他头盔上的羽毛随风飘扬，胯下红马似烈火烧云，绿色领巾在身后招展，十分神气。勇士策马扬鞭，战马便在湖面上扬蹄跑了起来，它轻快地踏着步子，跟随着波浪向前冲去，一朵朵水花在马蹄旁绽放，在阳光的照耀下如同金色的莲花一般闪亮。这位勇士便是欧东那格国王。

【比喻】将水花比喻成金莲，突出国王军队的神圣。

看到这一景象，岸边先是寂静一片，接着人群中便突然爆发出了震天响的欢呼声与祝福声。等待了数百年的欧东那格国王终于现身了，人们激动得不知所措，随后纷纷跪倒在地上，向他们伟大的国王表示敬意。从岸边传来的欢呼声，引起了欧东那格国王的注意，他回头看了看岸边聚集的百姓，向大家挥手致意，然后继续向前。而在他身后，不知何时出现了数不清的年轻战士，这些年轻人也在水面上奔跑着，仿佛他们的脚下不是李恩湖的湖水，而是坚实的土地。

【动作描写】塑造出欧东那格国王和善亲民的形象。

就在此时，一阵慷慨激昂、催人奋进的乐曲从空中传来，欧东那格国王骑着战马带领着年轻的战士们调转方向，向李恩湖的深处奔驰而去。他马蹄前的湖水纷纷向两边散

【拟人】
连湖水都为欧东那格国王让道，进一步刻画出欧东那格国王伟大的形象。

去，激起了一道道浪花，仿佛国王忠实的仆人为他铺就了一条鲜花大道。而他身后的战士们一个个军容威严、动作整齐划一，显然是一支训练有素的王牌之师。空中传来的音乐越来越激昂，国王则带着他的战士们穿过李恩湖附近的峡谷，在一片浓雾中消失了身影。

这一切发生在电光火石之间，见到老国王欧东那格的兴奋尚未平息，眼前的这一幕更是让人们惊讶得瞠目结舌。空中音乐的声音越来越小，最后终于消失了，人们这才慢慢醒转过来，刚刚发生的一切恍如一场美梦。这场梦如此真实，每个人都兴奋地和身边人交流着、祝福着，他们坚信欧东那格国王的出现会让他们渡过难关，获得好运。

【场景描写】
人们之所以兴奋，是因为他们了却了心中对欧东那格国王的期待。

秋风渐起，树叶飘零，百姓们果然获得了大丰收，甚至比以往任何一年的收成都更好。快听啊，那在田间收割庄稼的农民们，正唱着赞美欧东那格国王的歌谣呢！

拓展阅读

名师点拨

欧东那格国王的形象已经在人们的心中神圣化，成为人们的精神信仰，这就有了老国王神奇的消失和震撼的归来。从作者对老国王的大肆赞美中，我们应该能看到人们对一位英明领导者的敬仰，以及人们对美好生活的向往。

回味思考

1.欧东那格国王在哪儿消失的？

2.国王是怎么回来的？

好词收藏

刚正不阿　河清海晏　骁勇善战　荏苒　肆虐　人心惶惶

好句积累

◈ 欧东那格国王是一位充满智慧的政治家，他为人宽厚，心地善良，刚正不阿，国家在他的治理下，河清海晏，时和岁丰，百姓过着安居乐业的日子。

◈ 他告诉所有人，他们的后代中有人将完成丰功伟绩，会彪炳史册；也有些人会蒙受不白之冤，受到同僚们的迫害；有些人会犯下弥天大错，造成不可挽回的损失；也有些人会扶大厦之将倾，挽狂澜于既倒。

◈ 国王就这样一直朝着湖中心走去，如履平地，湖边的大臣们都惊得目瞪口呆。

◈ 时光荏苒，岁月如梭，欧东那格国王已经消失数百年了，可当地的百姓们却依旧坚信他们的国王并不是意外身亡，而是去了另一个世界，关于国王的种种传说仍然在民间代代流传。

◈ 靠近岸边原本平静的湖面，像是被刀划开了一道口子一般，突然翻滚起波浪，浪花层层叠叠越堆越高。

◈ 在浪花落入湖水的那一瞬，一位勇士骑着战马缓缓从湖底升出水面。

◈ 他头盔上的羽毛随风飘扬，胯下红马似烈火烧云，绿色领巾在身后招展，十分神气。

◈ 勇士策马扬鞭，战马便在湖面上扬蹄跑了起来，它轻快地踏着步子，跟随着波浪向前冲去，一朵朵水花在马蹄旁绽放，在阳光的照耀下如同金色的莲花一般闪亮。

◈ 这一切发生在电光火石之间，见到老国王欧东那格的兴奋尚未平息，眼前的这一幕更是让人们惊讶得瞠目结舌。

金角小牛

名师导航

姐弟两人被继母欺骗，流落在外，吃了不少苦头，最后总算迎来了幸福，可得到消息后的继母，又来坑害这对姐弟，恶毒的继母会有怎样的结局呢？

【叙述】刻画夫妇两人勤劳朴实的形象。

从前，在一个村庄里生活着一对农民夫妇，夫妇俩有一儿一女，大女儿聪明伶俐，心地善良，小儿子虎头虎脑，十分可爱。夫妇两人每天都十分勤劳地去耕种，他们希望能通过自己的劳动让一家四口过上更好的生活。

可是，幸福的生活并没有持续很久。有一年，农民的妻子生了重病，最后去世了。几年之后，他又娶了一位新的妻子，并和这位妻子生下了一个女儿。只是小女孩天生带有残疾，一只眼睛看不见。这一天，一位贵族让农民去他的家中帮忙干活，农民的新妻子便想趁他不在，欺负前妻留下的一双儿女。

【语言描写】欺骗孩子，让他们离开这个家，表现出继母歹毒的内心。

到了吃午饭的时候，她告诉那对姐弟："你们的父亲忘记带午餐，这有一些面包，你们给他送去吧。"然后她故意告诉两个孩子一个错误的地址，让他们走向了错误的方向。姐弟俩沿着继母说的路走，却离父亲越来越远。他们走了很久，直到错过午饭时间，也没找到父亲工作的地点，却走进了一座深山里。姐弟俩害怕极了，便大声呼喊父亲，可是周围却一片安静。两个孩子失去了方向，只好硬着头皮继续往前走。又走了一会儿，他们的眼前出现了一条泉水。

弟弟此时早已口渴难耐，便跑到泉水边想要喝水。可是姐姐知道在野外有很多危险，不能随便乱吃乱喝，便轻声问道："清澈的泉水呀，如果我喝一口会怎么样呢？"

【语言描写】喝水之前还问问泉水，可见姐姐十分谨慎。

泉水回答："喝了泉水的人，会变成一只老鹰。"

姐姐听了这话，连忙制止弟弟，让他忍一忍继续往前走。又走了一段路，他们前面出现了一条小溪。弟弟此时更加口渴，便想喝一口溪水。可是姐姐又问道："清澈的溪水呀，如果我喝一口会怎么样呢？"

小溪回答："喝了溪水的人，会变成一只老虎。"

姐姐听了小溪的话，再一次制止了想要喝水的弟弟。于是姐弟俩继续往前走，不知走了多久，他们终于从大山中走出来了。此时，他们面前出现了一条小河，姐姐连忙问道："清澈的小河呀，如果我喝一口会怎么样呢？"

小河回答道："喝了河水的人，会变成一头小牛。"

姐姐一听，又想阻止弟弟喝水，但弟弟却说："姐姐，我知道你是为我好。但如果我再不喝水，我就要渴死了。我宁可变成一头小牛，也不想渴死在这里。"

【语言描写】说明年幼的弟弟缺乏忍耐力。

说完这些，他不顾姐姐的阻止，便趴在河边畅快地喝起水来。刚喝完水，可怜的弟弟就变成了一头长着两只金角的小牛。

姐姐看见自己的弟弟变成了牛，伤心地流下了眼泪。但事已至此，她也没有别的办法，只能用藤条牵着弟弟，硬着头皮继续向前。他们走啊走啊，走过了漆黑的夜晚，终于迎来第二天的阳光。此时，姐弟俩才发现前面就是大海了。在海边，他们发现了一幢十分精致美丽的房子，房子里住着的是一位国王的儿子。

【动作描写】忍着伤心继续前进，表现出姐姐坚强的品格。

而此时，王子正在窗边眺望美丽的风景，突然海边有一个金色的光斑吸引了他的注意。王子仔细一看，光斑来自一头小牛，原来是它金色的牛角反射的阳光。小牛的主

【神态描写】
从王子的角度描写姑娘疲惫的神态，进一步突出姐姐的坚强。

人是一位十分纤弱美丽的姑娘，她看起来疲惫不堪，王子派人把姑娘请了过来。

他问道："美丽的姑娘，你看起来十分疲惫，你是怎么来到海边的？"

女孩回答道："我要为我的父亲送饭，却在森林里迷了路，我一直向前就走到了这里。"

王子又说："这是你我之间注定的缘分，你是我见过的最美丽的姑娘，你愿意嫁给我，做我的妻子吗？"

【语言描写】
这时候的姐弟俩别无出路了，姐姐答应王子也是为了照顾好弟弟。

女孩一言不发地想了一会儿，最后轻轻点了点头，说："我愿意嫁给你，但请你答应我一个条件，我的这头小牛要永远和我在一起。"

王子十分不解，便问道："这不过是一头普通的牛，你为什么这么看重它？如果你喜欢，我可以给你找来更漂亮的牛。"

女孩回答道："我和这头小牛从小便生活在一起，我们的感情十分深厚。无论多么漂亮的牛也无法替代它在我心目中的位置。"

王子见女孩如此坚持，便同意了她的要求。然后二人便举行了婚礼，无忧无虑地生活在一起。

再说回姐弟俩的父亲。父亲完成了贵族家的工作，终于回到家中，却得知自己的一双儿女外出为自己送饭，结果再也没有回来。他连忙冲出家门四处寻找，可找了很长时间也没有一点收获。伤心的父亲认为自己的孩子肯定遭遇不测了，只好独自一人回家了。从此以后，父亲每天都生活在无尽的思念和愧疚当中，他的脸上再也没有出现过一丝丝的笑容。

【神态描写】
父亲再也没有笑过，表现出父亲内心深深的自责。

日子就这样波澜不惊地一天一天过去，直到有一天父亲去采茴香。他来到大山里，只顾着低头四处寻找茴香，当他再抬起头时，却发现自己迷失了方向。父亲在山里转了一天，也没有找到回家的路。等到太阳下山，天完全黑下来，他只好爬到树上过了一夜。第二天天一亮，他立刻从树上下来，继续寻找回家的路。不知走了多久，他终于从深山中走了出来，眼前出现的却是宽阔的海边。而住在海边别墅的女孩，一眼就看见了她的父亲，她立刻让人将父亲带回来。可是此时的她一身华服、珠光宝气，父亲完全没有认出眼前的女孩就是自己的女儿。

【外貌描写】突出女儿前后的变化，说明她过得很好。

女孩问道："您不认识我了吗？"

父亲回答："我好像在哪里见过你，却想不起来你到底是谁。"

女孩哭着说："是我呀，我是您的女儿啊，爸爸！"

父亲不可思议地盯着眼前的女孩，激动得说不出话，只是紧紧抱住她，二人哭作一团。过了很久，女孩和父亲才慢慢平静下来，他们紧紧地牵着手。父亲告诉女儿，自己有多么多么想念她，女儿则告诉父亲自己和弟弟离开家后的经历。得知小儿子变成了一头牛，父亲又伤心地流下了眼泪。

【行为描写】互诉衷肠，体现出了家人间浓厚的亲情。

午饭时间到了，女儿让仆人准备了一桌子的美酒佳肴来款待父亲。吃完饭后，她将父亲用来装茴香的口袋里塞了满满一袋子金币，然后派人把父亲护送回家，并嘱咐他要将继母和有残疾的妹妹接到海边别墅，一家人生活在一起。

【叙述】充分表现出女儿善良、宽和的内心。

父亲带着满满一包金币回到家中，并详细告诉妻子自己这两天的经历。妻子听说丈夫前妻的女儿嫁给了王子，心中充满了嫉妒。在她看来，自己的女儿更加出众，就算要嫁给王子，也应该是她的女儿。可是继母城府很深，她并没有把心中所想表露在脸上，反而虚情假意地跟丈夫说："这真是天大的喜事，我们一家人终于能够团圆了。"

【语言描写】通过语言描写，刻画继母阴险、虚伪的形象。

第二天，农民与妻子原本要前往海边别墅与女儿团聚，但他放心不下自己的田地，便决定先去整理一番，然后再收拾行李启程。但是妻子却趁他不在时，与自己的女儿提前出发了。她们来到王子家，发现王子带着仆人去打猎了，只有女孩一个人在家里。继母认为这是天赐的良机，便对自己的独眼女儿说："我会想办法把你那个姐姐扔进海里去，然后你就穿上她的衣服。等到王子回来，你就告诉他是那头有金角的牛戳瞎了你的眼睛。"

【语言描写】恩将仇报，可见继母歹毒的本性。

继母安排好一切，又独自回到了家中。

等到太阳都快下山了，王子才打完猎回到家。他看见自己的妻子趴在床上哭个不停，就问她到底发生了什么事。

其实，王子的妻子早已经被继母扔进大海，这个妻子是那个独眼女孩假扮的。

独眼女孩哭得抽抽搭搭，说道："你们都不在家，那头小牛用自己的金角戳坏了我的眼睛，如今我什么也看不见了。"

王子一听，怒火中烧，立刻下令道："去把那头小牛给我杀死。"

【语言描写】表现出此刻王子内心的愤怒，同时说明王子深爱着主人公。

他们的对话被院子中的小牛听见了，它冲着大海凄凉地呐喊着："我最亲爱的姐姐，你看呀，他们就要杀死我了。连盛血的水盆都已经清洗干净，你帮帮我吧！"

可是浪花只带来了姐姐的哭泣："我可怜的弟弟，姐姐也很想保护你，但恐怕我已有心无力，现在姐姐已经被鲨鱼吞进了肚子里。"

仆人听见了小牛与大海的对话，他们都被吓得不知所措。随后，一个机灵的仆人找到王子说："王子殿下，这里有一件奇怪的事，您应该来看一看。"

【语言描写】仆人没有直接说出事实，以免提前走漏消息惹来麻烦，表现出仆人的机智。

王子跟随仆人来到了院子里，听见了小牛与姐姐的哭泣，他一下子就听出这是妻子的声音。

王子十分震惊，立刻派人将海中的鲨鱼捕捞出来。水兵们费了九牛二虎之力终于抓住鲨鱼，他们将鲨鱼的肚子剖开，找到了王子真正的妻子。

王子紧紧抱住自己的爱妻，事情的真相也终于水落石出。继母和她的独眼女儿受到了应有的惩罚，她们被王子关进了一座监狱。之后，王子又请来了自己的魔法师朋友，帮助小牛恢复原来的样子。他们的父亲也来到海边别墅，一家人终于能够团聚在一起了。

【叙述】王子行事果决，让恶人得到了应有的报应。

拓展阅读

名师点拨

比起其他童话故事中的主人公，这篇故事中的主人公更显普通，更贴合现实中的真实人物。如果不是恰巧一名仆人听到了真相，恶毒的继母和她的女儿恐怕真能阴谋得逞。

回味思考

1.弟弟为什么变成了牛？

2.王子为什么要宰掉牛？

好词收藏

虎头虎脑　畅快　眺望　疲惫不堪　一言不发　无忧无虑

波澜不惊　佳肴　详细　虚情假意　怒火中烧　有心无力

好句积累

◈ 姐弟俩害怕极了，便大声呼喊父亲，可是周围却一片安静。

◈ 但事已至此，她也没有别的办法，只能用藤条牵着弟弟，硬着头皮继续向前。

◈ 小牛的主人是一位十分纤弱美丽的姑娘，她看起来疲惫不堪，王子派人把姑娘请了过来。

◈ 可是此时的她一身华服、珠光宝气，父亲完全没有认出眼前的女孩就是自己的女儿。

把公主逗笑的汤姆

名师导航

很久以前，某个国王的宝贝女儿从来都不笑。在国王的号召下，许多人前来王宫只为博得公主一笑，可惜没人成功。我们的主人公能否让公主笑呢？

【叙述】介绍故事人物，指出问题，引出下文。

【心理描写】可见国王十分疼爱自己的女儿。

很久以前，有一位国王，他为人公正宽厚，深受百姓的爱戴。国王有一个女儿，这个女儿是王国里最美丽的姑娘，国王将她视为掌上明珠。可是，美丽的公主却从来都不笑，好像世界上没有什么事情能让她开心起来。公主小的时候，国王认为她只是性格冷淡，也许长大后就好了。日子一天一天过去，公主慢慢出落成了妙龄少女，但她不爱笑的习惯却依然没有改变。更糟糕的是，公主到了适婚年龄，所有前来向她求婚的人，都被她冷淡地拒之门外。无论对方是多么英俊潇洒、多么才华横溢、多么富可敌国或者权势滔天，总之，没有一个人能让公主露出甜美的微笑。高贵的公主甚至连多看他们一眼也不愿意。这让国王感到十分头疼，他希望自己的女儿能够和平常人一样结婚生子，幸福地度过一生。他不止一次为这件事和公主长谈，希望公主能够认真挑选一个夫婿。可公主完全不在意父王说的话，她认为没有人能够走进她的心扉，让她真正感到快乐。

国王用尽了所有办法，仍然无法改变公主的态度，他只好在王国里颁布一道诏令：无论是谁，只要他有办法能让公主开怀大笑，国王就会让这个人成为公主的丈夫，同时还会给他二分之一的国土以及无数的奇珍异宝作为公主的陪嫁。但是，倘若这个人不能把公主逗笑，那么他将付出相应的代价，那就是要在他的背上割开三道大口子，然后把盐塞进伤口。

这个诏令刚一颁布，就有很多人前来试探，但无一例外，他们都没有成功把公主逗笑，反而受到了惩罚。没过多久，王国里很多成年男子的背上都有了三道口子。但即便这样，想要来把公主逗笑的人仍旧络绎不绝。这其中有富商贵族，也有平民百姓，甚至还有从其他国家远道而来的人。一开始，所有人都觉得逗公主开怀大笑轻而易举，他们当中有很多人会变魔术、会玩戏法、会说各种各样的笑话、会做各种各样滑稽的动作，他们觉得自己一定能迎娶公主。可实际上，即便公主周围的所有人都已经笑得前仰后合，乐不可支，公主却始终绷着脸，仿佛置身于另外一个世界。这些人也受到了惩罚，只好灰溜溜地带着伤口离开。慢慢地，人们认识到，想要让公主笑几乎是一个不可能完成的任务，于是大家都不再来尝试了。而这种情况让国王更加愁眉不展。

【叙述】大伙儿都没有成功，进一步强调了事情的难度，引出下文。

【对比】对比周围的人，突出了公主的另类。

有一户人家住在王宫的周围，家中有两个儿子，他们也听说了诏令的事。大儿子认为自己是一个很有幽默感的人，一定能让公主开怀大笑，从而抱得美人归。于是，他来到王宫，希望国王能让他试一试。

国王回答道："你当然可以去尝试，勇敢的年轻人。不过我必须要提醒你，在你之前已经有数不清的人来尝试过，而他们没有一个人成功，每一个人都受到惩罚离开了。说实话，我并不认为你可以把我的公主逗笑，你现在后悔还来得及，我不希望再有无辜的人受到伤害了。"

【语言描写】表现出国王仁厚的胸怀。

但是大儿子十分坚持，他曾经服过兵役，在军营里，他是公认的开心果。他经常搞恶作剧，或是说笑话，或是故意左右不分，总能把大家逗得哈哈大笑。因而他坚信自己也可以把公主逗笑，于是国王便派人带他去见公主。来到公主的阁楼下，他又开始像在军营里一样做各种可笑的动作，可是他使出浑身解数，公主仍然没有一丝笑容，到后来公主已经露出不耐烦的神情。侍卫们只好把这个年轻人带走，然后按照诏令上说的，在他的背后割了三道口子，并把盐塞进去。年轻人带着沉重的伤痛回到家，足足花了好几个月的时间才把伤养好。从那以后，他再也不玩自己的这些把戏了。

【神态描写】说明年轻人的表演让公主觉得很无聊。

在这个平民的家里还有一个小儿子，他有个外号叫长条子汤姆。哥哥的遭遇并没有让他望而却步，反而让他跃跃欲试。他向家人坦承了自己也想去尝试逗公主发笑的打算，却遭到了全家人的一致反对。哥哥对他说："傻弟弟，别想了。那个公主根本就是冰山美人，不论你做什么说什么，她都不会笑的。到头来，你只能像我一样落得一身伤口，不会有任何收获。"他的父母更是不希望他重蹈哥哥的覆辙，也极力阻止他。可是长条子汤姆不顾众人反对，坚持要去王宫试一试，家人见他很难劝，便也不再阻挠，只希望他能够吃一堑长一智，受点皮肉之苦，回来后能够踏实过日子。

【语言描写】看来这件事对哥哥的打击很大，已经对逗笑公主完全不抱幻想了。

长条子汤姆独自来到王宫，他没有急着去见国王，反而向侍卫们询问是否可以在王宫中找到一份工作。王宫的管家出来告诉他这里没有适合他的工作，让他赶快离开。可是长条子汤姆却缠住管家苦苦相求，他说："我很勤快，也很有力气，劈柴、挑水、跑腿，无论什么工作我都能够胜任。"管家见长条子汤姆身强力壮又很老实，最重要的是他十分真诚，便同意让他留在王宫的厨房里打打杂，帮助女工们搬搬重物。

【语言描写】为了留在王宫中观察，而愿意当打杂的，表现出汤姆的决心。

于是，长条子汤姆便留在王宫的厨房里工作了。很长一段时间过去了，他都没有见到公主。这一天，他来到王宫外的一条河边，要把水挑回厨房。在打水的时候，他发现有一条鱼在河边的松树下一动不动。汤姆仔细一看，松树根附近的泥土已被河水冲刷走，这条足有两尺长的大鱼一定是被松树的树根卡住了。长条子汤姆喜出望外，连忙一把抓住大鱼放进装满水的水桶里，然后便向王宫走去。走着走着，一位老奶奶迎面而来，她的手中牵着一只鹅，鹅的羽毛是金色的。

【解释说明】借汤姆的猜想解释这条鱼一动不动的原因。

汤姆跟老奶奶搭话说："老奶奶，您好啊！您的鹅的羽毛真是太漂亮了，在阳光下绽放着金色的光芒，多么惹人喜爱啊！"

老奶奶笑着回答："年轻人，你也很有本事啊！我老太婆活了这么大岁数，还从没有见过你桶里那么大的鱼。不如这样吧，你喜欢我的鹅，而我喜欢你的鱼，我们俩相互交换一下，你看怎么样啊？"汤姆一听，毫不犹豫地便答应了。他俩交换以后，老奶奶又对汤姆说："年轻人，有件事情我要告诉你。我这只鹅平时很听话，但是它会一种神奇的魔法。如果它认了你当主人，那么无论是谁摸了它，只要你说'黏住他，我们一起走'，那个人就会被这只鹅紧紧黏牢，无论如何也分不开。"

【语言描写】指出这只鹅的不凡，为下文做铺垫。

汤姆一听，喜上眉梢，心里想着："那我把这只鹅带到水边，只要有鱼靠近它，我一念咒语，这鱼就跑不掉了。"于是，汤姆喜滋滋地带着鹅继续向王宫走去。没一会儿，他又遇见了一个妇人。妇人也被这只金光闪闪的鹅吸引住了，她驻足观望了很久，终于忍不住对汤姆说："这只鹅真是漂亮，我能摸摸它金色的羽毛吗？"

【语言描写】妇人的话衬托出了这只鹅的魅力。

汤姆点点头同意了，妇人便用手轻轻摸了摸鹅的翅膀。可这时候汤姆却喊了一句："黏住她，我们一起走。"

话音刚落，妇人的手便紧紧地黏在了鹅的身上，她惊呆了，连忙用力挣扎，可不管她如何使劲，也无法与鹅分开。此时，长条子汤姆继续往王宫走去，鹅跟在自己的主人后面，妇人只好跟着鹅。没走几步，一个男人突然跳了出来。这个男人与那妇人有仇，见到她便要冲上前来打她。妇人连忙四处躲避，却还是没能成功逃脱。

男人一脚踢了过来，就在他的脚碰到妇人时，长条子汤姆又说了一句："黏住他，我们一起走。"此时，那个男人发现自己的脚和妇人的腿黏在了一起，无论如何也没法儿把脚收回来。而长条子汤姆又已经出发了，他只好用另一只脚一蹦一跳地跟着往前走。

【动作描写】描写男人一瘸一拐的动作，显得滑稽可笑。

终于一行人来到了王宫附近，汤姆打算从后门进去时，却看见了一个铁匠。汤姆认识这个铁匠，他平时就爱恶作剧，经常嘻嘻哈哈地捉弄别人。铁匠看见汤姆一行人走过来，笑得前仰后合，说道："你们这是在干什么呢？是金鹅妈妈带着她的鹅宝宝们出来散步了？你们的样子看起来真是太滑稽了。"

【语言描写】借人物之口指出这一幕很搞笑，为下文埋下伏笔。

铁匠一边说，一边挥舞着自己手中的钳子，看上去就像是用钳子在夹面包喂鹅呢。他这一举动引得妇人和男人纷纷咒骂他，男人还挥了挥自己的拳头，可是铁匠根本不把他放在眼里。眼看着他们就要走进王宫的后门了，铁匠的眼睛滴溜溜一转，想到了一个恶作剧。

他心里暗暗想道："我用铁钳拉住男人，让他们倒着走，一定更好笑。"接着他便双手握着铁钳抓住男人的腿，还没来得及用力往后拉，长条子汤姆就说："黏住他，我们一起走。"这下可好了，铁匠想要松手也办不到了。但是他并不着急，他认为自己身材魁梧、力大无穷，一定能够挣脱。可即便他使出了浑身的力气，也没法离开这个队伍，只好佝偻着腰，跟着大家往前走。

【心理描写】男人的恶作剧注定会变成他的悲剧，让人期待。

一行人跟着长条子汤姆来到了王宫的厨房，厨房里一个女工手里拿着一把勺子正在煮饭。她听到屋外的喧闹声，便一手拎着锅，另一只手拿着勺子，慌慌张张地跑出来看热闹。当看见长条子汤姆带着一群人奇怪地走过来时，她忍不住捧腹大笑。那只有金色羽毛的鹅也吸引了女工的注意，她也想去摸一摸。便问长条子汤姆："你这只金鹅真漂亮，我能摸一摸吗？"

爱开玩笑的铁匠回答道："鹅有什么好摸的。我比那鹅漂亮多了，你来摸我吧。"

【语言描写】通过语言描写刻画了铁匠充满恶趣味的本性。

铁匠的话让女工又羞又怒，举起手中的勺子便要去打铁匠的脑袋。

刚打了一下，长条子汤姆就说："黏住她，我们一起走。"结果，女工的勺子便紧紧黏在了铁匠的头上，而女工的手又紧紧黏在了勺子上，她挣脱不开，只好跟着队伍继续往前。

长条子汤姆带着这奇怪的队伍来到了公主的阁楼下，公主此时正好在窗户边看风景，这一群奇怪的人引起了公主的好奇，脸上的神色也不像以往那般严肃。长条子汤姆见此情景，受到鼓舞，便带着鹅在阁楼下来回转，而那些人则被迫跟在鹅后面跑来跑去。他们想要挣脱魔法，就使尽浑身解数，又是跑又是跳，又是喊又是叫，一个个面目狰狞却又滑稽可笑。公主在阁楼上越看越开心，最后终于绽放出了美丽的笑容，长条子汤姆则成为第一个将公主逗笑的人。

【神态描写】成功地引起了公主的兴趣，这次公主会笑吗？引出下文。

国王遵守了自己的诺言，让公主和长条子汤姆结了婚，同时赠送了一半的国土和无数奇珍异宝给长条子汤姆。国王还为他们举办了盛大的婚礼，婚礼吸引了很多人来观礼，大家都很好奇到底是什么样的人能把冷若冰霜的公主逗开心，而长条子汤姆也成了所有人津津乐道的传奇人物。

【叙述】逗笑公主的汤姆成了传奇人物，从侧面突出了逗笑公主的难度。

拓展阅读

名师点拨

在汤姆之前，不仅他的哥哥，还有许多人，面对冷若冰霜的公主，大家无一例外地失败了。由此可见，逗笑公主的难度确实大，正是因为如此，才显得汤姆后来的成功富有传奇色彩。

回味思考

1.汤姆的哥哥给公主表演了什么？

2.汤姆用什么换来了金鹅？

好词收藏

拒之门外　才华横溢　富可敌国　权势滔天　皮肉之苦

好句积累

◈ 更糟糕的是，公主到了适婚年龄，所有前来向她求婚的人，都被她冷淡地拒之门外。

◈ 可实际上，即便公主周围的所有人都已经笑得前仰后合，乐不可支，公主却始终绷着脸，仿佛置身于另外一个世界。

◈ 慢慢地，人们认识到，想要让公主笑几乎是一个不可能完成的任务，于是大家都不再来尝试了。而这种情况让国王更加愁眉不展。

◈ 可是长条子汤姆不顾众人反对，坚持要去王宫试一试，家人见他很难劝，便也不再阻挠，只希望他能够吃一堑长一智，受点皮肉之苦，回来后能够踏实过日子。

大力士三兄弟

名师导航

国王有三个貌若天仙的女儿，却惹来了妖怪的觊觎。三位公主同时被妖怪掳走，国王颁布诏令寻找能够救回公主的勇士。三位力大无穷的兄弟决定前往，他们三兄弟会成功吗？

曾经有一位国王，他的王后为他生下了三个如花似玉的公主。这三位公主是世界上最美丽的女孩，她们的眼睛比寒夜里的星星还要明亮，她们的皮肤比冬天里的雪花还要白皙，她们的嘴唇比花园里的玫瑰还要娇艳，她们的声音比百灵鸟的歌声还要动听，她们的身段比湖边的柳树还要婀娜。三位公主是国王的掌上明珠，国王实在太爱她们了，不希望有任何的风吹日晒来伤害公主们的美貌。于是，国王建造了三座宫殿，让自己的女儿们住在宫殿里，一步也不能外出。三位公主就这样与世隔绝，慢慢长大。

【比较】将三位公主的美貌与大自然中的美好事物做比较，突出三位公主的魅力。

可是公主们十分向往外面多姿多彩的世界，她们通过阅读书籍，知道了这世界上有很多美好的、有趣的事情。公主们经常向国王请求，希望能够出去看看外面的世界，但国王总是以她们年纪太小为由而拒绝。这一天，公主们决定再一次向她们的父王提出这个请求，国王想也没想就拒绝了。只是这一次公主们下定决心，不达目的誓不罢休，她们又哭又闹，甚至以绝食要挟，国王没有办法，只好同意让公主们外出游玩一日。公主们高兴得在宫殿里手舞足蹈。

【铺垫】表现出了公主们外出游玩的决心，为下文出意外做铺垫。

第二天一大清早，三位公主便迫不及待地穿上自己最

【景物描写】展现出了公主们眼中生动而美丽的花园美景。

【叙述】充分表现出国王对女儿的担忧。

【神态描写】王公大臣们的神态说明了这件事难度很大。

喜欢的裙子，戴上自己最喜欢的珠宝，来到了王宫的花园里。这里的一切都是那么有趣，各种奇花异草比书本上的图画更加美丽芬芳，花丛中翩翩起舞的蝴蝶比书本上的文字更加灵动活泼，树上鸟儿的歌唱比书本上的乐谱更加悠扬动听。公主们在花园里玩得不亦乐乎。可当她们兴致正高时，一阵狂风从天边刮来，将三位公主卷走了。一旁的仆人被吓得瞠目结舌，有人立刻向国王禀报了此事，国王第一时间下令让全国的卫兵们都四处去寻找公主。可是几天时间过去了，仍然没有人知道公主的下落。

国王急得如同热锅上的蚂蚁，他让所有的王公大臣都帮他一起想办法。所有人都想为国王分忧，大家八仙过海，各显神通，在全国开展了地毯式的搜索。但是一连几个月，也没有找到公主的踪迹。在这期间，国王每天都愁眉不展，他茶不思，饭不想，只希望自己的女儿们能够早日回来。有一天，他又把所有的王公大臣召集在一起，问大家寻找公主的进展。国王为了激励大家，当众宣布：无论何人，只要能把公主找回，国王将让一位公主嫁给他，还将赏赐他无数的金银财宝作为嫁妆。可即便如此，大家依旧沉默不语。在此之前，他们耗费人力物力，寻找了那么长时间都毫无收获，可见公主要么已经遭遇不测，要么就是被妖怪掳到什么不知名的地方，大家都束手无策。

国王看着众位王公大臣都垂首不语，心知这件事十分棘手。迫不得已，国王便向全国发布了一道诏令：全国的百姓不论出身，不论背景，不论样貌，不论年龄，只要能够把三位公主毫发无伤地带回王宫，国王将让此人迎娶一位公主，并将赏赐其无数金银财宝。

诏令一出，全国的百姓都摩拳擦掌，想要找到公主，但所有人都无功而返。这时候，在一个远离王宫的村庄里，生活着一家四口，一个寡母和三个儿子。这三个儿子天生力大无穷，远近闻名。他们的名字也让人难以忘记，老大出生在日暮黄昏，他的名字就叫作黄昏；老二出生的时候正值午夜，母亲便为他取名子夜；老三在凌晨出生，他的名字就叫黎明。一日，他们的邻居对三兄弟说：“你们兄弟三个力大无穷，何不去试试寻找公主？”三人认为这是个好主意，便询问母亲的意见，母亲自然支持儿子们的决定。于是，他们便来到王宫，向国王表明自己愿意去寻找公主。国王一听，自然喜出望外，当即赐予他们无数钱财与干粮。为了让他们没有后顾之忧，国王还将他们的母亲接到王宫悉心照料。于是，三兄弟拜别了国王与母亲，启程踏上了寻找公主的旅途。只是三四个月的时间一闪而过，找公主的事情却依然毫无头绪。

【语言描写】指出三兄弟的不凡之处，为下文埋下伏笔。

有一天，兄弟三人来到了一片草原，这片草原人迹罕至，在地图上都没有标记。他们走过草原又进入了一片森林。三兄弟在森林里寻找数日，也不见公主的踪迹，便走出森林，来到了森林边的一栋小木屋旁。他们仔细观察，推测屋中有人居住，便打算在这里借宿一晚。第二天天一亮，老大黄昏对两个弟弟说：“你们出去打点野味，我在屋中准备食物。”两个弟弟便出门了，黄昏在屋中四处忙活，他找到了一些粮食，又从木屋旁的羊圈里抓来一只最肥美的羊，三两下便把羊宰杀烤熟。正当他忙完准备休息一会儿时，听见有人在敲门。黄昏起身开门，一个小老头走了进来。这老头一脸络腮胡，身材十分矮小。小老头个子不高，脾气却不小，他对黄昏咆哮：“没有规矩的野小子，我的家也是你能随便进来的吗？还敢杀我的羊，简直欺人太甚！”

【行为描写】黄昏宰杀屋主人的肥羊，为接下来的冲突做铺垫。

【语言描写】小老头很生气，引出他接下来的行为。

黄昏见老头如此瘦小，根本不把他放在眼里，还出言顶撞。老头更加恼怒，捡起一块小石头就把黄昏给砸晕了。小老头还不解气，又把晕过去的黄昏狠狠地揍了一顿，然后扔到一边。接着，他便坐到餐桌前把烤好的羊肉都吃光了，然后就离开了屋子。等到太阳下山，两个弟弟打猎回来了，可是大哥黄昏并没有准备好晚饭，反而用布包裹着脑袋，无精打采地躺在床上。两个弟弟十分担心，便问道：“大哥，我们走后你还好吧？发生什么事了吗？”黄昏心想：“我是大哥，又力大无穷，却被一个小老头给狠狠地收拾了一顿，这件事若被两个弟弟知道了，我的脸往哪儿放？”于是，黄昏隐瞒了白天发生的事，只告诉弟弟们自己有些头晕，没有准备晚饭。

【行为描写】黄昏隐瞒白天的事情，是因为他不想丢脸。

等到第二天，二哥子夜留在家中准备食物，黎明和大哥黄昏外出狩猎。子夜也从屋外的羊圈里挑选了一只肥羊，他和大哥一样，把羊肉烤好，准备等两个兄弟回来当晚餐。可是他刚把食物准备好，房门又被打开了，来者不是别人，正是前一天打晕黄昏的小老头。他话不多说，直接动手把子夜也狠狠揍了一顿。然后他又吃完子夜准备的烤羊肉，就离开了。子夜被打得头晕目眩，躺在地板上很长时间才恢复过来，他也找了一块毛巾包着脑袋。等大哥和三弟从外面回来，子夜的解释和大哥如出一辙。

【行为描写】和两个哥哥一样的表现，结果也会一样吗？令人期待。

第三天，大哥黄昏与二哥子夜一起外出打猎，老三黎明被留在家中准备食物。和两个哥哥一样，他也从羊圈里挑选羊来宰杀烤肉。等一切完成后，房门再一次被打开，小老头又回来了。他发现羊圈里的羊又少了，心里想着：“再一再二不再三，这群臭小子杀了我三只羊，我一定不能放过他们。”于是他冲进房间，打算狠狠地揍黎明一顿。可是黎明十分机灵，他从大哥和二哥的表现当中猜出，一定有人会来找麻烦。当小老头冲进来时，黎明灵活地躲过了他的攻击，还顺手一把抓住了小老头的络腮胡。他揪着胡子把小老头甩得眼冒金星，还把小老头暴打一顿。小老头只能求饶道：“善良的勇士，羊你们尽管吃，请你放过我吧。”

【心理活动】说明黎明观察仔细，思维灵活，早已经猜到了事情的真相。

黎明并没有放过小老头，反而用绳子把他绑了起来，又把他的胡子缠到树上，让他无法逃跑。等到太阳下山，两个哥哥回来了，他们以为黎明也会头缠绷带倒在床上，没想到弟弟却毫发无伤，还准备好了晚饭，哥哥们觉得十分不可思议。黎明却笑笑说：“晚饭前，我们先去外面看看，打你们的那个人已经被我绑在树上了。”

兄弟三人来到院子里，却发现小老头早已经不知所踪。他的那缕络腮胡还缠在树上，地上还留有他逃跑时的血迹。兄弟三人按图索骥，沿着他的血迹一路追踪。走了整整一夜，他们发现血迹消失的地方，是在森林最深处的一个峡谷旁。兄弟三人决定要到峡谷下面去探查一番，于是他们齐心协力把树皮编成绳索。大哥黄昏与二哥子夜紧紧拉住绳索，三弟黎明把绳索捆在腰间，便顺着峡谷慢慢向下爬。过了许久，黎明终于来到了峡谷的底部，他发现这里简直是一个世外桃源。黎明摸索着向前走，没一会儿，一座青铜铸造的宫殿出现在他的眼前。黎明径直来到宫殿里，看见一位娇俏美丽的少女正掩面哭泣。少女看到黎明后大吃一惊，问道：“你是谁？你怎么到这儿来的？”

【行为描写】追踪下去，前路会出现什么呢？引出下文。

黎明回答：“你莫非就是那被狂风卷走的公主？我叫黎明，是国王派来寻找公主的。”

【语言描写】表现出少女的惊讶，可见少女不相信有人敢来这里，说明这里很危险。

公主一听，大喜过望，连忙说道：“我是国王的三女儿，终于等到来救我的人了。”说完，公主便端出来很多美酒佳肴给黎明享用，接着她又递过来一瓶水，说：“你快把这瓶水喝了，它会让你力大无穷。”

黎明很快就把饭吃完水喝光，此时他觉得自己充满了力量。可天上突然开始刮大风，这让公主变得十分紧张，她对黎明说：“那个三头蛇怪就要回来了，是他把我们掳到这里来的。你不是他的对手，快找个地方躲起来，待他睡熟了，你再趁机杀死他。”

【语言描写】劝黎明赶紧离开，表现出公主善良的内心。

黎明刚藏好，蛇怪便回来了，他摇身一变成了一个少年，对公主说：“这屋中有一股气味，难道有生人来过？”

公主回答：“我这里怎么会有生人？谁能找到这么隐蔽的地方？我猜那生人的气味，八成是你带回来的，你整日在外面飞来飞去，说不定就沾上了。”

【叙述】
轻易就被公主的谎言欺骗了！可见蛇妖头脑简单。

蛇妖觉得公主言之有理，便不再追究，坐在餐桌前开始吃饭。公主故意给他准备了很多美味的食物，每种食物里都放上麻药，蛇怪吃完饭便倒头就睡。公主见他睡熟了，把黎明唤了出来，黎明手握大刀，一刀便斩下了这蛇怪的三个脑袋，然后又把他的尸体付之一炬，烧成灰烬。

公主看见三头蛇怪死了，知道自己重获自由了，高兴得唱起歌来。她和黎明紧紧相拥，感谢他救自己于水火之中。接着，黎明又让小公主告诉他大公主和二公主被囚禁在什么地方，然后他独自一人启程了。走了很长一段路，他终于看见了囚禁二公主的用银子打造的宫殿。二公主知道黎明是来救自己的，便极力配合，他们二人一起杀死了六头蛇怪，就这样二公主也得救了。

阅读笔记

黎明没有停下自己的脚步，继续往前走，终于找到了一座用金子打造的宫殿，这里面关着大公主。黎明与大公主里应外合，杀死了这里的蛇怪，这个蛇怪有十二个脑袋。重获自由的大公主喜出望外，她连忙把房间里的东西收拾好，然后便准备和黎明一起回家。来到宫殿外，大公主挥了挥手上的手绢，对面的宫殿便一下子缩小变成了一颗金蛋。大公主将金蛋装进口袋，便和黎明原路返回，去找两个妹妹。二公主和三公主也照着姐姐的样子，掏出自己的手绢，对着宫殿挥了挥，宫殿便分别变成了银蛋和铜蛋。三位公主带着各自的蛋，跟着黎明一起来到了峡谷的边缘。大哥黄昏与二哥子夜用力拉住绳子，将三位公主和黎明救到了峡谷上。三位公主在三兄弟的保护下，终于安然无恙地回到了王宫。

【动作描写】
宫殿竟然神奇地变成了一颗金蛋，增加了故事的趣味性。

国王看见自己的女儿们平安归来，高兴极了。他兑现了自己的承诺，将三位女儿分别嫁给三兄弟，同时国王又颁布了一道诏令，当他去世之后，黎明将成为下一任国王。很快三个公主和三兄弟的盛大婚礼便在王宫里举行了，他们受到了所有人的祝福。婚礼结束后，三个公主来到了王宫外的空地，她们同时拿出包里的蛋，三颗蛋又分别变成了用纯铜、纯银、纯金打造而成的三座宫殿，三座宫殿就成了三对夫妇的家。

【行为描写】说明国王不仅守承诺，看人还很有眼光。

拓展阅读

名师点拨

本篇故事的主线清晰流畅，没有拐弯抹角，让人一目了然。作者通过两次过渡将三兄弟引向了故事的反派蛇怪，完成了英雄救美的故事。在主人公的形象塑造上，作者以更为贴合现实的方式写出了三兄弟身上的缺点。

回味思考

1.小老头为什么生气？

2.黎明是怎么杀死蛇妖的？

好词收藏

如花似玉　婀娜　掌上明珠　风吹日晒　多姿多彩　誓不罢休

好句积累

◈ 国王看着众位王公大臣都垂首不语，心知这件事十分棘手。

◈ 诏令一出，全国的百姓都摩拳擦掌，想要找到公主，但所有人都无功而返。

旧情忘记了

名师导航

一个好心的农夫从猎人手中救下一只狼，可等猎人离开后，这只狼却要反过来吃掉农夫。农夫独自一人不是狼的对手，他要怎么做呢？

一只狼正在没命地狂奔，它的运气真是够差的，早上被一个兽夹夹住，好不容易挣脱出来，不巧又遇到猎人的追捕。就在这只狼走投无路时，它看到一个农夫肩上背着大口袋、手里拿着连枷出现在小路上。

【语言描写】狼极力描述自己无辜、可怜的形象。

狼连忙跑到农夫面前，泪流满面地哀求道："好心的农夫大哥，看在上帝的面上，请救救我这只可怜的狼吧！带枪的猎人无缘无故地就要杀死我，让我到您的口袋里躲一躲吧！"

善良的农夫看到狼哭得可怜，于是打开口袋，把狼装了进去，然后紧紧地扎严袋口，又背起这个装着狼的大口袋继续赶路。

没走多远，农夫看到几个猎人迎面跑来。

【对话描写】善良的农夫帮助狼欺骗了猎人，引出下文。

"老乡，你看到一只狼从这儿跑过去吗？"一个猎人问道。

"没有，我什么都没看到。"农夫回答。

猎人们又向前跑去，一会儿就看不到影子了。

"喂，那些该死的猎人走远了吗？"袋子里的狼问道。

"走远了，早已经看不到他们的影子啦。"农夫答道。

“哦，太好了，既然他们走远了，你快把我放出来吧，我已经难受死啦。”袋子里的狼说道。

农夫听话地打开口袋，狼一跃便从里面跳了出来，它活动活动手脚，脸色一变，对农夫说道：“乡巴佬，现在我要吃了你！”

【对话描写】狼恩将仇报，表现出狼狡诈、残忍的本性。

农夫大吃一惊，连忙说：“狼先生，你怎么会说出这样的话呢？刚才若不是我救了你，恐怕你早已经死在猎人的枪口下了，现在你怎么还要吃我？”

狼摆出一副很无奈的表情说道：“哎，我记性不好，旧情忘记了。”

农夫一听这话，心里很后悔救了狼，但是他马上镇静下来，说道：“既然如此，我看这样吧，我们再往前走一段路，如果遇到的第一个人也会说旧情忘记了，我就情愿让你吃掉。”

狼同意了农夫的建议，他们继续向前走去。这时，一匹老母马正好从这里路过。农夫连忙拉住老母马，向它讲述了自己的遭遇，恳求道：“好心的母马女士，你说说看，我救了它，而它还要吃我，这么做有道理吗？”

【语言描写】原来农夫是想要其他人来评理，表现出农夫淳朴老实的性格特征。

母马听完猎人的话，叹了一口气说道：“哎，你看看我，每天辛辛苦苦地为主人干活，早出晚归，任劳任怨，每年还要生下一匹小马驹，十二年过去了，我老了，没力气了，主人就把我扔进深沟里让我自生自灭。我拼了命才从沟里爬出来，现在无家可归，四处流浪。还有什么旧情，旧情已经忘记了。”

一听这话，狼抢着说：“听听，我说得没错吧！”

【语言描写】狼已经迫不及待地想要吃掉农夫了！

农夫忧心忡忡，他不甘心就这么被狼吃掉，于是他请求狼再给他一次机会，如果下一个人也这么说，他就甘愿被吃掉，狼同意了。

他们继续向前走，在路边遇到一只老狗，农夫把同样的话向老狗说了一遍。

【语言描写】

老狗的话贴合现实，指出了人性冷酷的一面，引人深思。

老狗听完这番话也叹了口气，说道："我在主人家看门护院十几年呀，现在老了，叫不动了，他们就把我赶出家门，我已经变成一只可怜的流浪狗。旧情忘记了，这话说得对呀！"

狼听了这番话哈哈大笑："怎么样，我说得没错吧。"

农夫心急如焚，他再次向狼恳求："事不过三，请再给我最后一次机会，如果这次还有人认为你的话是对的，我就无话可说，随你这个不念旧情的人吃掉我。"

【神态描写】

狐狸眼珠一转，它有了什么想法呢？引起读者的兴趣。

这一次他们遇到了一只狐狸……

农夫把向老母马和老狗讲过的话，对狐狸又讲了一遍，狐狸听完后，眼珠一转，问农夫："你在撒谎吧，一只高大威猛的狼，怎么会被你装进这么一个小口袋里呢？"

农夫急得对天发誓说自己的话全是真的，狼也在一旁帮他证实。可是无论怎么说，狐狸都不肯相信，最后狐狸说："这样吧，你们现在就表演一下，让我看看你是怎么把狼装进口袋里的。"

【对话描写】

很显然，故事中狐狸的智商碾压狼！

狼想早点把农夫吃掉，它想都没想就命令农夫打开口袋，然后把头伸进口袋里说："看到了吧。"

狐狸连连摇头："这只装进了一个脑袋，这能证明什么呢？"

没办法，狼只得再次钻进口袋。

狐狸对农夫说："你再让我看看，这口袋是怎么扎紧的。"

农夫再次把袋口扎紧。

狐狸指了指农夫手里的连枷，又看了看面前的大口袋说："我还想看看你是怎么在地里打庄稼的。"

农夫一下子明白了狐狸的话，他举起连枷狠狠地向大口袋打去。

拓展阅读

名师点拨

农夫无疑是善良、淳朴的，被狼欺骗、迫害时，他想到的也只是找其他人评理，倒霉的是，他前两次遇到的都是遭受人类抛弃的动物。如果第三次没能遇到聪明的狐狸，农夫恐怕真要遭毒手了！

回味思考

1.狼是怎么欺骗农夫的？

2.狐狸是怎么欺骗狼的？

好词收藏

走投无路　无缘无故　镇静　恳求　无家可归　忧心忡忡

好句积累

◈ 一只狼正在没命地狂奔，它的运气真是够差的，早上被一个兽夹夹住，好不容易挣脱出来，不巧又遇到猎人的追捕。

◈ 善良的农夫看到狼哭得可怜，于是打开口袋，把狼装了进去，然后紧紧地扎严袋口，又背起这个装着狼的大口袋继续赶路。

◈ 农夫忧心忡忡，他不甘心就这么被狼吃掉，于是他请求狼再给他一次机会，如果下一个人也这么说，他就甘愿被吃掉，狼同意了。

寒鸦

名师导航

有个名叫汤姆·莫尔的富二代，在父亲去世后，这家伙吃喝玩乐外加赌博，甚至将自己送进了监狱。他的人生会有起色吗？他又会有怎样的结局呢？

【叙述】交代故事的背景，介绍主人公的现况，引出下文。

在萨克维尔大街上，住着一个名叫汤姆·莫尔的富有商人。汤姆·莫尔开了一家以出售亚麻布闻名的商店，每天店里客人不断，生意非常好。这全靠汤姆·莫尔的父亲在世时的苦心经营。现在，他的父亲去世了，这一切都留给了汤姆·莫尔。

有一天，汤姆·莫尔正在自家的商店门前休息，远远地，一个挑着担子的农民向他走来。

"少爷，您看我给您带来了好东西。"说着农民放下担子，汤姆·莫尔看到担子里装着一窝寒鸦。

"少爷，您看这寒鸦多机灵，您来一窝吧。"

"寒鸦有什么好看的，不买，不买。"汤姆·莫尔不耐烦地说。

【对话描写】通过汤姆与农民的对话，能看出汤姆性格冷漠、缺乏耐心。

"这一窝寒鸦才九便士，多便宜！少爷，您买一窝吧。"农民极力推销着寒鸦。

"不买，不买，啰唆什么！赶紧上别处卖去！"汤姆·莫尔有些生气。

农民看汤姆·莫尔满脸不高兴的样子，慌忙挑着担子准备离开。正在这时，不知从哪里传来"莫，莫"的声音，"是谁在叫我的名字？”汤姆·莫尔四下寻找。

他看到一只小寒鸦正从担子里伸出脑袋，嘴里“莫，莫”地叫着。

【语言描写】寒鸦的叫声正好和主人公的名字同音，让主人公产生了好感。

“啊？太神奇了！这只鸟竟然能叫出我的名字？”汤姆·莫尔吃惊地看着那只小寒鸦。

“喂，老乡，你等等，那只寒鸦多少钱？我就要它了。”汤姆·莫尔指着那只会发出“莫，莫”叫声的小鸟。

“三便士，少爷。”

汤姆·莫尔付给农民钱，然后派人去寻了一个漂亮的鸟笼，把小寒鸦装进去，挂在商店里。

店里的伙计都很喜欢这只小寒鸦，闲着没事的时候，大家就围在鸟笼底下逗它说话：“你是谁？我是萨克维尔大街的汤姆·莫尔。”

没用多长时间，小寒鸦就学会了这两句话。有时候，小寒鸦渴了或是饿了，它就用嘴敲着笼子，瞪大眼睛，扯开嗓子叫道：“你是谁？我是萨克维尔大街的汤姆·莫尔。你是谁？我是萨克维尔大街的汤姆·莫尔。”

它的主人汤姆·莫尔在干什么呢？

【设问】吸引读者注意力，引出下文。

原来，汤姆·莫尔有个坏毛病——赌博，而且经常会输掉很多钱。有时候，他出去赌钱，店里的生意就没人照顾。后来，汤姆·莫尔想出一个主意，他在餐厅里摆了一张桌子，招呼朋友们到这里来玩，这样还能照顾生意。

此时的小寒鸦已经把商店当成家，伙计们也不关鸟笼门，让它自由自在地飞来飞去。偶尔，小寒鸦也会飞到餐厅，去看主人赌钱。主人的一个朋友经常赢钱，大家心里不服气，就在背后议论：“真是见鬼啦！他够厉害的！”

说得多了，小寒鸦也学会了这句话，它就这样叫：“你是谁？我是萨克维尔大街的汤姆·莫尔。真是见鬼啦！他够厉害的！”

【语言描写】展现出小寒鸦活泼、机灵的形象。

【叙述】恶习会带来一系列不良的后果，读者们应当引以为戒。

最近主人汤姆·莫尔的运气真差，连连输钱，生意也亏了本，最后还被送进舰队街的监狱，他把小寒鸦也带了进去。

起初一段时间，汤姆·莫尔在朋友的帮助下，住在监狱的高等牢房里，生活得挺惬意。在监狱里，经常有人会问汤姆·莫尔：“你是怎么进来的？”这时，汤姆·莫尔就会双手举过头顶，大声说道：“遇人不淑，造化弄人啊！”没想到，小寒鸦也学会了这句话，而且它还会把两句话连在一起说：“你是怎么进来的？遇人不淑，造化弄人啊！”

【叙述】看来汤姆只结交到一群与他吃喝玩乐的狐朋狗友，没有真正的好朋友。

又过了一段时间，汤姆·莫尔的朋友们渐渐与他疏远了，没有人再给他送钱。于是，他从监狱的高等牢房换到了低等牢房，这里的条件很差，没过多长时间，汤姆·莫尔就感染了瘟疫病入膏肓。

躺在床上的汤姆·莫尔已经连说话的力气都没有了，他摸摸铺在床上的稻草，又看了看小寒鸦，这个可怜的小家伙已经两天不吃不喝了。这时，小寒鸦跳到主人身边，用嘴敲着地板叫道：“你是谁？我是萨克维尔大街的汤姆·莫尔。真是见鬼啦！他够厉害的！你是怎么进来的？遇人不淑，造化弄人啊！遇人不淑，造化弄人啊……”

【语言描写】从汤姆的自白中能看到赌博的可怕后果，给读者留下深刻印象。

汤姆·莫尔听了这些话，心里非常伤感，他想起自己的一生，不禁感叹道：“我怎么会落得如此下场？我曾经拥有父亲留下的万贯家财，还有赚钱的生意。是赌博让我输光了家产，到头来还搭上了性命，看来我就要死在这里啦！可怜我的小鸟，我为什么要把你带来，等我死了，你可怎么办呀？”

说到这里，汤姆·莫尔吃力地坐起来，他看着小寒鸦自言自语道：“这辈子我错得太多了，现在，我要做一件公平的事，我要把你放走。”说着，汤姆·莫尔挣扎着站起来走到窗户前，他推开窗子。

小寒鸦飞走了，正巧，一大群寒鸦从这里经过，小寒鸦随着它们一起飞远了……

在一个花园里，花匠们正忙着铺草坪。可是有一件事让他们很头疼，无论白天把草坪铺得多么平整，夜里准有寒鸦来破坏，铺多少破坏多少，真是气死人啦！

没办法，花匠们便手里拿着枪，对着那些寒鸦射击，有几只寒鸦被打死了。但是这并没有阻止寒鸦们的破坏活动，它们学聪明了，派出一只寒鸦当哨兵，站在一个空心大树桩上，向四下张望，只要发现花匠举枪射击，马上发出“莫，莫”的叫声，提醒其它鸟儿赶快飞走。

【行为描写】
懂得配合，充分表现出了寒鸦们的机智。

有人给花匠们出主意，让他们织一张大网，把这些寒鸦一网打尽。于是，花匠们果真准备了一张大网，当天夜里，捉到了十五只寒鸦，其中就有汤姆·莫尔的小寒鸦。

一个花匠背着装满十五只寒鸦的大网，来到一间空房子里，他爬上阁楼，关好门窗，小心翼翼地打开网，十五只寒鸦一下都飞了出来。

花匠捉住一只寒鸦，恶狠狠地说：“哈哈，你们这些黑毛小坏蛋，看我怎么收拾你们！”他掐死手里的寒鸦，扔在地上，然后又去捉第二只。汤姆·莫尔的小寒鸦看到眼前的情景很害怕，它借着花匠去捉第二只寒鸦的机会，机灵地跳到一根房梁上，叽叽喳喳地大喊道：“真是见鬼啦！他够厉害的！”

【语言描写】
看来花匠是气坏了！表现出他此刻的快意。

花匠一惊，他四下看看，自言自语道：“门窗都关好了，这屋子里根本没有人，怎么会有人说话呢？准是我听错了，自己吓唬自己吧。”

于是，花匠又忙着去捉鸟。当他杀死第三只寒鸦后，突然那个声音又响起来：“真是见鬼啦！他够厉害的！”

这回，花匠真是被吓坏了，他慌忙把手中的寒鸦扔到地上，惊恐地向四周寻找声音的来源。终于，他发现房梁上站着一只鸟，嘴巴一张一合，是它在说话！

【神态描写】
花匠不知道是小寒鸦在说话，吓坏了！显得滑稽可笑。

花匠问道："你是谁？"

汤姆·莫尔的小寒鸦回答道："我是萨克维尔大街的汤姆·莫尔。我是萨克维尔大街的汤姆·莫尔。"

【对话描写】和鸟儿对话，还被对方吓坏了，刻画出花匠愚昧无知的形象。

花匠简直不敢相信自己的耳朵，他又问道："你，你是怎么进来的？"

只听小寒鸦答道："遇人不淑，造化弄人啊！遇人不淑，造化弄人啊……"

这一次花匠听得真真切切，他顾不得收拾剩下的寒鸦，连滚带爬地从楼上跑下来，打开大门一溜烟逃得无影无踪。

阁楼上的寒鸦们也跟着他飞了出来，它们重返蓝天，向远方飞去。

拓展阅读

名师点拨

汤姆·莫尔没有珍惜上一代留下来的宝贵财富，吃喝玩乐不说，还染上了赌博的恶习。正是这个恶习彻底将他的幸福生活葬送了！平日里狐朋狗友一堆，可关键时刻无人帮他，不得不说这是主人公的悲剧，读者们应当引以为戒。

回味思考

1.汤姆·莫尔的小寒鸦从何而来？

2.花匠为什么害怕？

好词收藏

自由自在　惬意　病入膏肓　吓唬　收拾　无影无踪

奇怪的井

名师导航

主人公乔安娜遇到了一口奇怪的水井，里面住着三颗女人头，三颗女人头用祝福回报了乔安娜善良的帮助。继母的女儿同样踏上了这条路，她的做法又会是怎样的呢？

乔安娜是科尔切斯特王的女儿，今年十五岁了。她不仅生得美丽动人，而且十分乖巧。

自从十五年前，国王的妻子去世以后，国王就独自带着女儿生活。但是，由于国王急需用钱，他迫不得已和一个十分有钱的女人结了婚。

新王后是一个长相十分丑陋，而且脾气暴躁、心思歹毒的女人。

【铺垫】介绍新王后，为下文王后的恶毒表现做铺垫。

新王后有个和乔安娜同岁的女儿，名叫伊莎贝尔。

伊莎贝尔与乔安娜虽然同为公主，却有着很大的不同。她不仅容颜丑陋、粗鄙无礼，而且总喜欢欺负乔安娜。简直和她的母亲是一个模子里刻出来的。

“国王因为贪图她们的财产而将这对恶毒的母女接到王宫，真是一件不幸的事。”对王后不满的人这样说。

【语言描写】从旁人的角度，进一步刻画王后恶毒的形象。

这对母女刚住到王宫里，便想方设法破坏国王和他女儿的关系，不停地向国王说乔安娜的坏话。国王竟然也相信了她们的鬼话，对自己的女儿不管不顾，以此来讨新王后的欢心。毕竟新王后很有钱，这是国王现在最需要的。

最后，乔安娜实在无法忍受她们的迫害，她想离开王宫，到别的地方去生活。她对国王说："爸爸，我不得不离开了，我实在无法再忍受继母和伊莎贝尔，我无法使她们满意，而且你也不再需要我了。我马上就会离开，我离开以后你们都会过得更开心，我会想念你的。如果我能活下来，我会再回来看你的。"国王对女儿说："如果你执意离开，那就走吧，我也不拦你，毕竟你在这宫中过得并不快乐。"

【语言描写】国王的话中透出了无奈和对女儿的愧疚。

国王唉声叹气，好像他过得也并不开心，并且他有一点后悔娶了新王后，为此他不得不逼走自己的亲生女儿，同时也给这个宫里带来了不幸。

"你要照顾好自己，我可怜的女儿，现在你去找你的继母吧，让她给你准备一些东西，好让你不至于在路上饿死。"国王对乔安娜说。

但是恶毒的王后恨不得乔安娜再也不要回来，她只给了乔安娜一个破布袋子，在里面装了很小的一块面包和一小瓶酸啤酒。

【神态描写】国王和公主都心知肚明，王后还在装模作样，虚伪丑陋的形象跃然纸上。

这时，国王来了，王后不得不表现出依依不舍的样子。她在乔安娜的脸上亲了一下，并对她说："要好好照顾自己，我可怜的孩子。"

但实际上，王后却希望乔安娜最好再也不要回来，这样王宫里的一切都将属于她的女儿，没人能与她们争。乔安娜带上那个破布袋子，泪流满面地转身离开了王宫，开始到宫外去讨生活。

她走了很多的路，去了很远的地方，鞋破了也不在意。可她明明是公主，却要过着这样颠沛流离的生活，没有人关心她，她的心里还是有些难过，甚至流下了眼泪。

【心理活动】用歌声来安慰自己，表现出公主坚强的内心。

"这里的阳光很好，风吹动树叶发出沙沙声，风景也很美，我唱一首歌吧！"这样想着，她就唱了出来。

一首歌结束后，她继续往前，却看到一位年迈的老人坐在路边。

老人对她说："好心的孩子呀，你是从哪里来的呀？你的袋子里装的是什么东西啊？"

善良的公主说："我的袋子里装的是一小块面包和一小瓶酸啤酒，如果您不嫌弃的话，我可以分一点儿给您。"

【语言描写】 分享自己仅有的一点食物，反映出公主善良、大方的品格。

老人说："你真是个善良的好孩子，我实在是饿极了，谢谢你能与我分享你的食物。"

于是，乔安娜挨着老人坐在路边，和他一起吃了点儿面包，喝掉了那一小瓶酸啤酒。

吃饱喝足后，老人对乔安娜说："好孩子，你再往前走的话，就会碰到一处长满尖刺的篱笆拦住你的路，那里你走不过去。"

乔安娜问："那我怎么样才能过去呢？"

老人对她说："为了报答你刚刚给我食物的恩情，我将这根魔杖送给你。当你走到前面那片篱笆的时候，你用这根魔杖抽打篱笆，篱笆就会自动打开让你过去。"说着就把手里的树枝送给了乔安娜。

【语言描写】 借老人的话引出接下来的故事情节。

乔安娜向老人表示了谢意，对老人说："您对我真好，从没有人对我这么好过。"

老人说："傻孩子，你同样对我很好，希望你能够一路平安，顺顺利利。"

乔安娜向老人告辞，并带着那根魔杖继续赶路。没过多久，她就看到了老人说的那些拦着路的带刺的篱笆。

她想起了老人所说的话，开始用魔杖去敲打那些篱笆。没过多久，那些篱笆果然自动分开，让她通过。当她穿过以后，篱笆马上自动合拢，完好如初，好像刚刚什么都没发生过。乔安娜心想，多亏有老人帮忙，心里对老人的感激又增加了几分。

【心理活动】 反映出乔安娜拥有一颗感恩的心。

她又接着往前走，却看到了一口井，有低低的哭泣声从井中传出。她感到十分好奇，于是走到井前想一探究竟。

【外貌描写】 描写女子头发凌乱、表情痛苦的外在形象，给人以恐怖感。

突然有一个年轻漂亮的女子的脑袋从水面上冒了出来。那个女子头发凌乱，紧闭着双眼，好似十分痛苦，并且对她说：

求你帮我洗一下脸，
再帮我梳一下头，
将我放到井边，
你将会看到我美丽的容颜。

【动作描写】 忍着恐惧心帮助他人，展现出乔安娜善良、纯朴的内心世界。

乔安娜按捺住心中的恐惧，坐在井边，捧起那个头，轻轻地放在自己的腿上。这时，那个头的脸上露出了感激的表情。乔安娜拿出自己的手帕轻轻给那个头擦了脸，又将她湿透打结的头发梳得整整齐齐，然后将她放到井边。

突然又发生了一件奇怪的事情，井里面又冒出了一个脑袋，头发很乱，表情悲伤，她也说着和那个脑袋一样的话：

求你帮我洗一下脸，
再帮我梳一下头，
将我放到井边，
你将会看到我美丽的容颜。

【动作描写】 可见乔安娜不仅内心善良，还富有耐心。

乔安娜小心地将她放到腿上，用手帕把她的脸仔细地擦干净，又用梳子将她的头发梳整齐，做好这一切后，她也把她放到井边。

只见乔安娜刚把第二个头放回去，井里就浮现出了第三个头，她说道：

求你帮我洗一下脸，
再帮我梳一下头，
将我放到井边，
你将会看到我美丽的容颜。

于是，乔安娜将前面的步骤对第三个头又重复了一遍，再小心地将她放到井边。

【设问】 吸引读者兴趣，引出下文。

三个头都被放到井边以后，她们聚在一起，小声地商量："我们该怎么奖励这个善良的姑娘呢？"

"我要给她无与伦比的美丽，让所有的男人都为她着迷,并且要让最英俊的男人娶她为妻,我要让她嫁给国王。"第一个头对其他的头说。

第二个头说:"我要给她动听的声音,让她拥有美妙的歌喉,这样她就能唱好听的歌给喜欢的人听,而且所有人都会喜欢听她说话。"

最后一个头说:"我要给她一个王国的财富,这样她就可以去买所有她喜欢的东西。"

说完这些话，这三个头就突然从井里消失了，就好像她们从来都不曾出现过一样。

乔安娜只好从这里离开，继续赶路。她唱起了歌，这世上没有任何语言可以形容出她声音的美妙,连正在唱歌的鸟儿听了她的歌声都不敢再唱歌了。

【侧面描写】通过鸟儿的反应，从侧面衬托乔安娜美妙的歌声。

同样引人注目的还有她的美貌,连路边的花都耷拉着脑袋,害怕与她比较会黯然失色。突然有一只梅花鹿朝她跑了过来,眼里含着泪水,委屈极了,它跑得飞快,像不要命一样。乔安娜见它十分可怜,很不忍心,就将它拉到了身后让它躲起来。

很快前方就出现了一批骑着马的人,他们手里都拿着弓箭，看起来训练有素，十分勇猛。其中一个人想继续射鹿,但是看到有一个姑娘挡在它面前只好作罢。

他们当中有一个长得十分英俊的男人，他身着华服，骑着高头骏马,举手投足之间难掩贵气,他走下马对乔安娜说:"我是这个国家的国王,我们现在正在打猎。"

乔安娜代替梅花鹿向他求情,求他放过这只可怜的小鹿。

【行为描写】替小鹿求情，说明乔安娜富有同情心。

国王从来没有见过像乔安娜这样美丽的姑娘,瞬间被她的美丽所折服了。再听着她那美妙动人的声音,国王感觉心中像是有一汪春水流过,心情很愉悦。

【夸张】以夸张的手法突出王子对乔安娜的着迷，引出下文。

他突然觉得打猎没意思了,那只鹿的死活对他来说也没有任何意义了。

国王对身边的侍卫下达命令，让他们不要再去射那只鹿。接着他对乔安娜说："美丽的姑娘，我看你十分疲惫，如果你不嫌弃的话，可以和我一起回到王宫休息一下。你可以骑着我的马，我就步行跟在你身边。"

【动作描写】国王对乔安娜十分细心，表现出他对乔安娜的好感。

乔安娜确实感到十分疲惫，于是她就欣然答应了国王的请求。国王小心翼翼地将她扶上马背，牵着马的缰绳，尽量去找平坦的地方行走。

在快走到宫殿门前的时候，国王对她说："我从未见过比你更美丽的姑娘，你有着花儿一般的美貌，还有像泉水一样动听的声音。我在第一眼见到你的时候，就被你深深地吸引，我想我已经爱上你了。我爱你的美貌，爱你的声音，更爱你的善良。如果可以，我想娶你做我的王后，我们一起治理这个国家。"

乔安娜被国王的话感动了，她也想嫁给国王，成为国王的新娘。但是她身无分文，她对国王说："亲爱的国王，我也十分希望能够成为您的新娘，但是要嫁给您这样一位国王当新娘，我必须拥有足够的嫁妆才可以，但是我只是一位落魄的公主，我什么也没有。我的父亲很穷，而我的继母不会给我一分钱。"

【语言描写】国王的一颗真心显而易见。

国王说："嫁给我吧，你不需要任何的嫁妆，我爱的是你的人，并不是你的钱。"

"但是，"乔安娜说，"我还是希望能够送你一点东西，因为我即将成为你的妻子，如果不这样做，你的朋友们会不喜欢我的。"

国王说："那好吧，你的袋子里有什么东西？"

乔安娜看着继母给她准备的那个破布袋子，对国王说："我想里面除了有一点面包屑以外，应该再没有什么东西了。"

但是，当她把手伸到袋子里的时候，发生了奇怪的事情。她发现里面竟然有很多东西，掏出来一看，竟然是很多颗拇指大小的珍珠和亮闪闪的首饰。

【设置悬念】
袋子里的珍珠和首饰是怎么来的呢？引人遐想。

“从这些珠宝的颜色和质地上，不难看出它们价值不菲，我想一定是因为你的善良感动了上苍，所以他将你破袋子中的面包屑变成了这些珠宝。这下你可以放心嫁给我了吧？”

很快，在一片祝福声中，国王和乔安娜举行了盛大的婚礼。

国王既善良又英俊，乔安娜也十分美丽，又有着好听的声音，宫里的人都很喜欢他们，婚后他们生活得很幸福。此时，乔安娜想到了她的父亲，生活在科尔切斯特的国王。

【心理活动】
说明乔安娜很想念父亲，表现出她对亲情的重视。

她的丈夫同意和她一起去看望她的父亲，看他过得是否开心。

国王命人准备了一辆由四匹白马拉着的十分精致的马车。马车拉着他们夫妇二人气势昂扬地向科尔切斯特王国驶去。

他们很快就回到了科尔切斯特王国。当他们的马车停在王宫的院子里时，乔安娜的继母刚好从窗子里看到了这一幕，她十分惊讶，当她看到乔安娜从马车里走下时，她十分愤怒，气得脸色铁青。

【神态描写】
王后难看的脸色，表现出她对乔安娜的嫉恨。

国王却很为自己的女儿感到高兴，他一直觉得很对不起自己的女儿，没能保护好她，让她独自一人离开了王宫，四处漂泊，现在看到她变得这么美丽动人，又嫁给这么英俊的国王，拥有了幸福的生活，他感到十分高兴又欣慰。

王后看他们夫妻和睦，父慈子孝，此等场景让她更加生气，她下定决心要让自己的女儿也拥有美貌，并且也找到这样一个又英俊又富有的丈夫。

国王准备了丰盛的宴席来招待他们，乔安娜的继母一反常态对她很是关心，殷勤地为她夹菜。吃完饭后，继母问

【铺垫】
为下文继母的女儿寻找女人头做铺垫。

她是怎么变得这么美丽的。乔安娜没有一点隐瞒，将她遇到老人，遇到那口里面有三个头的井，以及如何结识她的丈夫原原本本地说了出来。

王后听完乔安娜的话以后心里有了想法，她对老国王说："明天让伊莎贝尔也去走一遍乔安娜走过的那条路，我想她也一定能够拥有像乔安娜那样的好运，说不定会比她更幸运。你觉得怎么样呢？"

国王同意了。王后为她的女儿准备了一个华丽又漂亮的口袋，里面装着美味的蛋糕，还给她带了一大瓶味道醇美的葡萄酒。她将袋子交给伊莎贝尔，叮嘱她万事小心，并祝她一切顺利，亲自将她送出了王宫。

【叙述】面对相同的道路，相同的选择，伊莎贝尔会怎么做呢？令人期待。

伊莎贝尔沿着乔安娜走过的路出发了。在乔安娜说的那个地方，果然看到有一位老人坐在路边。

老人看到伊莎贝尔走过来，高兴地对她说："你好啊，孩子，你这是要到哪里去？你那个漂亮的口袋里装着什么东西？"

"这与你无关。"伊莎贝尔粗暴地打断了老人的话。

老人说："这确实与我无关，只是我现在肚子很饿，已经很久没有吃东西了，如果你能分我一点面包，再给我一点水喝，我会非常感谢你，并祝你好运。"

【语言描写】借语言描写刻画伊莎贝尔愚蠢、骄横的性格。

"我怎么会把自己的东西给你这个乞丐吃，你赶快让开吧。"伊莎贝尔气愤地说完这句话以后就转身离开了，没有再看那个老人一眼。

没走多久，她就看到了那片长满尖刺的篱笆挡在她面前，现在篱笆上的刺变得更尖锐了，而且更多了，让人看着就胆寒。

【拟人】将篱笆上的刺拟人化，增加故事的童话色彩。

伊莎贝尔四处观察了一下，发现没有路可以绕过这片篱笆，就用双手护着脸，打算从篱笆中挤过去。但是这些刺好像和这个脾气暴躁又恶毒的姑娘过不去似的，使劲地缠绕着她的身体、她的头发。母亲送给她的漂亮衣服被刺破了，她的身体也被这些篱笆上的刺扎得鲜血淋漓。她忍着剧痛挣扎着从篱笆中穿了过去，开始找水清洗身上的伤口。

她走到了一口井的旁边，这口井就是乔安娜曾经遇到过的那口里面有三个人头的井。她刚要把手伸进去捧一点水出来清洗伤口，突然就有一个脑袋从井里冒了出来，蓬头散发，脸上脏得很。她对伊莎贝尔说：

【情景描写】一样的情景再现，伊莎贝尔会怎么做呢？引出下文。

求你帮我洗一下脸，
再帮我梳一下头，
将我放到井边，
你将会看到我美丽的容颜。

“你算什么东西？我可是高贵的公主，你竟然还要我帮你梳洗，我自己还没梳洗干净呢，你还是滚回井里去吧。”说着用她母亲给她准备的那个装葡萄酒的瓶子，将那个头砸回了井里。

【行为描写】看来王后只告诉她走这条路，没告诉她怎么做才能得到祝福。

过了一会儿，井里又先后冒出了两个头，伊莎贝尔像对待第一个头那样，用葡萄酒瓶子粗暴地将她们砸回了井里。

于是，三个头聚在一起商量她们该怎么惩罚这个长得又丑又粗暴又没有礼貌的丫头。

第一个头说：“我要让伊莎贝尔变得又黑又丑，皮肤变得很粗糙。”

第二个头说：“我要给她世上最难听的声音。”

第三个头说：“我要让她嫁给一个穷鞋匠，作为她对我们无礼的惩罚。”

说完这些话，三个头就消失了。很快，她们对伊莎贝尔的惩罚就应验了，她的皮肤变得很粗糙，而且声音很难听。伊莎贝尔被吓坏了，她疯了一样地跑出树林，跑到集镇上去，但是集镇上的人看到她这个样子，都感到非常害怕，根本不敢靠近她，唯一没被伊莎贝尔吓跑的人就是那个穷

【侧面描写】通过描写人们面对伊莎贝尔的反应，从侧面突出伊莎贝尔丑陋的外貌。

鞋匠，他正坐在路边的石凳上给人补鞋。

“求求你们帮帮我吧！”伊莎贝尔哭着说，“我是国王的女儿，如果你们谁能治好我这可怕的病，我将会给你们数不尽的财富。”

那个穷鞋匠听到她的话后，走到她的面前说：“如果我能治好你的病，你必须嫁给我，这是我帮助你的代价。”

伊莎贝尔回答说：“如果你能治好我的病，我就答应嫁给你，请你马上帮我治病吧。”

【叙述】指出巧合之处，让伊莎贝尔嫁给穷鞋匠变得合情合理。

原来这个穷鞋匠曾给一位很穷的隐士补过鞋，那位隐士给了他一罐能治疗皮肤病的药膏和一瓶能治嗓子的油，作为帮他补鞋的报酬。

鞋匠将药膏涂抹在伊莎贝尔的皮肤上，又给她喝了油，治好了她的皮肤和难听的声音，然后将伊莎贝尔带回家与她结了婚。

他们生活了很多天以后，决定回家探望伊莎贝尔的母亲和继父。

他们回到科尔切斯特的王宫里，此时这里正在举行一场盛大的晚宴，给乔安娜和她的丈夫饯行，因为他们明天就要离开了。

【神态描写】看来王后难以接受自己的女儿嫁给了穷鞋匠，感到十分惊骇。

当伊莎贝尔和他的穷鞋匠丈夫出现在这里的时候，王后吓坏了。她发现女儿竟然没有嫁给一位英俊潇洒又富可敌国的国王，而是嫁给了一个穷鞋匠，她感到十分生气，气得她几乎站不稳。

王后问她的女儿：“你为什么嫁给那个又穷又丑的鞋匠？你怎么没有变得比乔安娜更加漂亮？你的声音为什么没有像她那样动听？你为什么没有嫁给一位英俊又有钱的国王？”

【叙述】可见王后心胸狭隘，难以接受事实。

王后被女儿气得半死，从这以后她就生了病，卧床不起，并且再也没有好起来，不久她就断了气。

王后死后，科尔切斯特国王再没有了顾忌。他给了鞋匠一百金币，让他离开科尔切斯特王国，并且再也不要回来。

就这样，穷鞋匠拿着国王给他的一百金币，带着伊莎贝尔离开了科尔切斯特王国，再也没有回来过。

国王和他的女儿女婿在一起生活了很长时间，过着幸福的生活。

阅读笔记

拓展阅读

名师点拨

乔安娜离家后一路上的表现，充分展现出了她身上所具备的美好品格，在得到三个女人头的祝福后她变得更加优秀。相反，继母的女儿伊莎贝尔，在同样的选择面前，她的骄横为她惹来了诅咒。

回味思考

1.乔安娜遇到了几个女人头？

2.伊莎贝尔为什么没有变漂亮？

好词收藏

暴躁　想方设法　颠沛流离　完好如初　无与伦比

好句积累

◈ 可她明明是公主，却要过着这样颠沛流离的生活，没有人关心她，她的心里还是有些难过，甚至流下了眼泪。

◈ 同样引人注目的还有她的美貌，连路边的花都耷拉着脑袋，害怕与她比较会黯然失色。

仙 女

名师导航

有一位善良的女孩，某天遇到了一个讨水喝的女人，她的热心和善良打动了女人，这个真实身份是仙女的女人给予了女孩祝福。得知有好处的母亲让大女儿也去试试，大女儿也能得到祝福吗？

很久以前，一位寡妇和自己的两个女儿一起生活。她大女儿的脾气、面貌与自己的母亲很像，大家看到她，就像看到她的母亲一样。人们都讨厌她俩，但她俩还很高傲，一般人难以忍受和她们生活在一起。

【对比】将母女二人与父女二人进行对比，突出各自的形象。

寡妇的小女儿为人正直，待人诚恳，和她父亲很像，大家都没有看到过这么漂亮的姑娘。

人们都喜欢和自己脾气相投的人在一起，母亲非常喜欢自己的大女儿，却很讨厌自己的小女儿。她命令小女儿给她们做饭，还一直让她干重活。

可怜的小女儿每天都要去泉边打两次水，还得把水罐都装满才行。

有一次，她来到泉边汲水时，看到一个楚楚可怜的女人向她讨水喝。

“当然可以，好大娘。”善良又美丽的姑娘说完，就马上清洗了水罐，在泉水中最好的地方给她汲水，还替她抬着水罐，方便她饮用。

【动作描写】表现出人物善良的美好品德。

女人喝足了水以后，温柔地对姑娘说：“你美丽又善良，我要赠送你一份礼物。”原来这个乡下女人是一位仙女，她就想看看女孩是否真的那么善良。

“我给你的礼物就是，”仙女说，“只要你说话，你就会口吐美丽的花朵，或是绚丽的珠宝。”

【语言描写】借仙女之口指出小女儿即将拥有的能力，引出下文。

小女儿刚到家，她的母亲就因为她的晚归而责骂她。

“妈妈，我确实耽误了些时间，您饶恕我吧。”

小女儿说话的时候，突然有两朵玫瑰花，还有两颗大珍珠和两颗金刚钻从她的口中掉落。

“哎呀，那是什么？”母亲非常惊讶，“这些珍珠和宝石是不是从你的嘴巴里掉出来的，我的好女儿？”她第一次称呼她为女儿。

可怜的小女儿向母亲讲述了刚刚自己经历的事情，说着说着，嘴里又掉出很多绚丽的宝石来。

“哎呀，这是真的呀，”母亲连忙说，“我得让大女儿也过去。是的，我的大女儿，你瞧见你妹妹嘴里吐出来的东西没有，要是你得到了这样的礼物，那就能过上幸福的日子了，不是吗？你赶紧去泉边汲水，如果看到可怜的女人讨要水，你就马上给她。”

【语言描写】显而易见，母亲对大女儿十分偏心。

“我不想去泉边！”大女儿扯着嗓子叫道。

“我命令你去，”母亲大声说，“你现在就得去！”

她没办法，只能去泉水边，但嘴里却一直在咒骂。她把家里最漂亮的银瓶拿了出来。刚到泉边，就看到林中走出一位穿着华丽的贵妇，想要喝她的水。这个贵妇就是刚才她妹妹遇到的仙女，她现在变成了公主，想看看这个女孩到底有多坏。

“哈，我来到这里是专门给你打水的吗？”这位蛮横又愚蠢的人说，“我手里拿的是银瓶，难道要给贵妇打水吗？行了，想喝就给你吧。”

【语言描写】表现出了人物的不满和不耐烦。

“你真的很粗俗，”仙女大声说，但她并没有很生气，“好！你一点都不诚恳，不过我依然要送一份礼物给你，那就是只要你开口说话，就会从你的嘴巴里掉出蛇或癞蛤蟆。”

母亲见大女儿回来，急忙叫道：“女儿！”

【语言描写】 大女儿自作自受，母亲却将错误归结在小女儿身上，进一步表现出母亲的偏心。

“啊，妈妈！”这个傻女儿回应着。她一开口，就从嘴里掉出两条火蛇和两只癞蛤蟆。

“我的上帝啊，”母亲大叫道，“这是什么呀？都怪你妹妹！我必须让她付出代价。”然后她就狠狠地打自己的小女儿。

无辜的小女儿慌忙逃到了附近的树林里。有位打猎回来的王子发现了她，看到她那么漂亮，就急忙问她为何一个人待在树林里哭泣。

“先生，母亲将我赶出了家门。”

【行为描写】 这么重要的事情轻易吐露了出去，表现出女孩纯朴的内心。

她说话的时候，嘴里又掉出了四五颗珍珠和钻石，王子非常想知道这些东西的来历。她向王子讲述了自己的奇遇。王子深深爱上了这个姑娘，还将她带回自己的国家，并且与她结了婚。不过她姐姐却让大家非常讨厌，她的母亲也受不了，最后将她赶出了家门，她四处流浪，没有人肯给她一个容身之所。

拓展阅读

名师点拨

故事中的母亲之所以让大女儿去尝试，是因为她看到了小女儿得到的巨大好处，可紧接着，大女儿自作自受，母亲却毒打小女儿泄愤，可见这位母亲太过偏心于大女儿，同时反映出了这对母女丑陋的内心。

回味思考

1.为什么小女儿说话会掉出珠宝?

2.母亲为什么毒打小女儿?

好词收藏

讨厌　高傲　脾气相投　楚楚可怜　耽误　蛮横

好句积累

◈ 寡妇的小女儿为人正直,待人诚恳,和她父亲很像,大家都没有看到过这么漂亮的姑娘。

◈ 善良又美丽的姑娘说完,就马上清洗了水罐,在泉水中最好的地方给她汲水,还替她抬着水罐,方便她饮用。

◈ 小女儿说话的时候,突然有两朵玫瑰花,还有两颗大珍珠和两颗金刚钻从她的口中掉落。

被放进棺材里的孩子

名师导航

由于家中贫穷，善良的农夫不得已将小儿子给了邻居财主抚养，然而恶毒的财主却将小儿子送进了棺材里。迎接这个孩子的是怎样的命运呢？一起来看看吧。

【叙述】开篇吸引读者的注意力，引出下文。

小朋友，今天我要给你们讲的这个故事可神奇啦，你们可要仔细听哟。

一天晚上，村子里来了两个流浪汉，他们白天四处游走，非常疲惫，晚上想在这个村子里随便找一个住的地方休息。他们挨家挨户地敲门，希望有人收留他们，可是，村子里没有一户人家愿意让两个流浪汉住进来。

最后，他们在村子边上发现了一间破败的小房子，看上去这家人的生活很清苦。他们敲开门，发现屋子里至少有十多个孩子，简直比一年十二个月还要多，而且家里的女人正躺在床上，她还要再生一个孩子。

【语言描写】农夫是善良的，他的话中满含无奈和心酸！

家里的男人苦着脸对两个流浪汉说："虽然我愿意让你们在家里住上一晚，可是你们看屋子就这么大，孩子又这么多，实在找不出一块地方让你们休息。"

流浪汉说："只要能住上一晚，哪怕是在地上铺一点麦秸也行啊。"

男人只好让两个流浪汉住下来，他对两个人说："既然你们不介意，就睡在地上吧。但是我妻子马上就要生了，到时候你们连地上都没法睡了。"

“没关系，到时候会有办法的，放心吧。”两个流浪汉说道。

男主人抱了一些麦秸铺在地上，可是他太穷了，连一条床单都没有，两个流浪汉只好睡在麦秸上。

两个人还没吃晚饭，他们向男人讨些面包吃，男人叹了口气说道：“哎，不怕你们笑话，我已经很多年没见过面包了，这二十多年，我们只靠玉米饼过日子。”两个流浪汉只好空着肚子躺在麦秸上。

【语言描写】很多年都没见过面包了！反映出男人穷苦的家庭条件。

“哎哟，哎哟！”突然，女人叫了起来。

男主人紧张地看了一眼妻子，又看了看地上躺着的流浪汉，如果妻子现在就生孩子，这两个人到哪儿去住呢？突然，他又想起一件重要的事，妻子要生了，可是接生婆还没有找到，这可怎么办呢？

听到叫声，两个流浪汉醒了，年长的流浪汉对他的同伴说：“你到外面去看看，天上有什么变化？”

【对话描写】年老的流浪汉语气肯定，事实真会如他说的一样吗？引出下文。

他的同伴出门望了望天，然后回来对年长的流浪汉说：“天上有厚厚的云。”

年长的流浪汉点了点头说道：“还好，这孩子不会马上生出来。”

过了一会儿，女人又发出“哎哟，哎哟”的叫声，声音比刚才大了很多。

年长的流浪汉又对同伴说：“你再出去看看，天上有什么变化？”

他的同伴很快就回来对他说：“天上的云层变薄了。”

年长的流浪汉说道：“还早呢，还早呢。”

没过多久，女人的“哎哟”声更大了，看来她疼得受不了了。

【埋伏笔】通过年长流浪汉的表现暗示孩子的不凡，为下文埋下伏笔。

年长的流浪汉又让同伴去看看天上的变化，同伴回来说：“天上万里无云，是个大晴天。”

“好了，好了，终于快生啦！”年长的流浪汉对他的同伴说。

果然，话音刚落就传来婴儿的啼哭声，女人生下一个可爱的小男孩。

【对比】

对比穷人和财主对待流浪汉的态度，突出财主吝啬、冷酷的形象。

说来也巧，与此同时，邻居财主家也出生了一个孩子，不过是个女孩。财主家非常有钱，可是他却将两个流浪汉拒之门外。

第二天早晨，两个流浪汉离开穷人家，临走时，年长的流浪汉想验证一下男人是否诚实，他故意在麦秸里留下一枚戒指。

两个流浪汉走后，男人把地上的麦秸抱起来，这时，一枚戒指掉了出来。“这准是昨晚住在这里的那两个人丢的，我得把戒指还给他们。”男人追出门，可是他不知道两个流浪汉朝哪个方向走了，该往哪条路上追呢？

【行为描写】

拾金不昧，表现出男人淳朴的品格。

不过，男人还是顺着大路追了出去。还好，没追多远，他就看到两个流浪汉的身影。男人高兴地一边挥动帽子一边大声喊道：“等一等，请等一等！”

年轻的流浪汉听到了喊声，他对同伴说：“听，这是那个男人的声音，他在喊我们。看呀，他还挥舞着帽子，难道是出了什么事情吗？”

“好吧，我们等等他。”两个流浪汉停下脚步。

男人累得上气不接下气，他举着戒指问道：“这是你们谁的戒指？落在我家的麦秸里。”

年长的流浪汉接过戒指说道：“你真是个诚实的人，让我们怎么感谢你呢？”

【语言描写】

只需要给孩子送祝福，反映出男人朴实的性格。

男人说道：“不要说什么感谢的话，我也想请你们帮个忙，我家实在没有钱请人抱着我刚出生的孩子去接受祝福，不知道你们是否愿意帮我这个忙？”

“好啊，我们愿意！”两个流浪汉异口同声地说道。

他们又回到男人家，准备抱着孩子去接受祝福。可是这家里真是太穷了，连一件婴儿穿的衣服都没有，两个人只好抱着没穿衣服的男孩去接受祝福。

【语言描写】财主的人认为财主的小姐高人一等，刻画出人物趋炎附势的形象。

邻居财主也让人抱着女儿去接受祝福，有人看到两个流浪汉抱着那个男孩，就说："这是财主老爷家的小姐，应该在前面先接受祝福。"不料，这话让年轻的流浪汉听到了，他说："我们这是男孩，他们是女孩，别忘了还有'戴帽子的在前，围头巾的在后'这样的规矩。"于是，两个人赶在财主女儿的前面让男孩接受了祝福。

抱着财主女儿去接受祝福的人回到家，把两个流浪汉抢先让穷人的儿子接受祝福的事向财主汇报了一遍，最后还把流浪汉说的"戴帽子的在前，围头巾的在后"的话学给财主听。财主听完暴跳如雷，他跺着脚大骂穷人："穷光蛋还敢跟我的女儿抢祝福，我看你拿什么招待客人，恐怕连玉米饼子也不够吃吧？"

【语言描写】财主的话中饱含了对邻居的不屑和轻视。

在穷人家中，女人正陪着两个流浪汉说话，一点都看不出昨晚她刚生下孩子。其中年长的流浪汉问道："你能招待我们吃一顿饱饭吗？哪怕只是用白面烤的面包也好啊。"

女主人非常为难地说："您看我们家穷得都连玉米饼都不够吃，不瞒您说，我差不多有二十年没见过白面的影子了，连它是什么滋味都忘记啦。"

流浪汉指了指墙角的木桶说："你去看看，也许还能从桶里找到一点白面。"

【夸张】以夸张的说法突出面粉的量少，也体现出了这家人穷苦的条件。

女人打开木桶，费了好大工夫，才从木桶边的缝隙里抠下来一点点面粉。如果放在做针线活的顶针里，恐怕都填不满呢。

女主人把面粉拿给流浪汉看，流浪汉说："可以啊，把面粉放在木盆里就可以做面包。"

"啊？这么一点点面粉，连盆底都盖不上，怎么能做面包呢？”女人疑惑地问道。

“听我的，去做吧。”流浪汉说道。

女人只好把这一丁点儿面粉倒在木盆里，又加了几滴水。她又看了一眼流浪汉，从那眼神里就可以看出，她对这少得可怜的东西无从下手。

“别担心，开始做吧。”流浪汉朝她点点头。

【动作描写】对于客人不合理的要求还是照办了，说明女人富有耐心。

女人伸手想去揉面，可是盆里的这点面粉根本没法揉，她只好用手指小心翼翼地把面粉和在一起，这个小面团只有一粒玉米那么大。

另一个流浪汉让男人去找点肉，男人苦着脸说：“别说是肉，就连绑肉的绳子都被老鼠吃光了。”

流浪汉指了指阁楼说道：“去找找，万一要是有新发现呢。”

男人爬上阁楼，刚直起腰就被什么东西撞了头，他仔细一看，啊？是猪肉！撞到他头的竟是一大块猪肉。他又往四下瞧了瞧，阁楼上到处都挂满了好东西，不仅有好多好多猪肉，还有熏肉、排骨、香肠，以及好多好多叫不出名字的肉，阁楼几乎都被塞满了。男人激动得不知拿哪块肉才好，他朝楼下大叫：“这么多肉，让我该拿哪一块呢？”

【景象描写】这些食物从何而来？引人遐想。

流浪汉回答道：“哪一块最先撞到你，就拿哪一块吧。”于是，男人把那块撞他头的大肉块搬了下来。

流浪汉又让女人去生火，并告诉她一定要把火烧得旺旺的。女人不停地加柴，把火烧得通红通红。

“好啦，现在赶快把面团分成六份，然后放进炉子里去烤吧。”

【设置悬念】流浪汉从容自信的样子，暗示接下来会有意想不到的事发生，吸引读者兴趣。

女人听了，张大嘴巴，半天才问道：“这么一个小面团还要分成六份，那岂不是更小得可怜，再放进炉子里去烤，这样恐怕连灰都看不到啦。”

流浪汉笑了笑，对女人说：“放心吧，按我说的去做。”

女人小心翼翼地把玉米粒大小的面团分成六份，现在每个小面团比一颗麦粒大不了多少。她把六个小面团整齐地放进炉子里。看着通红的炉火，女人感觉自己已经失去了最后一次烤面包的机会，她为这六个小面团的命运感到难过。

【情景描写】体现出了年长流浪汉的神奇之处，为下文埋下伏笔。

过了一会儿，面包的香味飘了出来。女人打开炉子，只见六个小面团已经烤成六个大面包，浓浓的香味正是从这里飘出来的。女人吓得睁大眼睛，不敢相信这些面包是真的。

流浪汉又把男人叫过来，让他去打些酒来喝。男人说："地窖里有一个酒桶，可是很多年前我们就用它装玉米面，现在它已经快烂掉了。"

流浪汉拍拍男人的肩膀说："去吧，到地窖里看看，说不定会有新发现呢。"

男人进到地窖，他打开木桶，一股酒香扑面而来。只见木桶里装着满满的红葡萄酒，闻闻这酒香就知道它是上好的葡萄酒。

【对话描写】凭空多出的葡萄酒，再次证明了流浪汉的神奇之处。

男人打了两罐酒回到屋里，他兴奋地叫道："不得了啊，地窖里有满满一桶上好的葡萄酒！"

流浪汉笑呵呵地说："看看，听我的话没错吧，刚才找到了肉，现在又找到了酒。"

女人把肉放进一口大锅里炖起来。不久，肉炖好了，面包也烤好了，再加上美味的葡萄酒，他们吃了一顿非常丰盛的晚餐。

此时，财主家也摆下酒宴，招待亲朋好友，庆祝小女儿接受祝福。大家正吃得高兴，财主突然问道："那个穷光蛋家会拿什么招待客人呢？"

仆人们也很好奇，他们跑到穷人家窗户底下，偷听屋里人在说什么。一个流浪汉发现屋外有人偷听，于是他从

【语言描写】

流浪汉将外面的仆人们说成是狗，表达了流浪汉对这些人的鄙夷。

锅里捞出两大块排骨说道："这么香的排骨，应该给狗也分一些。"说着他把排骨从窗户扔了出去。

守在窗户外面的仆人，捡起这两块大排骨说："这么香的排骨怎么舍得给狗吃呢？"

"天啊！他家的饭菜真是太好啦！比我们家强百倍，连人家的狗都能吃到这么肥的肉骨头。"

【动作描写】

可见仆人们在财主家的日子并不好过。

正说着，屋子里又扔出一大块雪白的面包，仆人们连忙捡起来，就是财主家也舍不得用白面包喂狗。屋子里的流浪汉不停地把排骨和白面包扔到窗外，不一会儿，窗外的仆人们个个都抢到了好多美味。

【语言描写】

仆人们只看到了表象，没有细心观察，表现出仆人们的愚蠢、浅薄。

仆人们回到财主家，财主问他们都看到了什么。他们举着手里的排骨和白面包说："他们家真是阔绰，喝的都是最名贵的葡萄酒，那颜色像血一样红。他们的饭菜多得吃不了，这样大块的排骨和白面包都从窗户里扔出来喂狗。我们把这些好东西捡回来留着自己吃。"

财主觉得很好奇，又派他们到穷人家打探，听听他们都在说什么。

仆人们悄悄地来到穷人家门外，看到里面的宴席还没有结束。流浪汉看到这些人又回来了，一个流浪汉故意伏在另一个人耳边说话，可是那声音大得足以传出二里地，门外的仆人们当然也听得清清楚楚："我告诉你一个秘密，这个小男孩长大了一定会和财主家的小女儿结婚。"

【铺垫】

财主因此心怀怨恨，为下文做铺垫。

仆人们连忙跑回家把这句话告诉财主。

"什么？那个穷小子也配娶我的女儿，简直是不想活了，看我怎么收拾他。"财主被气得七窍生烟。

第二天，两个流浪汉离开穷人家，继续赶路。没过几天，穷人家剩下的那些肉和酒吃光了，他们又恢复以往吃玉米面的生活。

财主一直对穷人家的小儿子怀恨在心，想方设法地想把孩子杀死。一天，财主来到穷人家对他说："你家这么多孩子怎么养得活，干脆把那个小儿子给我吧，放在我家精心养育，说不定还能成为我的女婿呢。这两桶玉米粉就算是补偿吧。"

穷人答应了财主的要求，他想，到了财主家，小儿子就不会被饿死，而且还能换两大桶玉米粉，这真是两全其美的好事。

【心理活动】穷人的想法简单而美好，表现出穷人淳朴的品格。

财主把小男孩抱回家，并没有精心喂养，而是找人做了一口小棺材，他把男孩放进棺材里，又把棺材扔进村外的小河。看着小棺材在河面上越漂越远，财主心里的一块石头落了地。

小棺材顺着小河飘飘荡荡地来到一个磨坊前，恰巧磨坊的主人正在河边钓鱼。磨坊主看见远处飘来一口小棺材，心想："难道是哪里下了大雨，把小棺材冲了出来？"

【心理描写】磨坊主对小棺材有了好奇心，引出接下来的行为。

他费力地把小棺材拖上来，要扛回家给妻子看看。刚一到家，磨坊主就对妻子说："快来看看，我捡到一口小棺材，不知从上游什么地方漂来的，说不定里面装的是一个孩子呢。"原来，磨坊主和妻子没有孩子，而且他们的年纪大了，也不可能再生孩子。

当磨坊主和妻子打开小棺材，只见里面躺着一个虚弱的小男孩。他们抱起男孩高兴地说："我们真是幸运的人，老天终于让我们有儿子啦！看啊，这是一个多么漂亮的孩子！"他们看到男孩已经饿得奄奄一息，连忙喂他吃东西，然后又把男孩身上裹着的破布片扔掉，换上一身干净的衣服。这样，小男孩就在磨坊主家住了下来，磨坊主和妻子把他当作自己的亲儿子一样抚育。他们自己没有孩子，再加上年纪越来越大，所以他们更加宠爱这个小男孩。

【动作描写】可见这对老夫妻很宠爱男孩。

转眼十几年过去了，小男孩已经长成一个英俊的青年。财主家的女儿也出落成俊俏的少女，前来求婚的人络绎不绝。第一位来求婚的小伙子被姑娘选中了，于是财主开始为女儿的婚事做准备。

一天，财主赶着一辆四头牛拉的大车，来到河边的磨坊，他要把车上装得满满的麦子磨成面粉，准备在女儿的婚宴上使用。

在磨坊里，财主发现了这个已经长大的男孩，此时他正在专心磨面，老磨坊主在旁边来来回回地查看。财主奇怪地打量着这个年轻人，心想："这个年轻人会不会是当年装在小棺材里的那个孩子？"财主仔仔细细地看着这个年轻人，最后确认这就是当年扔在河里的那个孩子。

【心理活动】财主担心流浪汉的话会成真，引出接下来的行动。

财主心里不禁大惊："女儿虽然有了未婚夫，可是还没有正式结婚，还有机会嫁给这个年轻人，这可怎么办呢？"

情急之下，财主心生一计，他对老磨坊主说："出门时忘记了一件很重要的事，我想让这个年轻人替我给妻子送封信，可以吗？"

老磨坊主回答道："很愿意为您效劳，可是现在这里要磨的麦子太多，他走了我一个人干不完这些活儿呀。"

财主忙说："不会耽误太多时间，去去就回。"

老磨坊主经不住财主再三请求，只好答应让儿子去财主家送信。

【动作描写】可见年轻人十分孝顺，急着送完信回去干活。

年轻人拿起信急急忙忙向财主家跑去。路上他要经过一大片草地还有高高低低的灌木丛。正当他往前赶路时，只听见一个老人的声音从灌木丛后面传出来："年轻人，这么急匆匆地要去哪儿呀？"一位头发花白的老人从灌木丛里走出来。

"我要把这封很重要的信带给财主老爷的妻子，他们家住在前面的村子里。"年轻人回答。

【语言描写】表现出年轻人正直的品格。

"能让我看看那封信吗？"老人问道。

"这可不行啊，怎么能随便看人家的信呢。"年轻人拒绝了老人的要求。

“还是给我看看吧。”老人坚持要看信。年轻人拗不过他，就把财主的信递过去。老人接过信，只见上面写着：

亲爱的妻，你一向顺从我的决定，现在更要按照这封信上的话去办。你要准备一杯美酒，里面放上足够毒死一个人的毒药，把这杯酒给这个送信的年轻人喝下去，一定要他马上死掉。

【叙述】财主太恶毒了，竟然因为一点可能性就要杀死年轻人。

老人看完信并没有还给年轻人，而是另外写了一封装进原来的信封里，然后对年轻人说：“好了，年轻人，拿上这封信赶快上路吧，尽快把信送给那位夫人。”

年轻人来到财主家，把信交给他的妻子。财主的妻子看到信上写着：

亲爱的妻，你一向顺从我的决定，现在更要按照这封信上的话去办。你要马上把我们的女儿嫁给这位来送信的年轻人，立刻就办，不能延误！

财主的妻子放下信，马上拉着女儿和送信的年轻人来到村公所给两人办理证婚手续。

原来，年轻人在路上遇到的白头发老人，正是当年的流浪汉，他曾经看着年轻人出生，而这封信也是流浪汉写的。

【叙述】神奇的流浪汉又出现了。照应前文，说明原因。

这时，财主已经把磨好的面粉装上牛车运回家中。一进门，他就看见年轻人和自己的女儿站在一起，亲密的样子俨然就是一对夫妻。财主气得把鞭子甩得啪啪响，他大声叫着妻子：“老婆，你没看到信吗？”

财主的妻子连忙把信递给他说：“看到了，我就是按你的吩咐做的。”

财主接过信，看到上面的笔迹正是自己的。他恨恨地说：“哼，我的女儿不可能嫁给一个穷人的儿子，我一定要杀掉他！”

【语言描写】财主的话中充斥着对年轻人的仇恨和蔑视。

财主对年轻人说道：“虽然你和我的女儿做了结婚公

证，但是她也不会成为你的妻子。如果你能从花王那里拿到三朵鲜花，我才会把女儿嫁给你。”

【叙述】反映出年轻人吃苦耐劳的优良美德。

财主给年轻人准备了一些食物，让他去花王那里寻找三朵鲜花。年轻人翻山越岭走过七七四十九个城市，直到食物都吃光了还没有到达花王的家。年轻人不得不在一个城镇停下来，城里住着一个国王，年轻人心想，要是能在国王这里得到一些食物那该多好啊。于是，他鼓足勇气去觐见国王。

国王躺在床上浑身长满了脓疮，他问年轻人：“你要到哪里去呢？”

年轻人回答道：“我要到花王那里向他要三朵鲜花。”

“哦，如果你真的能见到花国，请替我问一问，怎样才能治好我的脓疮。等你回来时，再到这里来告诉我。”

国王送给年轻人一些食物和路费，年轻人又上路了，他又走过七七四十九个城市，直到食物吃光。他来到一个城市想找一些食物，这个城市的国王是个盲人，他听说年轻人要到花王那里去要三朵鲜花，于是他对年轻人说：“如果能够见到花王，请替我问一问怎样才能治好我的眼睛，等你回来时，再回到这里告诉我。”

【语言描写】为下文中年轻人向花王请教办法做铺垫。

这位国王也送给年轻人一些食物和路费，于是年轻人又上路了，他又走过了七七四十九个城市，直到食物全都吃光。这时，一条大河拦住了去路，年轻人四下看看，想找一条船过河。正在他左顾右盼地找船时，一个女人拉着一条木筏正从上游走来。她整天都在河边拉木筏，从上游拉到下游，再从下游拉到上游。

年轻人向女人大声喊道：“快来渡我过河吧！”

女人把木筏拉过来向年轻人问道：“你要到哪里去？”

“我要去找花王，向他要三朵鲜花。”年轻人回答。

【语言描写】年轻人很诚实，反映出年轻人淳朴无邪的内心。

“哦，小伙子，我把你渡过河，如果你见到花王，可不可以替我问问他，为什么我要在这里来来回回地辛苦拉船？等你回来时，再到这里来告诉我。”

年轻人答应了女人的请求，女人把他渡过河。

又走了一段路，年轻人终于找到花王的家，可是，花王外出不在家，年轻人见到了花王的妻子。

“亲爱的年轻人，你为什么要到这么偏远的地方来呢？这里连鸟都很少能飞来呀。”王后问道。

【侧面描写】通过花王妻子的话突出年轻人一路来的艰辛，从侧面衬托出年轻人坚韧不拔的品格。

“我想向花王要三朵鲜花，这样才能把我的妻子娶回家。”年轻人对王后说，接着他还把那三个问题也告诉了王后。

王后一听，吃惊地看着年轻人说道：“这些话要是让我丈夫听到，你就没命啦。不过，我会帮助你的。”王后想了想接着说：“我先把你藏起来，每天我丈夫回来时都累得筋疲力尽，所以他吃过晚饭就会去睡觉。”

【语言描写】为什么会没命呢？设置悬念，引起读者的好奇心。

王后找来一只大木盆，把年轻人扣起来，然后藏到床下。她再三叮嘱年轻人：“千万别出声，也别睡觉，一定要记住我丈夫说的每句话。”

晚上，花王回到家，他立刻闻到家里有一股陌生人的味道。他问妻子：“今天有谁来过？家里怎么有一股陌生人的味道？”

王后说：“一整天都没人来，这味道是你从外面带进来的，因为你走的地方太多啦。”

“不对，家里一定来过陌生人！”花王坚持说自己闻到了陌生人的味道。

王后不再理睬他，坚持说这种味道是花王从外面带回来的。两个人争执了一会儿，花王不想让王后生气，于是就不再坚持自己的说法。他们吃过晚饭，花王倒在床上睡着了。

【行为描写】可见花王对王后十分包容，不想惹王后生气。

王后躺在花王身边，等到花王打起呼噜，她悄悄地拔下花王的一根头发。要知道，花王的每一根头发都是一朵鲜花。

王后拔下一根头发之后，她推了推花王，花王从梦中惊醒，不耐烦地问道："出了什么事，别烦我。"

王后假装说："哎哟，吓死人啦！我梦见一个浑身长脓疮的人，疼得连路都走不了，这是怎么回事呢？"

【语言描写】认为不幸的人是活该，反映出花王冷漠的性格。

花王闭着眼睛说道："活该他长脓疮，他的面包炉下面有一只癞蛤蟆，他每天吃这个炉子里烤出的面包，不长脓疮才怪呢。只要他把那个面包炉拆掉，换个位置重建一个新的，只要吃一块这个新炉子里烤出的面包，身上的脓疮自然就好了。我都困死了，别再打扰我睡觉。"

等花王睡熟了，王后又拔下一根头发，然后又把花王推醒，花王不情愿地睁开眼睛问道："又怎么了，怎么总是不让我睡觉？"

【语言描写】王后借话题转移花王的注意力，顺便帮年轻人寻求解决问题的方法。

王后假装说："哎哟，这个梦好奇怪呀！"

花王不耐烦地问："梦到了什么？"

"我梦见一个盲人，他是个国王，为什么国王会失明呢？"

"活该他失明，在他的王宫里，所有的屋顶，包括鸡窝和篱笆的顶上都是用金子做的。只要他把这些金屋顶拆掉，扔到那条流过王宫的河里，然后换上茅草屋顶，他就会重见光明。"花王说完又睡着了。

现在王后手里已经有两根头发，这就是两朵鲜花，只要再拔下最后一根头发，年轻人的心愿就能实现。

【语言描写】尽管花王包容王后，可反复三次被推醒后还是生气了，语气中饱含着怒气。

等到王后听到花王的鼾声，她又拔下一根头发，然后用力把花王推醒。花王真有些生气了，他气呼呼地说："又怎么啦？还让不让我睡觉？"

王后假装说道："我又做了一个梦。"

"又梦到了什么？"

"我梦到一条大河，一个女人在河边拉木筏。她从上游到下游不停地拉，好辛苦啊！为什么她总是在拉木筏呢？"

"活该她拉木筏，因为给她再好的面粉，她也烤不出好吃的面包，所以她只能在河边拉木筏。只要她能烤出好吃的面包，就不会那么辛苦啦。再也不许打扰我睡觉，否则我就要生气啦！”花王叮嘱王后。

“好吧，放心睡吧，我不会再叫醒你了。”王后对花王说。

等了一会儿，王后感觉花王已经睡得很沉了，她悄悄地拿起木盆，把年轻人从床下拉出来，她问道：“刚才花王说的话，你都记住了吗？”

“记住啦，全都记在心里，一句都不会忘记。”年轻人回答。

“你可以回家了，年轻人，不过当你渡河时，千万不要先对那个女人说出花王的话。一定要等她把你渡到对岸才能告诉她，否则你就过不去那条河。”王后对年轻人说。

【语言描写】给年轻人正确的建议，表现出王后的智慧。

年轻人拿着三朵鲜花，他十分感谢王后的帮助。辞别了王后，年轻人踏上回家的路。

在河边，年轻人看到那个拉木筏的女人正站在那里等着他。一见年轻人回来，女人连忙问道：“快跟我说说，花王都告诉你什么啦？”

年轻人不慌不忙地说：“你先把我渡到河对岸，我才能把花王的话告诉你。”

“你先说，我才能渡你过河！”女人的态度很强硬。

“你先把我渡过河，我才告诉你！”年轻人也不甘示弱。

两个人就这样僵持着，年轻人牢牢地记着王后的叮嘱，不肯让步。最后，女人实在没办法，只好先把年轻人渡过河。上岸后，女人问道：“现在可以把花王的话告诉我吧。”

【行为描写】年轻人十分信任王后，表现出年轻人坚定的一面。

年轻人说：“花王说，只要你能烤出好吃的面包，就不用整天在这里拉木筏啦。”

女人又问：“刚才在对岸为什么不告诉我呢？”

年轻人老实地回答：“我担心你不渡我过河。”

女人说道：“如果你在对岸说了这些话，我根本不可能

【语言描写】可见女人很自私，只考虑自己的问题。

把你渡过河。”

年轻人对她说：“赶快回家去烤面包吧。”

“可是我真的不会烤面包啊。”女人说道。

“那你只能在这里拉一辈子木筏。”

“年轻人，算你聪明，如果你在对岸告诉我这些话，恐怕你就永远回不了家。”

【行为描写】没有和女人一般见识，表现出年轻人的大度。

年轻人没有理睬女人的话，转身朝家的方向走去。不久，他来到盲眼国王的城市，他把花王的话讲给国王听。可是不等年轻人把话说完，国王就派人把他抓了起来。他真是胆大包天，竟然要国王把金屋顶扔到河里！不过，国王还是悄悄地让人换上茅草屋顶，他想试试年轻人的话是不是真的。当茅草屋顶铺好后，国王的眼睛立刻就看到了东西。他连忙把年轻人放出来，兴奋地对他说：“我要如何感谢你呢，年轻人，你让我重见光明。”

【语言描写】说明年轻人不慕名利，性格随和。

年轻人回答：“尊敬的陛下，您想给我什么都可以，我不介意。”

国王送给年轻人一匹高头大马，还在马背上放了一个大褡裢，里面装上满满的黄金。国王对年轻人说：“亲爱的年轻人，这些东西无法表达我的感谢，不过它们能让你的生活过得舒服一些。”

【行为描写】说明年轻人信守承诺，说到做到。

年轻人骑上马，很快就来到另一个城市，他要见国王，告诉他从花王那里得到的消息。国王看到年轻人连忙问：“你见到花王，他怎么说？”

“国王陛下，我已经见到了花王，他已经解决了您的问题。”

“太好啦，赶快告诉我。”

“花王告诉我，您的病是因为面包炉下面有一只癞蛤蟆，只要您把现在的面包炉拆掉，再建一个新的，然后烤上一炉面包，只要您吃到这个新炉子里烤出来的面包，身上的脓疮就会痊愈。”

没想到国王听完年轻人的话，立刻火冒三丈，派人把他捉进监狱。因为国王最讨厌别人批评他的面包炉。不过，等到心情平静之后，国王还是想试试这个建议。于是，他派人拆掉旧炉子，重新盖了一个新炉子。他又命令厨师准备好面团，只要面包炉建好立刻就要烤面包。

【行为描写】表现出国王霸道、蛮横的一面。

没用多长时间，新的面包炉就建好了，仆人们把火生得旺旺的，厨师把揉好的面团放进炉子里。同时，他还按照家乡的古老方法，放了一个圆圆的小面团进去，小面团会比那些大面团熟得快一些，这样国王就能早一点吃到新炉子烤的面包。

等到面包飘出香味的时候，小面包烤好了，国王急忙撕下一块面包，大口地吃下去。奇迹出现了，国王身上的脓疮渐渐愈合，最后竟然完全消失。国王把年轻人放出来，激动地对他说：“你是一个诚实的小伙子，你为我带来治病的良方，我要怎么感谢你呢？”

【叙述】在故事中加入奇迹，增加故事的童话色彩。

“尊敬的陛下，您给我什么都可以，我不介意。”年轻人说道。

国人也派人牵来一匹高头大马，马上也有一个装满黄金的大褡裢。年轻人辞别国王，带着两匹马和两褡裢黄金回到家。

年轻人拿着从花王那里得来的三朵鲜花来到财主家，在篱笆墙外，他看到财主蹲在那里，冻得缩成一团。财主家的院子里门窗紧闭，杂草丛生，到处都是破败的样子。原来财主损失了钱财，他现在已经身无分文，是个穷光蛋，每天连饭都吃不饱。

年轻人举着鲜花对财主说：“岳父大人，您看我已经从花王那里带回了三朵鲜花。”

【语言描写】年轻人不辞辛劳，对财主没有任何怨言，表现出年轻人宽和、淳朴的性格。

财主满脸羞愧地说道：“真为你高兴，我的孩子，可是这鲜花对我已经没有意义，你自己留着吧。”

年轻人拉起财主，说道：“岳父大人，别难过，请您和我一起回家吧。”

财主叫出自己的女儿，夫妻俩幸福地拉起手。年轻人要举行最隆重的宴席，庆祝他们的婚礼。这个消息传遍了七七四十九个国家，所有的亲朋好友都接到了年轻人的邀请，在这些人中还有那两个流浪汉呢。

【叙述】将自己代入到故事当中，给读者留下想象空间。

我也参加了这场规模盛大的婚礼，不过我只是一个讲故事的人，只能坐在角落里等着得到一点好吃的东西。果然，我得到了一大块肉。这肉真大呀，我怎么吃都吃不完，只好把它带回家喽。

拓展阅读

名师点拨

故事的精彩之处，在于流浪汉给穷苦男人家带来的一系列奇迹，以及后来年轻人的冒险之旅。有财主的形象作为对比，年轻人及其父亲的形象愈发突出，给读者留下深刻印象。

回味思考

1.财主是怎么欺骗邻居家男人的？

2.年轻人的三朵花是怎么得来的？

好词收藏

挨家挨户　破败　异口同声　暴跳如雷　七窍生烟　补偿

聪明的牧羊人

名师导航

一位富商引来了国王的嫉妒，为了活命，富商必须回答国王的三个古怪问题，可富商并不知道这三个问题的答案。幸运的是富商遇到了一位聪明的牧羊人，牧羊人会怎么回答这三个问题呢？

从前有个非常富有的商人，他有豪华的住宅，有华丽的衣裳，还有很多仆人供他差遣。这位富商每次出行都会前呼后拥，好不威风。某一天，这位富商的事情传到了国王耳中，国王很不愉快，于是召见这位富商。

【叙述】介绍故事背景，交代事件起因。

这一天，富商由五十名仆人守护着来到了王宫。

“尊敬的陛下，这是怎么回事？”富商说。

“你的房子比我的大，衣裳比我的华丽，还有那么多的仆人……”国王欲言又止，神色不快。

富商迟疑了一会儿，回答道：“陛下，我花的钱都是自己辛苦挣来的，并未触犯您的法律。”

“你过得比我好，这就是死罪。”国王蛮不讲理地说道。

【语言描写】表现出国王心胸狭隘的一面。

富商流出了眼泪：“我活不成了吗？请陛下告诉我活下去的方法。”

“只要你能回答我的三个问题，就不用死了。”国王说。

“陛下请说。”富商害怕极了。

“这三个问题是：地球的中心在哪里？绕世界走一圈要多少时间？我这会儿在想什么？”

商人听完问题脸都白了，因为他回答不出这些问题。

“陛下，求您给我一点时间思考。”

“给你一个月的时间。”国王说。

【叙述】交代富商遭遇的情况，增加故事情节的紧张感。

富商走遍全国，非但没有得到人们的帮助，还遭到了许多嘲笑。最后，在经过一间茅屋的时候，富商遇见了一个牧羊人，富商将自己的遭遇讲给了牧羊人听。

“别垂头丧气啦，”牧羊人说，“我替你去王宫，那你就不会被砍头了。你把丝绒的披风给我，再叫你的仆人陪着我。”

富商答应了牧羊人。牧羊人披着商人的披风，很快见到了国王。

牧羊人说：“国王陛下，我是来回答您的问题的。”

国王大笑起来：“好吧！第一个问题，地球的中心在哪里？”

【语言描写】他的回答让国王无从质疑，表现出牧羊人的智慧。

牧羊人用手指了指他站的地方说：“就在我脚下。如果您不相信，可以把地球量一量，那您就会信服了。”

国王说：“你的答案不错。现在是第二个问题，绕世界走一圈要多长时间？”

牧羊人回答：“这个问题更简单，只要陛下能和太阳一起起床，再跟着它一直走到第二天早上，那您只需要一天时间就能绕世界一圈啦！”

【神态描写】国王畅快地笑了，可见他很满意牧羊人的答案。

国王畅快地笑了起来：“现在你来回答我的第三个问题，我这会儿在想什么？”

“陛下您想的是我是一个富商，可我实际上是一个牧羊人。”牧羊人脱下了丝绒披风，说道。

“你比商人聪明，”国王说，“我封你做大官，希望你日后为百姓多做好事。至于商人呢，我就放过他这一次吧。”

拓展阅读

名师点拨

这篇故事的精彩之处在于牧羊人对国王三个问题的解答。看完牧羊人的三个答案，大家都清楚其实牧羊人并不知道真正的答案，但他给国王的答案让国王无从质疑，这就是牧羊人的聪明之处，也是让国王欣赏的地方。

回味思考

1. 国王为什么要定富商的死罪？
2. 国王为什么要让牧羊人做大官？

好词收藏

差遣　前呼后拥　愉快　欲言又止　迟疑　触犯　垂头丧气

好句积累

◈ 从前有个非常富有的商人，他有豪华的住宅，有华丽的衣裳，还有很多仆人供他差遣。

◈ “你的房子比我的大，衣裳比我的华丽，还有那么多的仆人……”国王欲言又止，神色不快。

卡耐罗拉

名师导航

一对感情要好的兄弟不得不分开，弟弟在旅途中不幸被邪恶的巨人关押了起来。得知弟弟正在受苦，哥哥出发了，他能救出自己的好兄弟吗？

很久以前，有一位国王，他的妻子一直没能生育孩子，为了解决这个问题，他下了一道诏令：

不管是谁，只要能有办法让国王和王后生育孩子，就赋予他仅次于国王的财富。但要是他的办法不成功，那国王就会砍他的头。

【叙述】赏、罚都很重，可见国王对这件事十分重视。

诏令发出以后，很多人跃跃欲试，他们给出了多种办法，但都失败了，最后国王处死了这些人。

后来，有一位衣着破旧、蓬头垢面的老人，给国王出主意说："尊敬的陛下，您需要让人捕捉一条海龙，找个年轻的姑娘烹煮它的心，姑娘一旦闻到煎海龙的味道就会怀孕。姑娘把龙心烹制好后，拿给王后吃掉，王后也会怀孕，这两个孩子将在同一时间出生。"

【行为描写】国王已经别无选择了，只能尝试一下。

国王虽然有点怀疑，但还是采纳了老人的提议：他找人捕捉了一条海龙，让一个年轻漂亮的农家姑娘去烹煮，鲜美的汤味传到了姑娘的鼻子里，姑娘马上感觉自己要生孩子了。正如老人所说，王后之子与厨娘之子一起出生，面貌和孪生兄弟一般。而且就在同一天，大桌子生出了小桌子，大钱箱生出了小钱箱，大衣柜也生了个小衣柜，大床又生出一个小床。

王后给孩子取名为埃米里奥,厨娘的孩子叫卡耐罗拉。他们亲如兄弟,关系很好,王后对这两个孩子很好,但他们长大以后,王后却因为他们亲密无间的关系而不高兴,还怕卡耐罗拉比自己的儿子更富有智慧和幸运。所以,她告诉埃米里奥,说卡耐罗拉只是厨娘的儿子,根本不是他的兄弟,不能让他和王子享有一样的待遇。但这两个孩子感情非常好,根本不在意这些。王后非常生气,就开始暗害卡耐罗拉,但埃米里奥把他保护得很好,与他的感情也与日俱增。这让王后很生气。

【行为描写】嫉恨比自己儿子更优秀的年轻人,表现出王后狭隘的心胸。

有一天,这两个孩子在炉火边烤打猎用的子弹,埃米里奥中途离开了一会儿,王后看到卡耐罗拉独自坐在炉边,就将一颗被火烤得滚烫的子弹射向他,想以此取他的性命。但子弹没有打中卡耐罗拉,而是从眉毛上擦过,在他的额头上烫出了一道伤痕。王后不死心,又拿起一颗子弹放在火上烤,这时埃米里奥进来了,她马上装出一副若无其事的样子离开了。

【神态描写】刻画出王后狠毒、虚伪的形象。

卡耐罗拉的伤口很深,但他没有说什么,只是把帽檐拉低盖住额头,让埃米里奥看不到自己受伤的迹象,装作若无其事地烤子弹。片刻以后,他说:“我的兄弟,我要永远离开这里,到外面闯一闯。”

埃米里奥茫然无措道:“为什么呢,亲爱的兄弟,待在这里让你不开心吗?”

卡耐罗拉的眼中噙满了泪水,他将帽子紧紧压在前额上说:“我的兄弟,是命运将我们分开的,我只能选择离你远去。”

【语言描写】卡耐罗拉不想兄弟和王后闹得不愉快,充分表现出卡耐罗拉宽和的性格。

埃米里奥的劝告是徒劳的,卡耐罗拉将他的双筒猎枪拿了出来,这支枪是当年烹煮海龙的心时,由另一把枪所生的。他与埃米里奥来到了花园。

"我最爱的兄弟啊，离开你，我感到非常难过，今天我要把这个留给你作个纪念。"他说完，就将剑插在了地上，紧接着，地上出现了一道喷泉。他又用力插了一下，喷泉边立刻长出一棵爱神树。

"要是你有一天发现泉水浑浊了，爱神树也不再生根发芽了，"卡耐罗拉说，"那就是我遭遇了困境。"

【动作描写】表现出两人深厚的兄弟情谊。

说完，他们抱头痛哭起来，随后卡耐罗拉翻身上马，用皮带牵着自己的狗上路了。

他一直往前走，后来遇到一个岔路口：其中一条路通往看不到出口的森林，另一条路不知道通向什么地方。将两条路分开的地方是一个菜园子。两个农民此时正在菜园里吵架，并且要动手。卡耐罗拉赶忙上前，询问他们吵架的原因。

"是这样的，我看到了两枚金币，"一个人说，"但我的伙计想分走一枚，因为我发现金币的时候，他也在我身旁。"

"是我先发现的，"另一个人说，"也可以说是我们同时发现的。"

【行为描写】表现出卡耐罗拉热心、大方的品格。

卡耐罗拉从自己的衣服口袋里翻出了四枚金币，拿出两枚分给那个找到两枚金币的人，剩下的两枚金币分给了他的同伴。两个菜农非常感激他，亲吻了他的手。他翻身上马，接着赶路，想走通向森林的道路。就在这时，手里拿着四枚金币的农民大叫道："少爷，千万不要去那里啊，进了这片森林就出不来了。我劝你最好走另一条路。"

卡耐罗拉向他表示了感谢。他一直向前走，看到几个男孩子正用棍子殴打一条母蛇。它的尾巴尖儿被他们打掉了，还想看着这条蛇死掉。"把它放了吧，这是一个可怜的异类。"卡耐罗拉说。孩子们放掉了母蛇，它甩着残缺的尾巴逃走了。

【环境描写】通过环境描写突出这里危险的环境。

卡耐罗拉走入了一片大森林中，天已经黑了，森林刮起了大风，还传来了野兽的嘶吼，卡耐罗拉非常害怕。这个时候，树林间走出一个漂亮的女孩，她的手里拿着一盏灯，轻轻拉住卡耐罗拉。

“这是个可怜的小伙子！”她说，“来我这里休息休息吧，我家很暖和。”卡耐罗拉瞪大了眼睛，以为这是一场梦，他跟随女孩来到了她的家。女孩说：“你之前从几个孩子的棍子下救出了一条奄奄一息的蛇，还记得吗？我就是那条蛇。你看，我左手的小指头尖儿是残缺的，这就是他们弄断我尾巴尖儿的证据。我出手救你，就如同你当时救我一样。”

卡耐罗拉很开心。仙女生火给他取暖，还摆放好了餐桌，他们一起用了晚餐，然后分房而睡。清晨，仙女给了卡耐罗拉一个拥抱，还亲吻了他，小声说：“走吧，年轻人，你以后还会经受苦难，但总有一天我们会相聚，开心地生活下去。”

【设置悬念】

仙女的话预示着什么？引人遐想。

卡耐罗拉不知道她的意思，但还是拥抱了她，还给了她一个吻，最后和她道别。他走入了一片茂密的森林中，发现树丛里有一只长着金角的鹿。他拿起枪，对准了鹿，但鹿跑开了，他就追逐那只鹿，到了森林的山洞边。这时，天空下起了大雨，鸡蛋一样大的冰雹也随着砸了下来，卡耐罗拉钻进了洞里躲避。他刚进洞，就听见洞外传来了一个弱小的声音：“善良的人，能让我进去躲雨吗？”

卡耐罗拉看到洞外是条蛇。他觉得蛇能给自己增添好运，就说：“好的，你来吧。”

“可是你知道的，”蛇说，“我担心你的狗会撕咬我。你能拴住那条狗吗？”

卡耐罗拉将自己的狗拴住了。

“还有，”蛇说，“你的马会用蹄子踩死我。”

卡耐罗拉又找了根绳子，把自己的马腿拴住了。那条蛇又开口说：“我还是不太相信你，因为你的枪里有子弹，万一枪走火了，我被打死了怎么办，我真的很担心。”

【对话描写】

排除所有威胁，可见来者并非胆小，而是带着恶意而来。

卡耐罗拉为了让它放心，将自己枪里的子弹取了出来：“好了，现在你可以放心地进来了。”

于是蛇也来到了山洞，刚进来，它就变成了一个巨人。卡耐罗拉将自己的狗和马都拴住了，枪里的子弹也卸下了，根本无力反抗。巨人用一只手拽住他的头发，另外一只手将洞里的墓穴打开，把他扔进了墓穴里。

此时，埃米里奥正在国王的宫殿里愁眉不展。他每天都会查看喷泉和爱神树。有一天，他突然看到水变浑浊了，树也不再生根发芽了。

【语言描写】坚定的语气表达了埃米里奥救出兄弟的决心。

“我是个可怜人啊！”他说，“我最爱的兄弟卡耐罗拉遭遇了困境。我要寻访世界各地找到他，无论如何都要帮他脱离困境。”国王和王后都不能阻止他，王子带上了猎枪和狗，骑着马上路了。他来到了岔路口，发现了菜农的菜园，并且和那个拿了四枚金币的农民相遇了。

“你回来了呀，小伙子！”菜农边说边摘下帽子，笑着说，“上次您不是给了我四枚金币吗？我还告诉您此路不通，需要走另外一条路。”

【语言描写】埃米里奥知道对方误会了，但没有揭穿，表现出他的智慧。

“当然，我没有忘记。”埃米里奥也拿出了四枚金币给他。他非常开心，因为他知道卡耐罗拉走了哪条路，他也走向了那条路。他一直向前走，终于走到了卡耐罗拉和那个缺少小指尖儿的仙女相遇的森林。

“你好啊，我爱人的朋友！”仙女边说边来到埃米里奥面前。

埃米里奥大吃一惊：“亲爱的夫人，您是哪位？”

“我是要嫁给卡耐罗拉的仙女。”

【语言描写】指出事情真相，埃米里奥还会上当吗？引出下文。

“那你能告诉我卡耐罗拉的情况吗，他是否还活着？要是他没有死，请告诉我去哪里能找到他，我现在就想见他。”

仙女顿时流下了眼泪。“我的朋友，咱们的亲人此时正在阴暗的地下受苦。你听我的，不要被那条假蛇骗了。”

她说完就消失不见了。

埃米里奥接着往前走。他到了森林里，也追着长金角的鹿跑，也遇到了暴风雨，并且也凑巧来到了山洞。小蛇又过来了，希望他能允许自己进洞中避雨，他答应了这个要求。蛇想让他拴狗，他答应了。蛇又让他绑马腿，他也答应了。但当埃米里奥被要求拿掉枪里的子弹时，他猛然想起了仙女对自己说的话，于是他说："哎呀，你希望我把枪里的子弹拿掉，是吗？"他拿起自己的双筒猎枪，瞄准了小蛇，朝它的背部开了两枪。他的眼前出现了怎样的画面？倒在他脚下的不是蛇，竟是个死去的巨人，他的头上有两个小孔，两股血柱从里面喷溅而出。这时，他听到了地下传来的求救声："救命啊！快救命！我们总算等到救星了。"

【动作描写】表现出埃米里奥果决的性格。

埃米里奥将墓穴打开，看到了卡耐罗拉，还有一队王子、男爵和骑士。他们被关在里面很多年，只能靠面包和水生存。埃米里奥和卡耐罗拉紧紧相拥。随后，大家翻身上马，离开了森林。

大家又回到了那个缺少小指尖儿的仙女的家，看到了一群漂亮的仙女，但她依然是里面最漂亮的一个。她紧紧拉住了卡耐罗拉的手，将他扶下了马，和他抱在一起，然后说："亲爱的，咱们终于结束了苦难。你从死神的手中解救了我，我保证，你将是这个世界上最快乐的人。"她与他亲吻，做了他的妻子。

【语言描写】仙女的话中流露出了对卡耐罗拉的感激和热爱。

然后，她叫来了另一个容貌同样出色的仙女，对她说："可爱的仙女，送给埃米里奥一个吻吧，他和我丈夫是朋友，他也是王子，你做他的妻子吧，他会给你幸福的。"

然后她又告诉其余的仙女："你们可以从这群人里挑选一个做丈夫，只需亲吻一下对方就行。"

他们举行了热闹的婚礼，丈夫们将各自的妻子接回了家。埃米里奥和卡耐罗拉从此以后都过上了幸福的生活。

拓展阅读

名师点拨

埃米里奥和卡耐罗拉兄弟二人都拥有一样善良的内心，但埃米里奥比起兄弟卡耐罗拉更为聪明。不仅如此，埃米里奥做事也十分果决，在想起仙女的话后果断开枪。由此可见，生活中的我们在遭遇危险时不能犹豫不决，而应该学习故事中的埃米里奥。

回味思考

1.仙女为什么要帮助卡耐罗拉？

2.埃米里奥是怎么解决巨人的？

好词收藏

跃跃欲试　蓬头垢面　亲密无间　与日俱增　若无其事

好句积累

◈ 王后给孩子取名为埃米里奥，厨娘的孩子叫卡耐罗拉。他们亲如兄弟，关系很好，王后对这两个孩子很好，但他们长大以后，王后却因为他们亲密无间的关系而不高兴，还怕卡耐罗拉比自己的儿子更富有智慧和幸运。

◈ 王后非常生气，就开始暗害卡耐罗拉，但埃米里奥把他保护得很好，与他的感情也与日俱增。

◈ 卡耐罗拉的伤口很深，但他没有说什么，只是把帽檐拉低盖住额头，让埃米里奥看不到自己受伤的迹象，装作若无其事地烤子弹。

◈ 卡耐罗拉走入了一片大森林中，天已经黑了，森林刮起了大风，还传来了野兽的嘶吼，卡耐罗拉非常害怕。

勇敢的士兵

名师导航

国王的三个女儿被巨人掳走了，王国内有三个人决心前去救回公主。这三人中，上尉胆小自大，中尉有勇无谋，唯独士兵聪明勇敢。看看他们是怎么救出公主的吧！

从前，有一位国王，他的国家有着广袤的国土，人民也都很富庶。可是这位国王却有一件十分烦恼的事情，就是他和王后一直没有孩子。他整天愁容满面，每天都过得不开心。一天，国王站上城楼，看着熙熙攘攘的人群，一望无际的田野和庄稼，突然想到，这么大一个国家后继无人是一件多么可悲的事情。他越想越烦闷，突然，他看到一个衣衫褴褛的老婆婆正在乞讨。

【叙述】介绍故事背景，指出事件起因。

国王走下了城楼，这位可怜的老婆婆也正好走到了国王的面前。老婆婆看到国王愁容满面的样子，对他说："国王陛下，您这一副忧心忡忡的样子，是有什么烦心的事情吗？您可以跟我讲讲吗？"

阅读笔记

国王微微笑着说："老婆婆，我给你一些金币，你拿着去买东西吃吧。我非常感谢你的关心，但是，老婆婆，我的事情，你是没有办法帮助我的。"

老婆婆听国王说完后，说道："尊敬的国王陛下，说不定我能给您帮忙呢。有时候，任何小小的帮助都能发挥巨大的作用。"

【埋伏笔】老婆婆能帮到忙吗？为下文埋下伏笔。

国王觉得老婆婆说的话不无道理，于是把郁结在心里

【铺垫】老婆婆的预言会成真吗？引出下文。

的烦恼和盘托出。老婆婆仔细聆听完国王的诉说，笑着说："尊敬的国王陛下，在继承人这件事情上，您大可不必担心。因为不久之后您和您的王后就会拥有三个女儿。您要好好呵护她们，此外，还要记住，在她们年满十五岁之前，不能让她们到王宫外面没有遮挡的地方玩耍，不然会有风把她们刮走的。您一定要记住这一点。"

【心理活动】可见国王对来之不易的女儿十分重视，表现出国王谨慎的性格。

老婆婆说完这些话就离开了。国王觉得老婆婆有些神神叨叨的，就没有把她的话放在心上。没过多久，一直没有孩子的王后竟然怀孕了，十个月后，国王和王后的第一个女儿降生了。孩子非常健康活泼，国王欣喜若狂的同时也记起了老婆婆的话。既然老婆婆的预言成真了，那么说明老婆婆一定不是普通人。国王决定听从老婆婆的建议，并且吩咐手下，要好好照看公主，千万不能让公主出王宫。

一年过去了，老婆婆说的话又一次应验了，王后又生下了一个女婴；第三年，王后同样生下了一个女儿。国王对老婆婆的话愈加相信。他吩咐手下，无论如何，都不能让三位公主出王宫。因此，三位公主从出生起就一直生活在王宫里，从来没有见过外面的世界。三位公主对父亲的禁令都十分不解，她们很多次都向国王请求，让她们出王宫玩耍，但国王都否决了她们的提议。公主们向看护她们的仆人求情，可是仆人们严格遵守国王的旨意，也不肯放公主出去，他们说，要等公主十五岁之后才可以让她们出王宫。

【铺垫】国王带着王后和大臣们外出了，为公主们出逃做铺垫。

有一天，风和日丽，国王带着王后和大臣们外出游玩，把公主们锁在王宫里。公主们都是天真烂漫的小女孩，她们看着湛蓝的天空中成群结伴的小鸟，看到外面花园里的美丽景致，心里痒痒的，迫不及待地想要出去游玩。但是卫兵和仆人们一如既往地遵从国王的旨意，拒绝了她们。调皮的三姐妹想了一个办法，卫兵和仆人们稍不留神，她们就从窗户跳了出去，跑到了花园里。她们在花园里嬉戏玩耍，一会儿爬到树上眺望远方的景色；一会儿把鼻子靠在鲜花上嗅鲜花的芳香；一会儿坐在花园的池塘边透过清澈的池水看水中嬉戏的鱼儿。她们越玩越开心，完全忘记了父亲的旨意。她们跑到花园尽头，突然看到一朵特别美丽的玫瑰花。这朵玫瑰花比她们在王宫里看到过的任何玫瑰花都要美丽，而且这朵玫瑰花一直散发着迷人的香气。公主们对这朵玫瑰花爱不释手，就想把玫瑰花摘下来带回王宫里。当她们摘玫瑰花的时候，不幸的事情发生了，突然袭来一阵怪风，公主们都被卷走了。

【排比】描写三姐妹玩耍时的情景，表现出三姐妹天真活泼的性格。

【叙述】和老婆婆预言的一样，走出王宫，不幸的事情就会发生。

仆人和卫兵们连忙把公主被风卷走的消息告诉了国王。国王得知自己的宝贝女儿们被怪风给卷走了，悲痛异常，于是把照看公主的仆人和卫兵都严厉地斥责了一顿。国王派了很多人寻找公主们的下落，并且在全国贴出告示，只要能找到公主或者能把公主从危难中救出，国王许诺把一半的国土给他，并且可以挑选一位公主做他的妻子。百姓们都被国王的悬赏震惊了，一时间，全国上下年轻的小伙子们都踏上了寻找公主的道路。可是，好几个月过去了，公主们还是杳无音信。寻找公主们的小伙子们都很沮丧，很多人都放弃了。

【侧面描写】从百姓们的表现可见悬赏之诱人，从侧面突出了国王对女儿的重视。

不过，重赏之下必有勇夫，有一个上尉和一个中尉听说了国王的重赏后，来到了王宫，向国王提出了寻找公主的计划。国王听完两个人的话很高兴，赏赐了他们一些银两作为路费，并向他们许诺，只要能找到公主们，他的承诺一定兑现。

与此同时，住在王城附近的一个士兵一天晚上做了一个很奇怪的梦：他梦到自己踏上了寻找公主的路途，经历了千难万险，终于找到了公主们。早晨醒来后，他把这个奇怪的梦境告诉了母亲。

母亲郑重其事地对他说："儿子，你做这种梦并不稀奇，

阅读笔记

【铺垫】这真的是上天的指示吗？为下文做铺垫。

但是如果你连续三个晚上都做了同样的梦，那么你可以按照梦里的指示去找公主了，因为这是上天对你的指示。”

第二天和第三天晚上，这个士兵做了和第一晚同样的梦。母亲非常支持他去找公主，认为上天的指示不可违背。因此，士兵沐浴更衣，换上最新的一件军装去找国王，国王得知了事情的来龙去脉后，认为士兵勇气可嘉。

但是，国王对这个勇敢的士兵说：“我派出了很多人去找公主，可是他们都失败了。我现在也没有那么多钱给你了，要不你等几天过来，我给你准备好路费，你再去找公主？”

【语言描写】不要钱财，表现出士兵善良、淳朴的本心。

可是士兵却说：“尊敬的国王陛下，我不需要什么路费，您只要给我准备一些路上吃的干粮就行了。”国王被这个小伙子感动了，他吩咐后厨给这个士兵准备了一个大大的背包，里面全是食物。就这样，士兵孤身一人踏上了寻找公主的路途。

士兵一直走，走出王城后，在路上遇到了前面的上尉和中尉二人。他们三个人互相介绍了自己，为了防止路上出现什么意外状况，三个人决定结伴而行。走了两天两夜，他们来到了一个岔路口。这个岔路口一边通往一条宽阔的公路，另一边是通往森林的泥泞小路。上尉问其他两个人：“我们走哪条路才好呢？”

【设置悬念】哪条路才是正确的呢？引发读者的好奇心。

中尉说：“我们还是走公路吧。公路宽敞，方便。”

士兵说：“不，我要走通往森林的那条路。”

【叙述】上尉和中尉不想吃苦头，为下文埋下伏笔。

士兵坚持走这条泥泞小路，上尉和中尉只得不情愿地跟了上去。他们在森林里费尽周折，但没有发现公主的任何踪迹。他们穿越森林，走到了一片田野上，然后继续前行，穿过田野走到了一条偏僻的小溪旁。在小溪旁修整、洗漱以后，他们走到了一座很窄很窄的小桥边。小桥的旁边坐着一只狗熊。狗熊发现三个人后，发出了愤怒的怒吼声，上尉和中尉正在焦急地商量怎么打败这只狗熊时，士兵从背包里取出了一块牛肉扔到了狗熊面前，狗熊看到牛肉就叼着牛肉走了。他们走上小桥后，发现桥头另一边竟然坐着一头凶猛的狮子，狮子也瞪着他们三人，想把他们吃掉。士兵从背包里掏出了一条猪腿扔给狮子，狮子也心满意足地叼着猪腿走了。

【对比】对比上尉和中尉，突出了士兵头脑灵活的优点。

终于，他们顺利通过了小桥，继续前进。天色将近黄昏的时候，他们发现了一座美丽的庄园。这座庄园装饰得金碧辉煌，里面有很多房间，每一个房间都有自己的特色。可是，偌大一座庄园里却没有一个人影，他们也没有发现任何的食物。士兵慷慨地打开了自己的背包，把国王为他准备的食物与上尉、中尉二人分享。上尉和中尉非常感激士兵，他们美美地饱餐了一顿。

阅读笔记

休息了一个晚上，他们三个人觉得只吃背包里的食物不是长久之计，因为他们不知道前面到底还有多远的路，因此三人决定外出打猎获得食物，把背包里剩下的食物作为路上的干粮。上尉和士兵一起去打猎了，中尉负责看护行李，并且负责生火做饭。仅仅半天，上尉和士兵就捕获了很多的猎物。他们走到庄园门口的时候，惊奇地发现，中尉躺在地上奄奄一息，甚至都没有力气抬手。

他们觉得非常疑惑，只是生火做饭，怎么会这样呢？他们连忙把中尉抬到房间里休息，并且给他喂了些水和干粮。中尉这才慢慢恢复过来，挣扎着说道："你们走后没多久，庄园里进来一个长着长长胡子的老人，他拄着一根拐杖，向我索要食物，我见他可怜的样子，就给了他一枚金币。可是他没有拿好金币，金币就掉在地上了。我正在弯腰帮他捡金币的时候，他突然把拐杖高高扬起，打在我的背上，然后我就什么都不知道了。"

【设问】引发读者的好奇心，引出下文。

【语言描写】交代之前发生的事情，解开读者们的疑惑。

中尉说完，上尉就对中尉露出了鄙夷的神情，并且对他说："你可是国王手下最精锐的军官，现在竟然差点被一个老头打个半死，这要是传出去会被别人笑死。这样吧，明天你们俩外出打猎，我在庄园里做饭，我要是再遇到这个老头，看我怎么收拾他。”

第二天早晨，中尉和士兵一起外出打猎了，只留下上尉一个人在庄园里生火做饭。可是，和昨天一样的怪事又发生了，昨天的那个老头又来到了庄园，向上尉乞讨。上尉也给了老头一枚金币，老头同样没有拿稳，趁着上尉帮他捡金币的时候，用拐杖把上尉打晕了。中尉和士兵满载而归，回来后也看到了躺在地上浑身是伤的上尉。中尉也把上尉嘲笑了一顿，然后士兵说：“明天我在家里做饭，你们俩出去打猎。”

【叙述】有防备还是中招了，更突出了上尉的愚蠢。

第三天早晨，士兵在家里生火做饭的时候，那个老头又来了，他向士兵索要金币。士兵留了个心眼，说：“我身上没带钱，但是我给你一些食物好吗？我现在要去做饭了，等我做完饭，你就可以饱餐一顿了。烧火需要柴火，你去帮我砍些木柴回来。”

【语言描写】找借口占据主动，将老头的注意力引到砍柴上。

老头却说：“我不会砍柴。”

士兵说：“没有关系，你可以现在学。我来教你，很简单的。你跟我去木材室一趟，一看就会了。”

士兵领着老头来到了木材室，然后挑了一根非常粗的木头，他先用斧子在木头上劈了一条很长的缝隙，然后找了些小石子放进这些缝隙，缝隙就被撑开了，出现了一条深深的口子。士兵对老头说：“你看看这条口子，它里面是什么纹理，你就会知道怎么才能砍好木柴了。”

【语言描写】借木柴吸引老头的注意力，方便找机会下手。

老头将信将疑，但还是弯腰朝木头的口子里看。正当老头全神贯注地注视着木头的口子时，他的胡子正好卡在了木头的缝隙里。士兵把小石子拿走，老头的胡子就被木头的缝隙夹住了，老头的身体也动弹不得。士兵抽出木棒狠狠地打了老头一顿。老头连忙求饶。士兵拿起斧子对老头说："我知道你不是普通的老头，而且我推测你知道国王的女儿们在哪里。来，你说，她们现在在哪里？你要是说半句假话，我就把你的头砍下来。"

【语言描写】该下手时就下手，表现出士兵果敢的一面。

老头非常害怕，吓得浑身发抖，忙不迭地说道："你要是肯放过我，我一定说实话。离庄园东边五里，有一座巨大的坟墓，坟墓的顶部有很多野草，你把野草拨开就可以看到一块石板。石板下面是空的，是一个山洞。那个山洞和你见过的都不一样，那里是一个你没有见过的世界。公主们就被囚禁在那里。她们是被高山巨人们掳走的。但是我要提醒你，那个山洞非常深，里面漆黑一片。穿过山洞你还要越过一条大河和一大片火焰。"

士兵反反复复向老头确认了这些信息，确定老头没有骗他后，就把老头放走了。晚上，上尉和中尉回来后，发现士兵已经做好了饭，他们觉得非常惊讶，于是对士兵说："难道今天那个老头没有来过吗？"

【行为描写】士兵放走了老头，表现出士兵善良的本性。

士兵把一天发生的事情全部告诉了他们。当上尉和中尉得知国王的女儿在什么地方时，都非常高兴。于是，他们决定晚上美美地饱餐一顿，以示庆祝。因为前路艰辛，他们用捕获的猎物做了一些干粮，为了准备穿越山洞，他们还在庄园里找了很多绳子以及一个大篮子。第二天天刚亮，他们就按照老头说的路线出发了。走到了那座巨大的坟墓后，他们按照老头的话，在草的底下看到了一块石板。移开石板后，他们发现了石板下面的大洞。于是，他们把在庄园里准备好的绳子和大篮子捆在了一起，并且在篮子里放了石头，想探测一下这个洞的深度。绳子快要到头的时候，大篮子刚好触碰到了地面。

【行为描写】表现出三人想救出公主的迫切心理。

上尉为了抢头功，于是毛遂自荐道："我第一个下去吧。我的勇气指引我这样做。我亲爱的兄弟们，要是遇到危险，我就拉绳子，你们要赶紧把我拉上来。"

【语言描写】表现出上尉虚伪、贪婪的本性。

就这样，上尉坐在大篮子里出发了。当他到达山洞的中部时，他什么也看不见了。四周都是漆黑一片，而且山洞里的温度还特别低。他非常恐惧。篮子触碰到地面后，他走了几步就感觉到了刺骨的寒气，恐惧最终战胜了他的勇气。他赶忙摇绳子，上面的中尉和士兵连忙把他拉了上来。到达地面后，他仍心有余悸。直到沐浴到阳光的温暖，他才渐渐缓过来。

中尉决定做第二个下洞的人。下降的过程很顺利，中尉到达洞底后，走了很长一段路，走到了老头说的那条汹涌宽阔的河边。中尉会游泳，所以他没花多大力气就渡过了河。不一会儿，他看到了一片熊熊燃烧的火焰，心想：这就是老头说的那片火焰吧。火焰很凶猛，烤得他皮肤生疼。他不甘心，可是尝试了很久都没有办法突破这片火焰，只得作罢。筋疲力尽的他，只得回到了洞口。在二人的照料下，他也渐渐恢复了元气。

【行为描写】能走到这里说明中尉很勇敢，但有勇无谋。

最后到士兵了。他二话不说爬进了篮子。他顺利地渡过河，来到了拦住中尉的那片火焰前。士兵很聪明，在河水中沾湿了自己的衣服，然后拼尽全力冲了过去。他做到了，成功地穿过了那片火焰。他继续前进，看到远处似乎有一丝光亮。他循着光亮走去，发现光亮越来越大、越来越大，最终，他发现自己来到了一片开阔的草地上。草地上空是一轮巨大的金色太阳，草地上有很多正在吃草的牛羊，一座巍峨豪华的城堡矗立在草地的尽头。士兵好奇地走进了城堡，发现城堡里有很多的房间，可是怎么也找不到人。他一个房间接着一个房间搜寻，最后听到了一阵纺车的声音。他循声走了过去，发现纺线的人正是国王的大女儿。这些纺线很奇怪，不是棉制的，而是铜制的。士兵再抬头看了看这个房间，发现这个房间里的一切都是铜制的。

【景物描写】描写地下世界的景物，体现出这里的不同之处。

大公主也发现了士兵，惊奇地问道："你是谁？你怎么会来到这里？”

士兵欠了欠身，恭敬地说道：“公主殿下，我是奉了国王的旨意前来救你们出去的。”

大公主的脸上露出了为难的神情：“不行，我不能跟你走，这样会害了你的。你是一个好心人，趁着巨人没有回来，你赶紧离开这里。不然，他回来以后知道有人闯进了他的城堡，他会非常凶狠地杀掉你的。这个巨人有着十分高大的身材，还有三个头。”

【语言描写】为士兵的安全着想，表现出公主善良的品德。

士兵固执地说道：“我就是来救你们出去的。他有多少脑袋都经不住我砍的！”

在士兵执拗的要求下，大公主只得妥协，她决定助士兵一臂之力。

【叙述】公主没有再犹豫，塑造了公主果敢的形象。

大公主让士兵躲在一个大酒桶的后面。士兵刚刚躲好，巨人就回来了。大公主轻声抚慰着巨人，轻轻地抚摸着巨人的三个头，疲惫的巨人很快就睡着了。像往常一样，大公主到城堡外面呼喊母鸡，同时，她偷偷地向士兵打着手势，让士兵从酒桶后面出来。她小声地对士兵说：“你去拿桌上的那把宝剑，看看能不能拿得动。”

士兵发现自己根本没法拿动宝剑。大公主告诉士兵，喝了酒桶里的酒，力气会大很多。于是，士兵就从酒桶里倒出整整一大碗酒喝下。果不其然，他的力气大了很多，已经能把宝剑拿起来了，但是还不能很好地操控宝剑。他又倒了满满一大碗酒，喝完他已经能自如地操纵宝剑了。突然，巨人苏醒了过来，问道：“我怎么闻到了生人的味道，我的城堡里来生人了吗？”

【叙述】喝酒力气能变大，增添故事的童话色彩。

大公主连忙过去圆谎：“不是的。刚刚有一只巨大的乌鸦从城堡上空飞了过去，它的嘴里叼着一块人的骨头，不知怎么的，骨头从烟囱里掉进了城堡。我嫌弃它的味道，所以把它扔掉了。可能它的气味还残留在屋里吧。”

巨人说："原来是这样。只要有一点味道，我都可以闻出来。"

【语言描写】可见大公主十分勇敢，思维敏捷。

大公主说："亲爱的，你太劳累了，躺在我的怀里睡一会儿吧。来吧，让我抚摸你的头，睡一觉吧。睡完一觉后，你就会有好心情。"

巨人不一会儿就睡着了，而且打起了呼噜，大公主把手从巨人的身体下挣脱了出来，用椅子垫着他的头。然后把喝完酒力气很大的士兵叫了进来。士兵用力地挥舞宝剑，把巨人的三个头都砍了下来。大公主看到巨人一命呜呼，高兴极了，一把搂住士兵。来不及闲叙，士兵急忙询问其他公主的下落。大公主领着士兵穿越了很多草地和房屋，一直来到了另一座城堡的门前。

【动作描写】搂住士兵，表现出大公主内心的激动，以及对士兵的感激。

大公主对士兵说："二妹就被困在这里。你一定要把她救出来。"

大公主说完，就躲了起来。士兵走进了城堡，打开了城堡的银色大门，发现整座城堡有很多房间，每个房间里面的装饰品都是用银子打造的，非常漂亮。循着纺车的声音走过去，士兵发现二公主正坐在纺车前面纺线。只不过，这纺线不是棉线，而是银子拉成的银丝。二公主看到突然出现在眼前的士兵，吃惊地问："你是谁，怎么来到这里的？"

【行为描写】在城堡里能分辨声音的来源，表现出士兵的冷静沉着。

士兵欠了欠身，恭敬地说道："我是国王陛下派来救您的。"

二公主摇了摇头，说："不行，你是不可能打败巨人的，他有六个脑袋。如果他发现他的城堡里来了生人，他会发怒并且把你杀掉的。你是个好人，你赶紧离开这里吧。"

【语言描写】这个巨人更厉害，士兵能救走二公主吗？引人遐想。

士兵坚持要救出二公主。二公主也决定帮助这个勇敢的士兵。她让士兵躲在大厅的大酒缸后面。二公主让士兵藏好，她不叫他出来就坚决不能出来。等二公主把巨人哄睡着，她会到外面呼喊母鸡，这时，士兵就拿着剑把巨人杀死。六头巨人的剑比三头巨人的剑还要重。二公主告诉士兵，如果拿不动宝剑，就可以喝酒缸里的酒。没过多久，巨人回到了城堡中，他刚刚进门就问：“为什么我闻到了人肉的味道？是我的城堡里来生人了吗？”

二公主急忙解释：“哎呀，刚刚有只乌鸦叼着一块人的骨头从城堡上空飞了过去，不知怎么把骨头掉了下来，我嫌它味道重，就把它扔了出去。”

巨人满意地点了点头。

【动作描写】原来六头巨人和三头巨人一样蠢笨！注定了也要败在士兵手上。

巨人很疲倦了，二公主轻轻抚摸着巨人的头，很快也把他哄睡着了。六个头的巨人发出了震耳欲聋的鼾声。这时，二公主像往常那样，到外面呼喊母鸡。士兵听到了二公主的声音，提着宝剑把巨人的六个头都砍了下来。二公主发现巨人死了，高兴得又蹦又跳，抱着士兵高声歌唱了起来。她终于摆脱了巨人，不用再过提心吊胆的生活了。二公主和大公主团聚了，可是她们的妹妹，最小的三公主还被困在另一座城堡里。为了救出妹妹，二公主带着士兵穿过草地和许多房屋，来到了关押三公主的城堡。

【叙述】意味着士兵的任务还没有完成，引出下文。

二公主告诉士兵，她的妹妹就被困在这座城堡里，务必要把她的妹妹救出来。然后，二公主找了一个僻静的地方躲了起来。和以前一样，这座城堡也有许许多多的房间，可是这座城堡的房间都是金光闪闪的。士兵循着纺车的声音走过去，发现三公主正在纺线。只不过这纺线既不是棉线也不是铜线，更不是银线，而是金子拉成的金丝。三公主看到士兵既惊讶又高兴，但还是劝好心的士兵赶紧离开，因为这个巨人凶猛无比，他居然有九个脑袋，士兵无论如何是打不过他的。可是，勇敢的士兵不愿意离开，他决定要带三公主一起离开。三公主也被士兵的勇气打动了，要帮助士兵打败巨人。同样的，她让士兵躲在大厅的酒桶后面，等她把巨人哄睡着，士兵再用宝剑把巨人的头砍下来。

【比较】相比之下，显然这里的巨人更厉害、更有地位。

这个巨人有九个头，士兵知道这个巨人可能非常难对付，因此他用的宝剑也一定更沉重。他找来巨人用的大碗，倒了满满三大碗酒，全部喝了下去。他立马感觉自己变得力大无穷了，拿起桌上巨人的宝剑，觉得使用起来非常轻松。突然，城堡门口传来一阵脚步声，巨人突然回来了，士兵赶忙在酒桶后面躲好。巨人刚刚踏进门就问："我闻到了人肉的味道，难道我的城堡里有生人来过吗？"

【语言描写】说明九头巨人的嗅觉更敏锐，为故事营造紧张氛围。

三公主连忙解释道："不是的。刚刚有只乌鸦从城堡上空飞过，嘴里叼了一根人的骨头，它没有把骨头叼牢，骨头从城堡的烟囱里掉了进来。我感觉城堡里有味道，就把骨头扔了出去。"

巨人点点头，说："没错，就是人骨头的味道，我确定。今天有些累了，你给我揉揉头。"

【语言描写】看来巨人都一样笨，刻画出巨人粗心大意的形象。

巨人说完躺在椅子上，三公主轻轻地抚摸着巨人的九个头，巨人很快就沉睡过去。这时，公主走到城堡外面，像平常一样呼喊母鸡。士兵随即轻轻地走到了巨人的房间，然后挥动宝剑，一下把巨人的八个脑袋都砍掉了。这时，巨人的第九个头苏醒了，他对着士兵怒吼一声，士兵毫不畏惧，迎了上去，一下把巨人剩下的最后一个脑袋也砍掉了。巨人一命呜呼。三公主看到巨人死了，非常高兴，因为她终于可以逃离这个囚禁她的城堡了。三公主对她的救命恩人感激不已。

【行为描写】巨人苏醒了，士兵毫不畏惧，充分表现出士兵的勇气。

三公主和士兵把城堡中的金银财宝收拾了一下，并且找到了躲起来的大公主和二公主。士兵带着三位公主按原路返回，穿越了凶猛的火焰和汹涌的河流，最后来到了洞口。士兵拉了拉绳子，让三位公主先坐进篮子里，上尉和中尉把篮子拉了上去，看到是三位公主，非常高兴。可是，当士兵拉了拉绳子想要上去时，他留了一个心眼，先把身上的金银财宝放进篮子里。果不其然，上尉和中尉为了平分士兵的功劳，就故意把篮子拉到很高的地方，再割断绳子，想把士兵摔死。上尉和中尉做完这些事情后，把洞口的石板封上了。他们对公主说，只能对国王说是他们俩把公主救出来的，关于士兵必须只字不提。

【行为描写】表现出上尉和中尉阴险、贪婪的本性。

三位公主被上尉和中尉吓坏了，只能先答应他们的要求。就这样，三位公主和上尉、中尉踏上了回王宫的路。国王看到自己的三个宝贝女儿平安归来，非常高兴，立刻兑现了自己的诺言。他决定把大女儿嫁给上尉，二女儿嫁给中尉，而且承诺把国土的一半分配给上尉和中尉。可是，大婚的日子将近，两位公主似乎并不开心，整日郁郁寡欢，哭哭啼啼。她们知道事情的真相，不想嫁给两个混蛋。可是国王一诺千金，他答应的事情是不能轻易改变的。上尉和中尉十分心虚，于是向国王建议说："尊敬的国王陛下，您的女儿们在山洞里受了很大的惊吓，为了防止公主们自寻短见，请您务必派士兵把她们看管起来。"国王听从了他们的建议。就这样，三位公主被国王的士兵看管了起来。

【侧面描写】两位公主哭哭啼啼，从侧面突出了国王的糊涂。

整个王宫都沉浸在一片安静祥和的气氛中，宫中上上下下的人都在为公主们即将到来的婚礼做准备。而那个被困在洞里的士兵还在苦苦挣扎，洞里漆黑一片，那个可怜的士兵正在寻找出路。可是他什么也看不见，只能原路回到了城堡。他在城堡的房间里四处搜寻，找到了一把钥匙。这把钥匙是金子做成的，那么这把钥匙是开哪一把锁的呢？他拿着钥匙在城堡里每一个有锁的地方尝试，最后在巨人床旁边的壁橱上打开了一扇小门。门里面只有一个哨子，哨子已经很破旧了。那么哨子是干什么用的呢？也不是什么贵重的物品，为什么要锁在柜子里呢？士兵决定试试这个奇怪的哨子。于是，他把哨子放到嘴里吹了起来。哨子的声音十分婉转悠扬，不一会儿，一大群鸟从空中飞了过

【设问】吸引读者兴趣，引出下文。

【语言描写】增添了故事的童话色彩，同时引出下文。

来。它们纷纷飞到了士兵的面前，对士兵说："我尊贵的主人，请问您需要我们帮助您做些什么呢？"

士兵说："既然这样，我想问问你们，你们知道怎么才能回到地面上吗？"

鸟儿们纷纷摇头说："我们不知道方法，不过我们可以帮您问问我们的母亲。母亲在后面，马上就到了。"

【外形描写】突出这只老鹰的不凡，为下文做铺垫。

不一会儿，一阵呼呼的风声传来，一只硕大无比的老鹰出现在士兵的面前。它的翅膀无比宽阔，轻轻扇动都能刮起一阵旋风。老鹰对士兵说："主人，请问我可以帮助您做些什么呢？"

士兵说："我想要走出那个洞口。"

老鹰说："我的孩子们尚且稚嫩，它们不知道怎么带您出去，但是我知道。我可以带您离开这里，但是需要您给我准备十二头牛，让我饱餐一顿。这样，我就可以带您离开这里。"

【侧面描写】老鹰一次要吃十二头牛才能吃饱，从侧面突出这只老鹰的力量。

士兵应允了下来，他抽出宝剑，一连杀死了十几头牛，把牛肉做成了牛肉干分给老鹰吃。老鹰吃完了整整十二头牛，终于心满意足了。士兵收拾完剩下的牛肉，以备路上喂给老鹰吃。老鹰对士兵说："在我飞行的途中，我张开嘴的时候，您要记得给我喂牛肉，不然我就没有力气飞下去了。"

士兵收拾完城堡里的金银财宝，带上给老鹰吃的牛肉出发了。他把行李都放在了老鹰的背上，自己也爬了上去。老鹰飞得很快，士兵只好紧紧地抓住老鹰的羽毛，防止自己被甩下去。每当老鹰张开嘴，士兵就喂牛肉给它吃。老鹰飞了很久很久，越过了海洋、山川，都是士兵从没见过的景色。最后，老鹰载着士兵来到了国王的王宫。老鹰在离王宫不远的地方停了下来，拍了拍翅膀，对士兵说："我尊贵的主人，以后有什么我能帮忙的，您吹一吹口哨，不管相隔多远，我都会第一时间赶来。"

【铺垫】老鹰听到哨音后会赶来，为下文老鹰的再次出场做铺垫。

上尉、中尉和公主结婚的日子即将来临，王宫里上上下下正在为婚礼做着最后的准备。可是大喜的日子即将到来，两位公主却整天以泪洗面。国王不禁非常疑惑，为什么大喜的日子，两位公主会如此难过呢？大女儿似乎有难言之隐，对国王说："我想要以前用过的纺线的金色纺车，可是我没法得到它，所以很难过。"

【语言描写】大公主这样说是想寻找机会，引出下文。

国王听罢，随即命令宫里手艺最好的工匠为大公主打造一架金色的纺车。可是工匠们做了很多次，总是无法做出大公主满意的纺车。国王又找来很多擅长制作金银器皿的工匠，他们也无法满足大公主的心愿。最后，宫里的工匠中，只剩下一名很老的老人了。这位老人擅长修补器皿，尤其是金银器皿，但是他已经很多年没有做过这种手艺了。士兵找到了这位老人，给了他一些报酬，提出要学习他的手艺。老人觉得，又有报酬，又可以传承自己的手艺，很是高兴。

【行为描写】士兵来找老人是想借此机会混入王宫。

老人高兴地邀请士兵和他共进晚餐，他们还开了一瓶酒，喝酒庆祝。老人酒量不好，很快就喝醉了。士兵趁着老人喝醉酒，劝老人到王宫去接受为大公主制造纺车的任务。老人迷迷糊糊就答应了，颤颤巍巍地走到了王宫门口，自告奋勇地说他可以帮大公主打造一架她满意的纺车。国王同意了，但是只给了老人三天的时间。要是三天过后，老人还无法制造出大公主满意的纺车，老人就会被处死。其实，士兵不是真的想要跟老人学手艺，他只是希望能通过老人接近被重重保护着的公主。

【叙述】只有三天时间，制造紧张感。

第二天早晨，老人酒醒了，他回想自己做过的事情，不禁吓出了一身冷汗。因为大公主的要求很高，而他的手艺也远没有以前精湛了。要是无法完成这项任务，他就会被处死。士兵看出了老人的焦急，对老人说："师傅，请您相信我，我一定能帮助您完成这项任务。"

老人实在是走投无路，只能死马当活马医了，他把希望全部寄托在这个新手徒弟身上了。可是这个徒弟似乎不怎么靠谱，他把自己关在房间里，整整关了一天一夜。可是，房间里没有传出任何打造金属的声音。老人急得团团转。直到第二天晚上，士兵还没有任何进展。士兵劝老人要耐心等待。晚上，趁老人睡着了，士兵吹起了那个口哨。不一会儿，老鹰就飞了过来。士兵命令老鹰到地下世界把大公主曾经纺线的纺车带回来。第二天早晨，那架金色纺车已然出现在老人的家中。老人醒来后被惊呆了，他对这架纺车赞不绝口，他认为这架纺车是真正独一无二的，一定能满足大公主的心愿。

【叙述】就剩一天了，士兵会怎么做呢？引人联想。

士兵陪着老人来到了王宫里，向国王面呈了这架纺车。国王也从来没有见过如此精美的纺车，他随即让手下把纺车抬给公主们。公主们看到这架纺车，惊讶地大叫了起来。她们认出了这是在地下世界三公主用过的纺车，这一定是士兵把纺车带回来的。公主们要求见制造纺车的人。

【叙述】士兵总算能见到公主们了，引人期待。

老人和士兵被带到了公主们的面前。公主们在看到士兵后，激动得热泪盈眶，冲上去把士兵抱住，她们表达了对士兵的担心、思念以及感激之情。她们原本以为士兵早就遭遇不测了，但士兵竟然完好无损地站在她们面前。公主们对赶来的国王说出了实情，国王这才明白，是这位勇敢的士兵救出了公主们，而上尉和中尉贪图功劳，不仅欺君罔上，而且差点害死公主们真正的恩人。国王立即下旨，决定把上尉和中尉处死，重重地奖赏士兵，把小女儿嫁给士兵，并且把国家的一半国土分封给他。

【行为描写】说明国王赏罚分明，信守承诺。

没多久，国王的小女儿和士兵举行了盛大的婚礼。在这一天，国王大赦天下，全国上下都参加了欢庆仪式。士兵和小公主一直过着幸福美满的生活。

拓展阅读

名师点拨

上尉和中尉是两个性格相似的人，是作者笔下塑造出来的贪婪者形象，区别只在于一个胆小，一个胆大。对比之下，士兵的形象才符合主人公的形象，聪明勇敢，性格坚毅。故事中对比手法的运用，使得主人公的形象更为突出。

回味思考

1. 上尉是怎么被老头打倒的？
2. 士兵是怎样杀掉九头巨人的？

好词收藏

熙熙攘攘　后继无人　衣衫褴褛　成群结伴　一如既往

好句积累

◈ 一天，国王站上城楼，看着熙熙攘攘的人群，一望无际的田野和庄稼，突然想到，这么大一个国家后继无人是一件多么可悲的事情。

◈ 国王觉得老婆婆说的话不无道理，于是把郁结在心里的烦恼和盘托出。

◈ 公主们都是天真烂漫的小女孩，她们看着湛蓝的天空中成群结伴的小鸟，看到外面花园里的美丽景致，心里痒痒的，迫不及待地想要出去游玩。

◈ 国王得知自己的宝贝女儿们被怪风给卷走了，悲痛异常，于是把照看公主的仆人和卫兵都严厉地斥责了一顿。

善良的玛丽亚

名师导航

玛丽亚是个聪明、善良的公主，可她有一个阴险恶毒的后母。这位新王后对自己的女儿偏心，换着法子来折腾玛丽亚公主，玛丽亚要怎么摆脱这位恶毒王后呢？

许多年前，有一个国王的王后生下了一位公主，取名叫玛丽亚。生下女儿不久，王后就生了一场大病，离开了人世。于是，国王又娶了另一位女子，并立为王后，不久，这位新王后也生下了一位公主。一年之后，新王后的第二个孩子也出生了，也是一位公主，但是这位公主却异于常人，她竟然多出了一只眼睛。

【行为描写】排挤玛丽亚公主，说明新王后心胸狭窄。

新王后生下两个女儿后，自然是疼爱自己的亲生骨肉，而且越发厌恶玛丽亚公主，每天用各种各样不同的手段排挤玛丽亚公主。

有一次，新王后想出了一个主意。在王宫后面的院子里，养着一头奶牛，专门为王室每天提供新鲜的牛奶。新王后便命令玛丽亚公主去那又臭又脏的院子里照顾奶牛，而且只允许她一天吃一片面包。

【行为描写】给奶牛鞠躬，表现出人物纯朴善良的内心。

玛丽亚公主虽然觉得委屈，但是也没有什么办法，只好来到院子里。她先向奶牛弯下腰鞠了一躬，希望奶牛不要伤害她。等她抬起头来，奇迹发生了，一桌美味诱人的食物出现在她的面前。更让人惊喜的是，桌子一旁竟然还有一件做工精细的衣服。玛丽亚公主开开心心地吃饱喝足，穿上华丽的新衣服，然后和奶牛无忧无虑地散步玩耍。

渐渐的天快黑了，玛丽亚又重新换上了原本破旧的衣服。她又向奶牛鞠了一躬，感谢它一天的陪伴，等她抬起头来，那些美味的佳肴、漂亮的衣服又消失不见了。

【行为描写】感谢奶牛，说明玛丽亚心怀感恩之心。

玛丽亚公主开开心心地回到王宫，把还没吃的面包还了回去。王后看见了，心里很纳闷："怎么一天下来连一块面包都没吃？难道不饿吗？"

于是第二天，王后便又让玛丽亚公主去照顾奶牛，这一次她不仅只给了她一块面包，还让她的大女儿和玛丽亚一起过去，让她趁机监视玛丽亚，弄清楚她怎么能够做到一天连一片面包都不吃的。

继母的大女儿和玛丽亚一起来到奶牛身旁。这时，玛丽亚公主便对妹妹说："呀，妹妹，你头上怎么有只虱子，快过来，我帮你捉下来。"

玛丽亚公主轻轻地抚摸着妹妹的头，温柔地说："亲爱的妹妹，你有点累了，实在是太困了，那就睡一觉吧，我的好妹妹，眼睛都闭上吧，美美地睡一觉。"

【语言描写】说明玛丽亚猜到了王后的目的，表现出玛丽亚的智慧。

玛丽亚的妹妹觉得眼皮子越来越沉，不由自主地闭上了眼睛，沉沉地睡过去了。玛丽亚轻轻地放下妹妹的脑袋，又来到奶牛的身边，向奶牛鞠了一躬，前一天的情景再次发生了。就这样，玛丽亚公主又和奶牛一起度过了愉快的一天。

接近傍晚的时候，玛丽亚才重新穿上原来的旧衣服。她轻轻地拍了拍妹妹的肩膀，叫醒她："妹妹，醒一醒，太阳要下山了，我们赶紧回去吧。"

【行为描写】说明玛丽亚还是喜欢新衣服的，换旧衣服只是做掩饰。

妹妹迷迷糊糊地从睡梦中醒来，惊讶地发现天已经快黑了，然而母亲交给她的任务还没有完成，她睡了一天什么都不知道，这可怎么办呢？

姐妹两个一回到宫殿中，王后便叫来自己的女儿，问她："你们今天发生了什么，玛丽亚有没有偷吃东西？"

【语言描写】
对自己的亲女儿也不客气，可见王后内心阴暗。

女儿无奈地说：“母亲，我一到那里便睡着了，直到接近傍晚才醒过来，我不清楚发生了什么。”

王后生气极了，大骂道：“没用的东西。”

第三天早上，王后让自己的二女儿和玛丽亚一起出去。

这一次，玛丽亚公主和前一天一样，她对妹妹说：“我亲爱的妹妹，你的头上有只虱子，我来帮你捉住它。”

妹妹低下头，玛丽亚便轻柔地同她讲：“难为你今天这么早就起来和我来照顾奶牛，你应该很困吧，困了就闭上眼睛休息一会儿吧，睡觉吧，两只眼睛都闭上休息一会儿吧。”

【铺垫】
玛丽亚这次疏忽了，为下文玛丽亚的秘密暴露做铺垫。

妹妹的两只眼睛都闭上了，然而玛丽亚忘记了她这个妹妹生来有三只眼睛，还有一只眼睛并没有闭上。玛丽亚再次来到奶牛身旁，鞠了一躬，丰盛的饭菜和华丽的衣服同预期中一样出现在她的面前。玛丽亚又和奶牛开开心心地度过了一天，等到天快黑了，她才换下衣服，叫醒了妹妹回到王宫中。

等到她们一回来，王后就迫不及待地拉着小女儿，问道：“你今天有没有什么发现？”

【语言描写】
充分表现出王后恶毒、残忍的本性。

小女儿便把自己的第三只眼睛看到的一切一五一十地告诉了王后，王后一怒之下，便命令管家：“找个屠夫赶紧把后院的那头奶牛杀了。”

宰杀奶牛的消息传到了玛丽亚的耳朵里，她着急地找到管家，求着他说：“管家爷爷，奶牛是我的朋友，我不忍心看它离开我，然而我又没有能力违抗母亲的命令，你这么善良，发发慈悲，可以给我一小段奶牛的肠子留作纪念吗？”

【行为描写】
玛丽亚内心很感激奶牛，哭泣既是难过，也是自责的表现。

管家心里一软，便给了玛丽亚一根小肠子，玛丽亚哭着将奶牛的小肠子埋在了地里。春天到了，埋奶牛肠子的地方长出了一棵树。这棵树长得十分健壮，青翠的叶子下面长着许多红色的浆果，许多小鸟在树枝之间跳来跳去，唱着歌。

玛丽亚公主的事情传到了邻国王子伊万的耳里，他十分欣赏玛丽亚公主的善良，便对王后说："听说贵国有一棵浆果树，树上的果子非常美味，如果有公主能够摘下树上的果子放满我的碟子，我便会和她成亲。"

【语言描写】没有直接去找玛丽亚公主，表现出王子伊万的智慧。

王后见伊万王子生得英俊潇洒，便有意让自己的大女儿嫁给他。王后便让大女儿去树上摘果子，可是当她把手伸向浆果时，树上的小鸟对她又啄又抓，她根本没有办法摘到果子，只能放弃了。王后不甘心，又让小女儿去摘浆果，还是失败了。最后，王后只能极不情愿地让玛丽亚去摘果子，然而小鸟们看见玛丽亚，纷纷叼着浆果放到她的碟子里。玛丽亚端着整整一碟子的浆果来到王子面前，王子高兴极了，宣布玛丽亚公主将成为他的妻子。两个人举行完婚礼后不久便一起回到了王子的国家，从此幸福地生活在一起。

不久之后，玛丽亚的儿子便降生了。玛丽亚看着自己可爱的儿子，越发想念自己的家乡，想见一见自己的父亲。王子看到玛丽亚这么思念父亲，便同她一起回到家乡。玛丽亚回来后，玛丽亚和王子的甜蜜让王后越发地痛恨玛丽亚。恶毒的王后想出一个计谋，她请来巫婆，将玛丽亚变成一只母雁，然后让大女儿乔装成玛丽亚，欺骗王子。

【行为描写】刻画出王后阴险善妒、狡诈恶毒的形象。

大女儿和王子回到宫殿中，照顾小王子的老人发现回来的公主并不是真正的玛丽亚，于是每天早上，他便抱着小王子来到田野上，问天上的大雁："亲爱的大雁，你们知道玛丽亚公主去哪里了吗？"

大雁们说："孩子的母亲在另外一个雁群。"

过了一会儿，另一个雁群飞过来了，老人又问了一遍。

一只大雁听到后飞了下来，原来这只大雁便是真正的玛丽亚公主，她抱过孩子，扯下身上一层层的羽毛，温柔地给孩子喂奶。

阅读笔记

【语言描写】表现出玛丽亚对儿子的担忧和关爱。

她悲伤地哭着："我可怜的孩子，你今天能吃饱，明天能吃饱，可是以后呢？我后天就要飞去南方了，那里离这里是那么远。可怜的孩子，你以后该怎么办，我可能永远也见不到你了。"

等到小王子吃饱了，老人便带着小王子回到宫中。老人回到宫中，王子才从睡梦中醒来，那个假的玛丽亚公主见到老人把小王子抱出去了，担心自己的身份被识破，生气地责备起老人。

【行为描写】可见伊万王子不止聪明，还十分善于观察。

第二天，老人又抱着小王子来到野外等着玛丽亚公主的到来，然而出乎他意料的是，伊万王子悄悄地跟在他的身后。

老人向天上的雁群呼喊着，不一会儿，玛丽亚公主便飞到小王子的身边，脱下羽毛，给小王子喂奶。

想着自己明天就要飞往南方，再也见不到自己的儿子了，玛丽亚痛苦难耐："孩子，我明天就要走了，我是多么舍不得离开你啊，或许我明年春天还能回来，如果我能够见到你，那该多好啊。"

【设置悬念】是谁烧掉了她的羽毛呢？引出下文。

【行为描写】伊万王子将蜥蜴的头和尾巴远远分开，显然知道破解魔咒的方法。

等到小王子吃饱了，玛丽亚将小王子轻轻放在老人的手中。她回头找自己的羽毛，却怎么也找不到，忽然她闻到一阵焦煳味，原来她的羽毛被烧掉了。因为巫师的诅咒，没了羽毛的玛丽亚公主变成了青蛙，过了一会儿，又变成了一只鸡，后来又成了一只蜥蜴。伊万王子看见了，举起神圣的宝剑，将蜥蜴一砍两半，将蜥蜴的头和身子远远地分开。由于宝剑的作用，巫师的魔咒被解除了，玛丽亚公主出现在王子眼前，两个人喜极而泣，紧紧相拥，他们一起回到宫殿中。

大女儿看见玛丽亚竟然解除了魔咒，又气又怕："可恶，你怎么回来了，你这个魔鬼，害人精！"

伊万王子让所有的王公贵族和大臣们来到宫殿中，一五一十地对他们讲述了事情的来龙去脉，问道："各位，你们觉得哪一位公主才适合做我的妻子呢？”

王公大臣们都回答道：“当然是玛丽亚公主最适合做您的妻子。”

伊万王子笑着说：“那么，哪一位公主能够先爬到大门的顶上，我就和哪位公主在一起。”

大女儿一听，马上飞奔到大门下面，急急忙忙往上爬。玛丽亚公主也来到大门前，但是她并没有再做任何动作。这时，王子拿起手枪，对准大女儿，一声枪响，大女儿便倒下了。

【行为描写】表现出伊万王子的聪明果决。

终于，王子和玛丽亚公主再次过上无忧无虑的美好生活。

拓展阅读

名师点拨

玛丽亚公主是个聪明人，知道怎么掩饰、保护自己，但面对阴险恶毒的新王后，她难免得吃苦头。比起玛丽亚的表现，伊万王子更显得有智慧，并且兼具了勇敢和果决的优点，巧妙地拯救了玛丽亚公主。

回味思考

1.王后为什么要宰掉奶牛？

2.王后的大女儿是怎么死的？

好词收藏

不由自主　慈悲　乔装　责备　喜极而泣　来龙去脉

小王子

名师导航

国王有三个儿子，大王子和二王子纨绔叛逆，被叫作小傻瓜的小王子却聪明善良。这样一位弟弟和两位哥哥讲道理，他们会变好吗？

有一个国家有三位王子，其中两位王子游手好闲，十分喜欢到处游玩，从不把国家大事放在心上。一次，他们离开王宫外出游玩，竟然很久没有回来。国王和王后忧心忡忡，不知道两位王子到底怎么了，于是派人去找两位王子。国王的手下找到了两位王子，但是王子们在外面过着骄奢淫逸的生活，并不听从父亲的口谕，也不想回到宫里。

【叙述】指出两位王子的表现，刻画两位王子纨绔叛逆的形象。

国王对他的两个儿子实在没有办法。这时，名叫小傻瓜的小王子对王后说："母亲，让我去寻找两个哥哥吧，说不定我能劝他们回心转意呢。"王后心想，自己和国王每天处理国家的很多事情，实在没有时间，于是就应允了小王子。

小王子离开了王宫，走了很远的路，探寻了很多地方，最后终于找到了两个哥哥。可是两个哥哥看到弟弟到来并不高兴，因为他们知道弟弟一定是国王和王后派来劝说他们回去的。他们可不希望自由舒适的生活被打断。

两位哥哥对弟弟说："弟弟，你第一次出王宫，外面的世界很精彩，我们带你去走走看看。"

【语言描写】两位哥哥想带坏弟弟，拉弟弟入伙。

于是，三位王子一起来到一片森林里玩耍。他们看见地上有很多蚂蚁在爬，顺着蚂蚁前进的方向，他们看见了蚂蚁的巢穴，两个哥哥想挖开看看里面到底什么样。

可是他们的弟弟说："哥哥，我们还是不要打扰蚂蚁们吧。它们安安静静地生活着，没有给人们造成什么危害，如果我们在自己的房间里睡觉，被打扰了也一定很不高兴。所以，我们还是不要破坏他们的家吧。"

【语言描写】能够为蚂蚁着想，表现出弟弟善良纯真的品格。

哥哥们点了点头，若有所思，他们觉得弟弟的话不无道理，于是没有再去打扰蚂蚁，而是继续向前走去。

紧接着，他们三人走到了一个池塘边。适逢夏季，池塘里长着很多美丽的荷花，在荷花间有很多鸭子在游泳。两位哥哥看到鸭子，就想抓几只鸭子烤着吃。小王子再次制止了他们，说："哥哥，你们看这些鸭子，无忧无虑地游泳，多么可爱，我们为什么要伤害它们，要把它们吃了呢？它们该有多痛呀！"

两位哥哥再次听从了弟弟的建议，继续向前走去。

【行为描写】两位哥哥听弟弟讲道理，说明两位哥哥的本性并不坏。

他们三人又来到了一棵树的旁边。他们抬头发现树上有一个巨大的蜂巢。哥哥们想用柴火熏死蜂巢里的蜜蜂，取走蜂蜜。小王子又把两位哥哥拦住，说："哥哥们，我们还是不要这样做吧。蜜蜂它们也会疼的。"

哥哥们觉得弟弟说的话很有道理，于是也听从了他的建议。

最后，三人来到了一座王宫里。这座野外的王宫没有他们父亲的王宫那样富丽堂皇，王宫里面全都是石头雕成的马，而且寒气逼人。他们三个人心里非常疑惑，于是决定前去一探究竟。他们穿过了一扇大门，然后走到了一个院子里。三个人透过窗户往院子里看，看到院子里有一位白发苍苍的老人正坐在书桌前。三兄弟透过窗户向里面呼喊，想把他叫过来开门，可是里面的人怎么也听不见。后来，兄弟三人嗓子都快喊哑了，里面的人才听到。那个人打开门把兄弟三人请了进去。这个白发苍苍的老人有些奇

【心理活动】可见三位王子的好奇心都很重，引出下文。

【设置悬念】老人为什么不说话呢？引发读者好奇心。

怪，他一直一言不发，兄弟三人还以为他是哑巴。他把兄弟三人领到了一桌丰盛的酒席上。

兄弟三人自从离开王宫后，就没有吃过这么丰盛的饭菜。他们吃饱喝足之后，白发老人又把他们带到了卧室里。兄弟三人美美地睡了一觉。

第二天清晨，白发苍苍的老人走到大王子的面前，示意大王子跟他走。大王子跟着他来到了一块石碑处。石碑看样子平平无奇，并无任何特殊之处，但是石碑的背面刻着很多文字，这些文字记载着关于这座宫殿的很多故事。原来，这座宫殿被魔法诅咒了，解救这座宫殿的唯一办法就是做三件事。第一，在宫殿附近的森林中，苔藓的下面，埋藏着公主的珍珠。这些珍珠闪闪发光，一共有一千颗，必须在日出之前把它们全部挖出来。如果日出之前少了一颗，那么挖珍珠的人会遭到诅咒，变成大石头。大王子欣然接受了这个任务。他进入森林，在那个老人的指引下挖了起来。可是，大王子养尊处优惯了，他一边挖一边休息，速度非常缓慢，而且他非常粗心大意，挖到了很多不是珍珠的东西。日出的时候，他受到了诅咒，因此变成了石头。

【行为描写】大王子只是觉得有趣好玩，并没有考虑后果。

第三天，白发苍苍的老人找到了二王子，二王子也随着他的指引来到了石碑前。和大王子一样，二王子也选择了挖珍珠。可是他和大王子一样，毅力不够，挖得断断续续，太阳出来前，他也变成了石头。

【心理活动】表现出小王子沉着冷静的优点，知道分析现况。

最后，白发苍苍的老人找到了小王子，他也到森林里挖珍珠，可是小王子知道有这么多珍珠，单凭他一个人的力量是万万不可能挖完的。他不想变成石头。正当他非常沮丧时，他救过的蚂蚁带着很多子子孙孙过来了，它们把地底下的珍珠全部挖了出来，动作非常迅速。小王子顺利地完成了任务。

【叙述】小王子做好事有好报，向读者传达好人有好报的道理。

石碑上刻着解除诅咒的第二件事情。解除诅咒，还需要在湖底找到打开公主房间的钥匙。可是湖水很深，小王子的水性也不是很好，更何况他在水里也无法睁开眼睛，他一下子不知道该怎么办了。正当他唉声叹气之时，他曾经救过的鸭子游了过来，一个猛子扎到水底，把钥匙捞出来交给了小王子。

解除诅咒的第三件事情，就是要从睡着的三位公主中间认出最小的那位。可是三位公主就像一个人一样，肉眼很难分辨她们的不同。不过，石碑上提供了一条线索：她们的口味习惯不一样。大公主喜欢吃糖，二公主喜欢喝糖浆，小公主则喜欢吃蜂蜜。正当小王子感觉非常棘手时，他救过的蜜蜂飞了过来，轻轻地落在小公主的嘴唇上。小王子一下子就明白了，原来这就是爱吃蜂蜜的小公主。

【设置悬念】引发读者思考，引出下文。

在蚂蚁、鸭子、蜜蜂的帮助下，小王子顺利地解除了宫殿的诅咒：冰冷漆黑的宫殿一下变得金碧辉煌了，所有被诅咒的人和动物都苏醒过来，石头纷纷变成了真人。小公主真是又可爱又美丽，而她为了报答小王子的恩情，嫁给了小王子。小王子的两位哥哥也苏醒了过来，分别娶了另外两位公主为妻。他们幸福、开心地生活在了一起。

【叙述】小王子的两位哥哥也变好了，收获了幸福。

后来，小王子继承了王位，在他的治理下，国民都兢兢业业、勤勤恳恳，过着幸福快乐的生活。

拓展阅读

名师点拨

本故事的着重点放在两个方面：一是小王子救下小动物，后来得到小动物的回报；二是大王子和二王子前后的变化。作者以三位王子的美好结局，给予读者正确的引导。

回味思考

1.王后应允小王子去干什么?

2.大王子是怎么变成石头的?

好词收藏

游手好闲　骄奢淫逸　回心转意　平平无奇　金碧辉煌

好句积累

◈ 他们看见地上有很多蚂蚁在爬,顺着蚂蚁前进的方向,他们看见了蚂蚁的巢穴,两个哥哥想挖开看看里面到底什么样。

◈ 哥哥们点了点头,若有所思,他们觉得弟弟的话不无道理,于是没有再去打扰蚂蚁,而是继续向前走去。

◈ 这座野外的王宫没有他们父亲的王宫那样富丽堂皇,王宫里面全都是石头雕成的马,而且寒气逼人。

◈ 三兄弟透过窗户向里面呼喊,想把他叫过来开门,可是里面的人怎么也听不见。

◈ 石碑看样子平平无奇,并无任何特殊之处,但是石碑的背面刻着很多文字,这些文字记载着关于这座宫殿的很多故事。

◈ 可是,大王子养尊处优惯了,他一边挖一边休息,速度非常缓慢,而且他非常粗心大意,挖到了很多不是珍珠的东西。

◈ 在蚂蚁、鸭子、蜜蜂的帮助下,小王子顺利地解除了宫殿的诅咒:冰冷漆黑的宫殿一下变得金碧辉煌了,所有被诅咒的人和动物都苏醒过来,石头纷纷变成了真人。

卷毛角吕盖

名师导航

王子吕盖生来丑陋，但他拥有聪明的头脑和与最爱之人分享聪明的能力。美丽的大公主分享到了王子吕盖的智慧，可聪明起来的大公主还会和吕盖在一起吗？

做母亲是一件值得期待的事，王后也是如此。怀孕的王后每天都盼望着孩子的降临，并想象着他是个漂亮的孩子。终于，孩子出生了，可惜事与愿违，这孩子长得非常丑陋，所有见过他的人没一个觉得他漂亮，包括他的母亲。尽管是亲生骨肉，王后的心里依然感到厌恶。

【侧面描写】连亲妈都厌恶，从侧面突出这个孩子的丑陋。

孩子出生当天，有位仙女来到皇宫，她对王后说："这个可怜的孩子，长大后会成为一个十分聪明的小伙子，他会遇到他命中注定的那个爱着他的人。"

"哦，对了。我还送给这孩子一份礼物，他能够和他最爱的人分享他的智慧。"仙女笑着说。

仙女的话让本来十分沮丧的王后感到一丝安慰，她不再为孩子丑陋的相貌感到十分担心，心想孩子的聪明一定会让他在未来做一个有能力的人。

这个孩子不仅相貌丑陋，他的头发也非常奇怪，头上有一撮像鸡冠花一样竖立着的头发。所以虽然国王给孩子取了名字，但是没有人记住这个名字，相反"卷毛角吕盖"这个绰号却是广为人知。

【外貌描写】描写孩子的外貌特征，刻画王子的外在形象。

随着时间的流逝，卷毛角吕盖渐渐长大了，他真的如

【反复】以肯定的语气指出卷毛角吕盖的本事，突出吕盖的不凡。

同仙女说的那样，变得越来越聪明。凡是他看过的书，他都能够举一反三，凡是他学过的诗词歌赋，他都能够很快地记住，同时他的言行举止都被人们称道，他身边的每个人没有因为他的丑陋而厌恶他，相反，大家都非常喜欢他，因为他的话语都是那样美丽动听。

【外貌描写】将女孩的外貌与月亮、莲花做比较，凸显女孩的美貌。

在卷毛角吕盖七八岁的时候，邻国的一位王后也怀了身孕，过了不久，这位王后生下了一个女儿，这个小女孩长得非常漂亮可爱，她有着雪白的皮肤和乌黑的头发，简直比天上的月亮还要漂亮，比地上的莲花还要美丽。王后看着女儿如此漂亮也十分开心。

这位公主出生之后，那位仙女又出现在这位公主的母亲身边。她和王后说："王后，您的这第一个孩子虽然长得如此漂亮，但是等到她慢慢长大，她会变得越来越笨。"

阅读笔记

王后听了仙女的话，看着怀里漂亮的女儿，想着她长大后会变成一个傻姑娘，这样大家会不会不喜欢她？想到这点王后感到无比伤心。过了不久，王后的第二个女儿也降生了。

可是这第二个女儿并没有让王后感到开心，相反，她十分痛苦，因为这第二个女儿长了一张让所有见到她的人都吓一跳的丑陋的脸。在这个时候，仙女又来到王后身边，告诉她："我可以给您的第二个女儿一份礼物，让她在长大以后会变得十分聪明，聪明到可以让她身边的人不会因为她的丑陋而嫌弃她。"

【语言描写】充分表现出了一位母亲对孩子的担忧和关爱。

王后对仙女说："如果真的能够这样就好了，但是善良的仙女，你可以让我的大女儿变得聪明一点，让我的二女儿变得漂亮一点吗？"

仙女摇摇头，说："这我恐怕无能为力，但是我可以送给您的大女儿一份礼物，这样她就有能力和她最爱的人分享她的美丽。"

就这样，一年又一年过去了，卷毛角吕盖和两位公主也一天天地长大。两位公主在宫殿中一起长大，她们之间的对比也越来越明显，大公主越来越漂亮，小公主也越来越聪明，与此同时，她们各自的缺点也一天天被放大。

【对比】两位人物的形象对比鲜明，给读者留下深刻印象。

大公主变得越来越笨，总是做错事情，如果你问她什么，她总是呆呆地不知道怎么回答；如果你让她拿一个东西，她总是会摔碎；就连她吃饭的时候也会将饭菜弄得满桌子都是；喝水的时候也会把茶杯打翻，水弄得满地都是；她不会绣花，不会做饭，甚至连画画、写字也不会。人们一开始总是会因为大公主的美丽而喜欢她，然而相处久了，人们总是会被她的愚笨气到。

相比大公主，小公主虽然生得丑陋，但是所有跟她接触过的人都会因为她的聪明而非常喜欢她。

小公主做的事情都十分有趣，说的话也很幽默、有意思，和她交谈过的人都能感受到她的聪明。

【叙述】小公主更受欢迎，说明内涵更重要。

时间一长，那些一开始喜欢大公主的人，都喜欢上了小公主。大公主知道自己的妹妹长得丑陋，但是十分羡慕她因为自己的聪明让很多人喜欢，自己也十分乐意和妹妹分享自己的美丽，希望有一天也能够像她妹妹一样聪明。

大公主渐渐长大，但是和她接触过的人，没有一个不因为她的笨而讨厌她。大公主因为这件事情十分伤心，她想："为什么会发生这样的事情呢？甚至连我的母亲都不喜欢我了。"

【心理描写】可见大公主感到非常孤独，也非常伤心。

大公主伤心极了，她一个人跑到树林里面大哭了一场。这个时候，一个人来到她的身旁。这个人长得十分丑陋，但是却穿着十分华美的衣服，头上有一个闪闪的金冠，这个小伙子就是卷毛角吕盖。在他还是孩子的时候，他就看到过大公主的画像，也被画像中的人的美貌所吸引，于是他从自己的国家来到大公主所在的城市，想要亲眼见到大公主。

【行为描写】表现出卷毛角吕盖心中对美丽的渴望，引出下文。

卷毛角吕盖为了见到大公主，每天都在大公主的宫殿旁边转悠，终于功夫不负有心人，大公主从宫殿中出来被卷毛角吕盖看见了，果然就如同画像中所画的一样。卷毛角吕盖感到十分开心，但是他又怕惊吓到公主，所以当他看见大公主在哭泣时，他小心翼翼地来到大公主身边，温柔地说："美丽的大公主，你本应该每天都十分快乐的呀，为什么现在如此伤心，有什么让你烦心的事可以告诉我吗？"

大公主回答道："我不知道怎么回答你，但是我真的难受极了。"

【语言描写】人们看到的永远是他人光鲜的一面，看不到他人背后的痛苦。

卷毛角吕盖又说："你有世界上最好的东西——美丽，这是你最好的武器，我实在不明白你为什么如此伤心。"

大公主看着他，说："美丽的外表有什么用，我宁可变得像你一样丑，也不要像现在这样愚蠢，我多么想变得聪明一点啊。"

卷毛角吕盖回答道："大公主，虽然大家都说我十分聪明，但是我觉得自己也没有那么聪明。怎样的人才能算是聪明呢？其实并没有一个准确的定义。"

大公主说："我知道聪明和愚笨之间没有一个固定的界限，可是没有一个人不说我笨，那我就是真的笨了。"

【对话描写】引发读者的好奇心，为下文做铺垫。

卷毛角吕盖说："如果你是因为你的愚笨感到伤心，这个问题我有解决的办法。"

大公主问道："你有办法让我变得聪明吗？"

卷毛角吕盖说道："我母亲说，在我出生的时候，因为我生得丑陋，一位仙女送了我一份礼物，我可以和我最爱的人分享我的聪明。我的妻子会成为我最爱的人，美丽的公主，如果你愿意嫁给我，那么你就可以分享我的聪明。"

听了卷毛角吕盖的话后，大公主没有再说什么。

【语言描写】表现出卷毛角吕盖善良、宽容，富有耐心的优点。

卷毛角吕盖见公主没有说话，又说道："我自己心里也明白，我的相貌可能会让你介意，但是我可以等你，你有充足的时间去认真考虑一下这件事情。过一段日子，等你想好了你可以再来找我。”

愚蠢的大公主没有办法想这么深远的问题，同时自己又迫切地希望变得聪明起来，所以非常爽快地同意和卷毛角吕盖在一年之后结婚。一答应了卷毛角吕盖，大公主立马觉得自己的思路清晰了许多，说话也变得利索起来，同别人说话的时候也变得放松了。

大公主和卷毛角吕盖交流得十分愉悦，她说话时落落大方，说话思路清晰有条理，语气语调也十分欢悦。大公主的这些变化，让卷毛角吕盖也更加确信大公主有了他的智慧会变得更加快乐。

【叙述】 弥补了缺点后的大公主自信了起来，性情也变得开朗了起来。

太阳渐渐落山了，大公主回到了王宫里。每一个认识大公主的人都发现了大公主的改变，她似乎变得聪明了不少。于是，越来越多的人喜欢上了大公主，因为她同时具备了聪明和漂亮，和她说话有种如沐春风的感觉，十分舒适。

大公主虽然变得快乐起来，然而小公主却郁郁寡欢，因为她聪明的优势已经没有了，姐姐不仅和自己一样聪明，而且还非常漂亮，大家都喜欢姐姐了，没有人再来关心她，小公主感到非常伤心。

【心理活动】 对比姐姐，小公主感到自惭形秽，因此非常伤心。

王后得知了这件事情后，对小公主说：“不管发生了什么，你都是我爱的孩子。你虽然生得丑陋，但是你可以让更多的人因为你的才华而喜欢你啊。”

渐渐地，大公主德貌双全的美名在百姓中广为流传，许多人都仰慕大公主的美貌和才华而向国王提亲。

【铺垫】 大公主从不受欢迎到受欢迎，为下文做铺垫。

在如此众多的求婚者中，大公主一个都没有同意，因为她知道这些人中没有一个是真正爱着她的。

国王也没有办法，帮不上什么忙，于是和大公主说：“你的聪明能够让你为自己选择一位合适的丈夫，我不会干涉你的决定。”

大公主说："希望父亲能够再给我一点时间，在选择以后相伴一生的人这件事情上，我想慢慢想一想。"

有一天，大公主在森林中散步，她忽然遇到了一群人，他们都各自忙碌着，有厨师、仆人、木匠和许多伙夫，他们各司其职，炒菜、洗菜、做家具、烧火，显得井井有条。忽然，大地上出现了一条裂缝，一个非常巨大的厨房出现在公主的眼前，许多厨师在里面忙碌着，似乎是在为一个壮观的聚会准备着。里面的人虽然都很忙碌，但是他们唱着歌，无比欢乐。大公主好奇极了，便问他们其中一个厨师道："你们是在为什么聚会做准备呢？"

【设问】

吸引读者的注意力，引出下文。

厨师回答道："我们在为卷毛角吕盖明天的婚礼做准备呀。"

忽然，大公主想起一年前那天发生的事情：卷毛角吕盖把他的聪明分给了她，而她自己也答应了会嫁给卷毛角吕盖。

【心理活动】

大公主已经没有了缺陷，心态和认知已经有了变化。

大公主顿时慌了，她想，那时候多么愚笨啊，竟然答应了嫁给卷毛角吕盖。但是现在自己聪明了，反而忘记了卷毛角吕盖的话。想到这里，大公主立刻转身离开。可是卷毛角吕盖看见了大公主，他追了过来。卷毛角吕盖穿着华丽的衣服，脸上洋溢着抑制不住的笑容。

他高兴地和大公主说："我实现了你的愿望，现在你也变得聪明了。我相信你也会兑现你的承诺，和我结婚吧。"

【语言描写】

表现出大公主对卷毛角吕盖的抵触，她开始找借口推脱了！

大公主有些不知所措地说道："非常抱歉，我不太记得我一年前作出的承诺，我现在也不能够肯定会不会和你结婚。"

卷毛角吕盖感到十分难过，说道："大公主，你的这番话太出乎我的意料了。我为了我们的婚礼辛辛苦苦准备了一年，你现在怎么能够说出这样的话，我不知道这是为什么。"

大公主回答说："我曾经承诺过你，如果你是一个愚笨的人，我对你说了这番话，你一定会觉得我没有信用。但是你是一个有着聪明才智的人。你知道的，我以前非常愚笨，我不清楚我应不应该嫁给你。现在我聪明了，我能够思考更多的因素，这使得我现在更难做这个决定。你不应该把我变得这样聪明。现在我更加清楚地认识到我答应你的求婚可能就是不对的。”

卷毛角吕盖说：“你说蠢笨的人可以怪罪你的失信，那为什么聪明的人就不可以呢？我真的很爱你。我的聪明才智难道还不如愚笨的人吗？我的出身背景、家庭条件和我的智慧，你难道还不满意吗？是不是就是因为我的丑陋你才不愿意嫁给我？”

【语言描写】一连几个反问，表现出了卷毛角吕盖心中的悲愤。

大公主深知不能通过一个人的外表去评判一个人的道理，她说：“不是这样的。我觉得你刚刚说的话都很有道理。”

卷毛角吕盖松了一口气：“那就好，你也可以帮我变得漂亮一点啊。”

【语言描写】轻易相信了大公主的话，可见卷毛角吕盖十分喜欢大公主。

大公主疑惑道：“我能有什么办法吗？”

卷毛角吕盖说：“那位送给我礼物的仙女在你降生的时候一定也送了你一份礼物，你可以和你最喜欢的人分享你的美丽。如果你最爱的人是我，你也愿意和我分享你的美丽，那么我也就可以变得漂亮了，就像我把我的聪明分享给你。”

大公主十分开心，说：“如果真的可以，我十分乐意把我的美丽分享给你，希望你变得更加漂亮。”

【语言描写】说明大公主的本心还是十分善良的，她也不想违背承诺。

话音刚落，一片金光笼罩住卷毛角吕盖，大公主看见一位俊美挺拔的人出现在自己眼前，他的眼睛仿佛天上的星辰，美丽极了。大公主看见卷毛角吕盖如此大的变化，毫不犹豫地答应了和卷毛角吕盖的婚礼。

大公主的父亲也遵守了他的诺言，没有犹豫就同意了这门婚事。

两个人的婚礼在第二天按计划顺利举行，每一步安排都井井有条，有条不紊，婚礼十分浩大热闹。从此，两个人过上了幸福美好的生活。

【设置悬念】引出其他可能性，给读者留下想象空间。

有的人认为，大公主让卷毛角吕盖变得如此帅气并不是魔法的力量，而是因为大公主对卷毛角吕盖的爱造成的。

如果你爱另一个人，那么那个人在你眼里便会变得与众不同。大公主被卷毛角吕盖身上那些美好的品质所吸引，爱上了卷毛角吕盖，于是他丑陋的外貌，在大公主眼里便不存在了。卷毛角吕盖的所有缺点，在大公主的眼里都变成了优点。大公主觉得，卷毛角吕盖的瘸腿让他走路非常有节奏，他直白的眼神是那样深情，他粗大的手臂充满了力量，他硕大的鼻子充满了英雄气概。

阅读笔记

“情人眼里出西施”就是这个道理，你的缺点，在爱你的人眼里，就成了优点。

拓展阅读

名师点拨

故事的前半段是对王子卷毛角吕盖和大公主的身世介绍，对二位的出生和成长经历进行了叙述。精彩之处在于卷毛角吕盖和大公主的相遇，以及大公主前后的变化。好在大公主没有违背承诺，成就了一段美好姻缘。

回味思考

1.大公主为什么会变聪明？

2.小公主为什么伤心？

好词收藏

事与愿违　爽快　利索　如沐春风　仰慕　井井有条

好句积累

◈ 凡是他看过的书，他都能够举一反三，凡是他学过的诗词歌赋，他都能够很快地记住，同时他的言行举止都被人们称道，他身边的每个人没有因为他的丑陋而厌恶他，相反，大家都非常喜欢他，因为他的话语都是那样美丽动听。

◈ 这个小女孩长得非常漂亮可爱，她有着雪白的皮肤和乌黑的头发，简直比天上的月亮还要漂亮，比地上的莲花还要美丽。

◈ 两个人的婚礼在第二天按计划顺利举行，每一步安排都井井有条，有条不紊，婚礼十分浩大热闹。

◈ 大公主觉得，卷毛角吕盖的瘸腿让他走路非常有节奏，他直白的眼神是那样深情，他粗大的手臂充满了力量，他硕大的鼻子充满了英雄气概。

不同寻常的老鼠

名师导航

一只老鼠说自己能给公主幸福，奇怪的是，国王居然答应了老鼠。老鼠和公主的婚礼如期举行，但是，大臣们并不看好这场婚姻。公主真的能得到幸福吗？

【设问】吸引读者的注意力，引出下文。

【语言描写】充分表现出国王的稳重，以及他对女儿的关爱。

【语言描写】可见国王最为看重的还是女儿是否能得到幸福。

很久以前，有一个非常聪明的国王，生了一位十分美丽的公主。许多国家的国王和王子都仰慕公主的美貌前来提亲，但都被国王回绝了。这到底是为什么呢？原来，国王经常会在夜里睡觉的时候听到这样的话："敬爱的国王啊，如果你把你的女儿嫁给我，我会让她从此过上幸福的生活。"

一开始，国王对这个声音不以为然，但是他经常被这个声音吵醒，等到他点起灯寻找声音的来源时，却又什么都找不到，再上床睡觉，这个声音又响起来了。

国王感到疑惑，便问道："你究竟是谁？你为什么这么有把握能够给我女儿带来幸福呢？"

那个声音回答他："我的身份现在还不能够告诉你，但是有一点我特别肯定，如果你的女儿嫁给我，将会比嫁给其他任何人都要幸福。"

国王思考了片刻，说："行吧，但是如果我的女儿不幸福，那我将不会履行我的诺言。"

几天之后，来向公主求婚的人越来越少。公主看到这情景，十分伤感，她觉得自己生得如此美丽，性格也温柔，来提亲的这么多人，父亲为什么一个都没有接受呢？难道是来提亲的人条件不够优秀？

就这样，有一天晚上，大家在吃饭的时候，公主便问自己的父亲："父亲，我的样貌不错，也有些学问，待人处事都非常和善，从来没有欺负、谩骂过他人。为什么这么多人提亲，你却一个都没有接受呢？我想你应该尽快决定好我未来的丈夫人选，迟迟不决定，我真是连死的心都有了。"

【语言描写】
公主的话里流露出了对国王的埋怨。

国王笑着说："我可爱的女儿呀，在这世界上，我最疼爱的人就是你，我绝不会让你的生活过得绝望悲伤的。既然你都和我这么说了，其实我早就有了主意，我让你怎么做，你就怎么做。你今天晚上就站在你房间的窗户前，穿上你过节时穿的漂亮衣服。如果有人第一个从你的窗户前面走过去，并且看到你了，那这个人将会成为你的丈夫。"

公主听了国王的话感到十分奇怪，也因为自己马上出现的丈夫感到高兴。她急急忙忙吃完晚饭，在卧室里精心打扮了自己许久，然后来到房间最大的窗户前。公主看着窗户外的景色，心想：自己的丈夫会是什么模样呢？过了不久，有一只老鼠来到公主的窗户前，它看见了公主，并向公主摇摇手打招呼。

【心理活动】
公主因为即将出现的丈夫而高兴，表现出公主对爱情的期待。

公主看到向她打招呼的老鼠，十分惊讶，急忙喊国王："父亲，第一个从我窗前经过并看到我的竟然是一只老鼠，你总不会让我和它结婚吧？"

国王来到公主的身边，说："女儿啊，我说过，不管第一个经过你窗户旁的是谁，你未来的丈夫就是他。既然这只小老鼠第一个经过你的窗户，你就和它结婚吧。"

【语言描写】
国王不以貌取人，表现出国王的睿智。

第二天，所有的王公大臣都来到王宫中，国王告诉大家公主的婚礼即将举行。

等到举行婚礼那天，大家坐在王宫大厅的桌子前，餐桌上放着无数美味的食物，大家都在猜测新郎是谁。

【外貌描写】指出又黑又臭的尾巴，强调老鼠惹人厌的形象。

忽然，门外传来一阵敲门声，门很快被仆人打开，一只小老鼠走了进来，它身上穿着迷你的精美衣服，却长着一条长长的又黑又臭的尾巴。

仆人说："你这小老鼠是哪里来的？来这里做什么？"

老鼠回答道："我就是新郎，我是来和公主结婚的。"

这时，王宫的管家说："大家欢迎新郎老鼠的到来。"

国王站起来，说："给老鼠在公主的身边安排一个座位。"

【心理活动】公主的期待和现实存在巨大落差，当然会气愤。

小老鼠像一位绅士一样，有模有样地坐在公主的旁边。看着老鼠这样从容自若，公主心里后悔极了，同时又感到气愤：其他国家的公主的丈夫，都是俊美的王子，或者勇猛的将士，可她呢，她的丈夫竟然是一只老鼠，这是多么可笑的事情啊。公主虽然心里极其不情愿，但是又碍于父亲的情面，不敢将自己的不情愿表现出来。

国王向大家讲述了老鼠为什么成为公主丈夫的故事，每个人都极力讨好国王，赞不绝口："尊贵的国王啊，您真是太聪明，太高尚了。我们应该向您学习，做遵守诺言的人，老鼠理应和公主结婚。"

【行为描写】当面嘲笑老鼠，刻画来宾肤浅愚昧的形象。

听了大家的话，国王非常高兴，便说："大家一起用餐吧。"

忽然，有一些来宾没忍住笑了出来，并且当着小老鼠的面嘲笑它。

小老鼠十分气愤，对国王说："明智的国王啊，我觉得你应该告诫那些嘲笑我的人，如果他们再继续下去，我一生气，他们必定会走霉运。"

【语言描写】表现出国王的英明和睿智。

国王便对宾客们说："你们怎么能够对我的女婿这样无礼？你们对我女婿的不尊重，就是对我的不尊重，这跟他的身份和地位没有关系。"

大家听了，都不再嘲笑小老鼠。然而等到吃饭的时候，麻烦来了，小老鼠太矮了，根本够不到桌子上的菜，尽管仆人给它的座位上垫了许多垫子，但是，它还是没能吃到菜。小老鼠没有办法，就直接跳到了桌子上，在每道菜之间跳来跳去，每道菜都尝几口，欢快极了。然而宾客们都停止了吃饭，嫌弃小老鼠的行为。

【叙述】 菜都被老鼠尝过了，宾客们出于厌恶都停止了吃饭。

小老鼠伸长了脖子在碟子里吃东西，它细长的臭尾巴在一位贵夫人面前晃来晃去，贵夫人感到恶心极了，发起火来："这老鼠也太肮脏了，这是世界上最让人恶心的动物。一只老鼠怎么能够在国王的餐桌上吃东西？"

大家都非常认同贵夫人的话，纷纷表示赞同。小老鼠听到贵夫人对自己的谩骂，生气极了，它猛地抬起头，纵身跳到贵夫人的身上，撕咬着她的头发和衣服，这下可把贵夫人吓得不知所措，小老鼠又跳到其他宾客的身上，咬他们的胡子和假发。然而奇妙的事情发生了，被小老鼠的尾巴碰到的东西竟然消失不见了，所有的东西都消失不见了，包括饭菜、碗筷、桌子，甚至宾客们。

【叙述】 这是一只有魔法的老鼠，引人遐想。

一眨眼的工夫，公主发现自己来到了一个平原上。这个平原上什么也没有，动物、植物、人类，一个身影也没有。公主害怕极了，她忽然明白这只小老鼠是一只有着魔法的神奇老鼠。她哭着说："小老鼠，我为我以前的行为感到抱歉，但是这里是什么地方啊，我一个人害怕极了，你可不可以帮帮我？"

公主惊慌地喊着小老鼠，但是没有人回应她。

公主四处寻找着，忽然看到了一位隐士。隐士问公主："美丽的姑娘，你为什么会在这里呢？这里有许多凶猛的野兽，他们会吃了你的。"

公主回答道："我自己也不知道为什么我会在这里。我想找到我的小老鼠，它能够帮助我。"

【语言描写】 忽然来到一个陌生地方，公主内心充满了迷茫和无助。

隐士想了片刻，说："亲爱的女孩，我没有什么能够帮助你的。但是我建议你往前走，那里有另一位隐士，他比我年长得多，应该能够帮到你。”

公主谢过隐士，便往前走去。她一路哭着呼唤着小老鼠，希望能够得到小老鼠的回应，然而什么也没有。

走了很久，公主终于找到了那位隐士。公主便把自己的经历一五一十地告诉了隐士。隐士听完后说：“我有一个办法可以帮到你。你只要在地上挖一个洞，越深越好，你钻到洞里面，就可以离开这里了。”说完这句话，年老的隐士便不见了。

【语言描写】借隐士的出现引出接下来的情节。

于是，公主听了老隐士的建议，用手不停地挖着洞，就这样过去了一天，洞终于挖好了。公主钻进洞里，忽然发现这洞里还有一条又长又宽的通道。公主按照隐士的话不停地向前走去。这时，公主挖的洞忽然被堵上了，她没有办法，只能够继续往前走。走了很长一段时间，她听到潺潺的水声在前面响起。一个大而深的池塘出现在公主的眼前。前面没有路可以走了，后面也被泥土给封死了，公主感到十分害怕，无助地哭了起来，她又试着呼唤小老鼠，然而还是没有人回应她。

【行为描写】迷茫无助的公主想到了小老鼠，引出下文。

突然，地洞的上方涌出来许多水，流进池塘中，公主来不及躲闪就被卷进了池塘中。忽然，公主发现在池塘下面有一座大而精美的宫殿。公主来到宫殿中，在第一个房间里的所有东西都是水晶做的，闪闪发光，美丽极了，简直像在童话世界里。第二个房间里都是些贵重的天鹅绒做成的东西。第三个房间里都是用黄金做成的设施，闪着金光。公主一连看了十几个房间，所有的房间都是用非常珍贵的材料做的。走了一段时间后，公主来到了客厅。客厅的桌子上全是美味可口的食物，公主累了一天，实在是太饿了，她在餐桌前狼吞虎咽地吃起来。吃完饭之后，公主随便走进一个房间，上床便开始睡觉。

阅读笔记

夜晚，公主忽然听到了什么声音，像是老鼠奔跑的声音。不久，一只老鼠跳上了公主的床，钻进了公主的被子里。公主害怕极了，她躲在被子里颤抖着身体，不敢吱声。过了一会儿，公主便又进入了梦乡。第二天公主醒来，她又在宫殿中寻找着，但是没有发现任何人。每到中午、晚上要准备吃饭了，客厅的桌子上都会准时有冒着热气的可口菜肴出现。可是，当公主用完餐上床睡觉的时候，却又能够听到像第一天晚上听到的声音。公主还是和第一晚一样害怕，什么都没说。

【铺垫】这只老鼠会是公主期待的小老鼠吗？为下文做铺垫。

【心理活动】公主在这个神秘又陌生的地方感到十分无助，难免心存戒备。

到了第三天的晚上，公主又听到了小老鼠的声音，她试着说："小老鼠，虽然我以前不喜欢你，但是现在我非常需要你能够帮助我，我喜欢你。"

这时，一个动听的声音在公主的身旁响起："你点灯吧。"

公主疑惑地点燃了一支蜡烛，这时，一个俊美的少年出现在她的眼前，哪里有什么老鼠，公主惊讶极了。少年笑着看着公主说："我亲爱的公主，那只有着长长的臭尾巴的老鼠就是我。我其实是一位王子，但是我被一个巫师变成了一只老鼠，只有一位美丽的姑娘经受住磨难的考验并爱上我，我才能够变成原来的样子。谢谢你经历了这些艰难险阻将我解救出来，我美丽的公主。"

【语言描写】借王子的话交代前因后果，方便读者阅读。

公主开心极了，她多么庆幸父亲让她做的这个决定，为她挑选了这样一位英俊优秀并且深深地爱着自己的丈夫。公主和王子紧紧地拥抱在一起。第二天，他们便重新回到了宫殿中，并举行了一场壮观的婚礼。随后，公主跟随王子回到王子的国家，从此他们过上了幸福的生活。

拓展阅读

名师点拨

故事的主要情节也是故事的精彩之处——人们对老鼠王子的态度。国王、王公大臣，还有公主，读者从这些人物对待老鼠王子的态度上，能看到各个人物的性格特征，从中明白道理。

回味思考

1.宾客们为什么都停止吃饭？

2.王子为什么会变成老鼠？

好词收藏

回绝　不以为然　和善　从容自若　勇猛　赞不绝口

好句积累

◈ 一开始，国王对这个声音不以为然，但是他经常被这个声音吵醒，等到他点起灯寻找声音的来源时，却又什么都找不到，再上床睡觉，这个声音又响起来了。

◈ 她急急忙忙吃完晚饭，在卧室里精心打扮了自己许久，然后来到房间最大的窗户前。

◈ 看着老鼠这样从容自若，公主心里后悔极了，同时又感到气愤：其他国家的公主的丈夫，都是俊美的王子，或者勇猛的将士，可她呢，她的丈夫竟然是一只老鼠，这是多么可笑的事情啊。

◈ 公主来到宫殿中，在第一个房间里的所有东西都是水晶做的，闪闪发光，美丽极了，简直像在童话世界里。

善良的贝琳达

名师导航

贝琳达一家从富裕的生活环境一下子跌落到贫穷的农家环境，更倒霉的是，贝琳达的父亲不小心得罪了一只妖怪。这只妖怪要贝琳达做他的妻子，贝琳达会答应吗？

很久以前，有一个叫作里窝那城的地方，在城里住着一位富有的商人。商人有三个年轻貌美的女儿，大女儿叫阿苏达，二女儿叫卡罗丽娜，三女儿叫贝琳达。商人十分宠爱自己的女儿们，他总是竭尽所能地为三个女孩提供最好的生活，三姐妹永远都穿着最时髦的裙子，戴着最珍贵的珠宝，城里的所有女孩都十分羡慕她们的生活。

三姐妹的性格并不相同，两个姐姐为人傲慢，眼高于顶，总认为自己是高高在上的公主。不仅如此，她们还十分爱嫉妒，如果有人穿了漂亮的裙子，她们就会让父亲想办法买来更漂亮的。可三女儿贝琳达却与两个姐姐截然不同，她为人低调，谦逊和善，懂得为他人考虑。

【对比】对比两个姐姐，更突显出贝琳达的优秀。

十几年一眨眼就过去了，三个女孩都出落成窈窕淑女，城中的富人和贵族们纷纷来到富商家中向女儿们求婚。可是阿苏达和卡罗丽娜认为美丽高贵的自己只应该嫁给王子，这些普通人是配不上自己的。

对于那些上门求婚的人，她们总是毫不留情地拒绝，甚至羞辱对方："像你这种身份想要娶我？简直就是癞蛤蟆想吃天鹅肉，痴心妄想！"

【语言描写】表现出人物虚荣、傲慢的性格。

【语言描写】可见贝琳达也没有遇到自己的中意之人，但她很有礼貌。

而贝琳达则和姐姐们不同，她会委婉地告诉这些求婚者："能得到您的青睐，是我的荣幸！可是我年纪尚小，谈婚论嫁为时过早。我想留在家中多陪陪我的父亲，婚姻大事，过几年之后再说吧。"

可是月有阴晴圆缺，人有旦夕祸福，幸运并不会一直伴随着三姐妹。有一天，她们的父亲面色凝重地对她们说："孩子们，有个坏消息我不得不告诉你们。之前，我派了一艘货船去海外进货，可是我刚刚得到消息，货船在海上遇到风暴失踪了，货物自然也没有了。这件事对我的生意是一个沉重的打击，我恐怕快要破产了。"果然，商人把所有的债务还清之后便所剩无几了，他现在拥有的财产就只剩下农村的一间破屋和几亩薄田。

【叙述】家道中落，三个女儿又会有怎样的反应？引出下文。

所有的仆人都被遣散，房屋被变卖，商人只好带着一家人来到了农村的那间破屋里居住。每天早上天不亮，他便要起床去田里工作，辛勤地劳动一天，直到太阳下山，才能拖着疲惫的脚步回到家中休息。阿苏达和卡罗丽娜对于搬到农村一事感到十分不满，她们总是跟父亲说："这里的条件实在太差了，屋子又脏又破、又旧又臭，我们要回到城里去住才行。那些富商和贵族们不是都想娶我们做妻子吗？我们从中挑一个就可以了。"

阅读笔记

可是富商却这样回答他的两个女儿："孩子们，你们太天真了。如今咱们家穷得叮当响，连一袋铜钱都凑不出来，更别说为你们准备丰厚的嫁妆了。城中的那些势利眼，如今又怎么会愿意娶你们呢？"

【心理活动】自以为是，反映出她们愚蠢无知的内心。

可是阿苏达与卡罗丽娜并不相信父亲的话，她们认为自己年轻貌美、高贵典雅，即使落魄了，也一定会有很多人来求婚。可是事实证明，她们的父亲更懂人心。自从富商破产之后，原来与他过从甚密的人们，如今都躲着他，更别提上门求婚了。

甚至有人这样说："落毛的凤凰不如鸡。他的大女儿和二女儿当初眼高于顶，对我们爱答不理，甚至百般羞辱。如今他家破产了，她们应该知道生活有多艰难了，倒要看看那两个姑娘还能不能继续当公主。"

可是贝琳达却依然受到众人的喜爱，不少富商和贵族的少爷，甚至追到乡下向贝琳达求婚。他们认为贝琳达拥有美好的品质，美丽而善良，这些是花多少钱都买不来的。可是贝琳达向他们表示感谢之后，仍旧拒绝了所有人的求婚。她说："感谢你们的厚爱。可如今父亲生意失败，家里正是困难的时候，我应该帮助父亲渡过难关，而不能只顾自己享受。"

【对比】对比两个姐姐的遭遇，更突出了贝琳达的美好品质。

商人一家刚搬到农村，贝琳达便在第二天早早起床。没有了仆人，她便主动承担起了做早饭、打扫房间的工作，还为父亲准备好下田要用的各种工具。可直到日上三竿，她的两个姐姐依然赖在床上。起床之后，两人也是游手好闲，无所事事，还经常找机会欺负贝琳达。

【行为描写】主动干活，表现出贝琳达勤劳朴素的品质。

贝琳达劝两个姐姐说："姐姐们，如今父亲遇到难关，我们应当为他分担家务，让他少受点苦。"可是姐姐们却说："我们都是金枝玉叶，怎么能干这些粗活？你这么孝顺，你去做吧。"

就这样，半年过去了。这一天，父亲突然收到一封信，信上说，当初失踪的那艘货船终于回到了里窝那城，万幸的是，船上的货物并没有全部落水，还留有一部分。

【叙述】情节再次出现转折，三个女儿又会有怎样的表现？引出下文。

父亲得到这个消息，喜出望外，连忙告诉了三个女儿。阿苏达和卡罗丽娜高兴得手舞足蹈，她们认为终于能够摆脱现在的苦日子，能够回到城里继续做高贵的小姐了。

父亲在出发前问三个女儿："我现在就要启程前往里窝那城，我要去清点一下那船上剩下的货物，也许回来的时候可以给你们带些礼物，你们想要什么？"

【语言描写】

大女儿和二女儿只想要奢侈品，表现出二人的虚荣心。

大女儿阿苏达说："我要一条裙子，要用上好的丝绸缝制。"

二女儿卡罗丽娜说："我想要一条红色的丝巾。"

可是小女儿贝琳达却沉默不语。父亲笑着问她："我的宝贝女儿，难道你就没有想要的礼物吗？"

贝琳达想了想，回答说："亲爱的父亲，我知道您爱我，可是我们现在还没有渡过难关，手头并不宽裕，买那些奢侈的礼物为时尚早。我只需要您为我带回一朵鲜花，那样我就会很快乐了。"

【语言描写】

嘲笑自己的妹妹，表现出大女儿和二女儿的愚昧。

姐姐们听到贝琳达的话，忍不住捧腹大笑，嘲笑她说："真是个傻丫头！鲜花哪里没有，还需要父亲大老远带回来吗？"可是贝琳达只是默默地笑了笑。

她们的父亲出发了，日夜兼程走了两天才到达里窝那城。正当他准备登船清点自己的货物时，他发现码头上来了一些他相识的商人。为首的商人说："老朋友，当初我们出钱请你购买货物运回来。可如今船在海上遇到风暴，货物只剩下这么一点，对我们造成了巨大的损失，你应该给我们赔偿。"父亲一听十分难过，但是他知道商人所言不虚，自己的确应该赔偿对方的损失。他说道："你说的我都懂。可如今我已经破产，实在无力偿还。这船上还剩下一点货，我就留给你们吧，权当我对你们的赔偿了。"商人们知道他实在拿不出更多的钱，况且之前也多次受他恩惠，便同意了他的提议。

阅读笔记

【行为描写】

可见这是位十分包容，且疼爱自己女儿的父亲。

就这样，可怜的父亲两手空空、满怀希望地来到里窝那城，现在又要两手空空、大失所望地离开这里。可即便如此，他也不希望自己的女儿们希望落空，于是他把身上所有的钱都拿出来，为大女儿买了一条丝绸缝制的裙子，为二女儿买了一条红色的丝巾，然后他带着这些东西踏上了回家的路。当太阳下山时，他发现自己在一片森林里迷失了方向。天越来越黑，周围越来越冷，风在不停地呼啸着。他精疲力竭地靠着一棵树休息，可在黑暗中，他突然听到了狼群的嚎叫，他心想，这次恐怕凶多吉少了。

正当他深感绝望时，在森林深处的一点灯光引起了他的注意。就像落水的人抓住了救命稻草，他飞快地奔向那点灯光。跑了很久，他终于发现前面是一座宫殿。宫殿门前挂着一盏路灯，在风中摇晃，散发出温暖的光芒。这位父亲壮着胆子走进宫殿，他大声询问着："有人在吗？"可是没有人回答他。于是，他便一个房间一个房间地查看，希望能找到主人。可除了壁炉里燃烧着的柴火发出噼啪的响声，整座宫殿里一点声音、一个人影都没有。

【叙述】森林深处的宫殿？充满童话色彩，引人遐想。

他只好来到壁炉前，把自己湿透了的衣服脱下来烘烤。温暖的环境让他终于平静下来，可以静心思考，他想着："不知这是谁的宫殿，但壁炉在燃烧着，主人应该没有走远。等会儿他回来，我可以请求他让我在这里留宿一晚，明天天一亮我再继续赶路。"

【心理活动】并没有乱动主人家的物品，表现出人物守礼貌的优点。

他等了很久，衣服都已经烘烤干了，还不见有人回来。于是，他穿好衣服，又到每一个房间去找人。当他路过餐厅时，发现餐桌上摆放了很多食物，他实在太饿了，便坐下来狼吞虎咽地吃了起来。

吃完饭他又等了很久，可依然没有主人回来，于是他在一个房间里找到一张床，便上床休息了。

他睡得十分香甜，一觉醒来，天已经亮了。他伸了个懒腰，扭头却发现床边放着一套崭新的衣服。他猜想，这是善良的主人为他准备的，便想着下楼找主人表示感谢。可找了一圈，宫殿里还是一个人影也没有。于是，这个父亲便换好衣服准备离开。当他路过花园时，看见里面的玫瑰娇艳欲滴，他想起小女儿希望自己带回一朵鲜花，便决定在花园中摘一朵花带走。

【设置悬念】是谁放置的衣服呢？让读者产生好奇心。

他在花园中转了转，选了一朵颜色最鲜艳、形状最美丽的玫瑰摘了下来。可当他准备离开时，一声怒吼从花园深处传了出来。突然，一个十分丑陋的妖怪出现在父亲面前，他咆哮着："你这个不知好歹的人，我好心好意让你在此留宿，为你提供美食，为你提供新衣，你却还想偷走我的玫瑰，你要为自己的贪婪付出代价，我要杀了你。"

【语言描写】说明这个妖怪天性纯粹，疾恶如仇。

这位父亲早已经被吓得两腿发软、抖个不停，他连忙跪在妖怪的脚边，祈求道："请您原谅我，我不是要偷走您的鲜花，我只是想为我的女儿带一朵美丽的玫瑰。"接着，他便把自己的遭遇一五一十地告诉了妖怪。

妖怪听了商人的一番话，便不再像刚才那样愤怒。他问道："你的女儿果真像你说的那样心地善良吗？把她带到我这里来，我会让她像王后一样生活。如果你不同意，我便不会放过你，我甚至会到你的家里去，你全家人都将性命不保。"

【语言描写】将矛头引向小女儿，引出接下来的故事情节。

可怜的父亲被吓坏了，连忙带上自己的行李，从宫殿中跑了出去。

【行为描写】可见人物内心十分惊慌、着急，生怕耽误了妖精的交代。

他一刻也不敢停歇，一直跑回了农村的家。到家后，女儿们高兴地围绕着他。当大女儿阿苏达和二女儿卡罗丽娜得到了自己的礼物时，更是欣喜若狂，对着父亲不停地撒娇。接着，父亲便拿出了带给贝琳达的鲜花，然后心有余悸地把他一路的经历告诉了女儿们。

父亲刚讲述完，大女儿阿苏达便哭诉道："父亲，这都怪贝琳达，如果不是她非要什么鲜花，你早就平安无事地回来了，又怎么会惹怒那个妖怪？如今倒好，我们一家都要遭这无妄之灾！"二女儿卡罗丽娜也附和着姐姐的话。

【语言描写】将错误归结到小女儿身上，表现出大女儿愚蠢、自私的内心。

这时，贝琳达平静地对父亲说："父亲，此事因我而起，我会解决的。那妖怪既然让我去陪他，便不会加害于我，明天我便和你一起去找他。如此一来，你和姐姐们就不用害怕了。”

第二天一早，父亲起床便发现卧室里多了一个箱子。他打开一看，全是他当时在妖怪宫殿里见到过的奇珍异宝，他知道妖怪来找他了。于是，他把箱子放在床底下藏好，什么也没说，就带着小女儿出发了。等到太阳落山，父女俩终于来到了妖怪的宫殿。

贝琳达跟随父亲走进宫殿，里面依旧空无一人。他们来到餐厅，看见餐桌上摆放着很多美味佳肴，便坐下来开始享用。刚吃了没几口，一声恐怖的吼叫传了过来。贝琳达扭头一看，一个十分可怕的妖怪出现在餐厅门口。贝琳达被吓得不知所措，她从来没有见过这样一张恐怖丑陋的脸庞。

妖怪问道：“美丽的姑娘，你是自愿来这里的吗？”

贝琳达回答：“当然。”

妖怪对贝琳达的回答很满意。他给贝琳达的父亲一个大大的口袋，里面装满了各种奇珍异宝，他让父亲赶快回家，以后再也不许到这里来。

父亲知道自己再也无法见到小女儿，哭得十分伤心，但是他没有别的选择。他深情地吻了吻女儿的额头，便离开了妖怪的宫殿。

妖怪在父亲离开后，并没有长时间逗留，只是简单地交代了贝琳达几句话就出去了。贝琳达一个人在空荡荡的宫殿里待了一会儿，便找到一间卧室休息了。

第二天一早，贝琳达睁开眼便看见床边放着一条漂亮的裙子。她穿好裙子，在卧室里四处看了看，发现橱柜里的每一件衣服都绣着“贝琳达的衣服”几个字。不仅如此，她发现这种牌子在宫殿里随处可见，上面写着“贝琳达的房间”“贝琳达的餐厅”等等。

贝琳达在宫殿里四处溜达，可是一天下来也没见到一个人影。等到晚饭的时候，她来到了餐厅，餐桌上不知何时

【语言描写】

说明妖怪并不是个坏蛋，相反还十分有礼貌。

【设置悬念】

妖怪为什么要匆匆离开？引起读者的好奇心。

【叙述】

妖怪在夜里为贝琳达做了这些，表现出妖怪的细心。

已经摆满了各种美酒佳肴，贝琳达毫不客气地坐在餐桌旁大快朵颐，而此时那个丑陋的妖怪又出现了。

【语言描写】说明妖怪优雅、守礼。

他彬彬有礼地问道："美丽的贝琳达小姐，我是否有这个荣幸与你共进晚餐？"

"当然可以，你是这里的主人，我只是你请来的客人而已。"贝琳达笑着回答。

可是妖怪却回答道："不，这里的一切都是属于你的。无论是这个宫殿，还是这里面的一草一木，你才是它们的主人。"

阅读笔记

贝琳达对于妖怪的话感到很吃惊，可是妖怪却不再多说一句。又过了一会儿，妖怪问："贝琳达小姐，你也认为我十分丑陋吗？"

贝琳达想了想，回答说："如果单说外貌，我的确没有见过像你这般丑陋的脸庞。但是，我们看一个人不能只看外貌，更要看他的内心。你有一颗金子般善良的心，这让你看起来温柔了很多。"

贝琳达的回答让妖怪十分高兴，他接着问："那么，你愿意成为我的妻子吗？"

【语言描写】贝琳达十分诚恳，没有伤害，也没有欺骗妖怪。

贝琳达回答道："我想我应该对你坦诚，虽然你很善良，但你不是我想要结婚的人。"

妖怪听到她的回答，什么也没说，摇摇头就离开了。

【行为描写】每天都在为贝琳达做事，可见妖怪富有耐心。

一连几个月都是这样，每天晚饭的时候，妖怪便会出现并和贝琳达共进晚餐。其间，他会询问贝琳达是否改变主意愿意嫁给自己，可是每一天贝琳达都拒绝了他。被拒绝之后，妖怪并没有做任何出格的事，更没有伤害贝琳达，他总是摇摇头就离开了。慢慢地，贝琳达习惯了有妖怪的陪伴。如果某一天的晚上，妖怪没有出现并和她一起吃饭，贝琳达反而会觉得很不习惯。

这一天天气晴好，妖怪一大早便陪着贝琳达在花园里散步。花园中有很多奇花异草，他们一边走，妖怪一边向贝琳达讲解这些植物的与众不同之处。走着走着，他们看见了一棵树，妖怪说道："这棵树叫作悲喜树，它的树叶可以预示好事或坏事的发生。如果这棵树的树叶全都指向天空，那么你的家中就会有喜事发生；如果它的树叶全部指向大地，那么你的家里一定发生了让人悲痛的事情。"

【语言描写】借妖怪之口解释悲喜树的神奇之处，为下文做铺垫。

没过几日，贝琳达又去花园里散步。这一次，她发现悲喜树的树叶全都直直地指向天空，她惊讶地问妖怪："悲喜树这样子是说明我的家里有好事发生吗？到底是什么事情呢？"

妖怪回答说："你的大姐阿苏达马上就要嫁为人妻了。"

贝琳达一听喜出望外，接着说："这真是天大的喜事！我多么希望能够去参加她的婚礼，可以吗？"

妖怪不忍心让贝琳达失望，便回答："你想去参加婚礼可以，但十天之内你必须要回到我身边，否则我就会死去。"

【埋伏笔】交代期限，为下文的意外埋下伏笔。

说完这些，妖怪拿出一枚镶嵌有宝石的戒指送给了贝琳达。他说："这枚宝石戒指有魔力。宝石的颜色会发生变化，当颜色暗淡时就说明我遇到了麻烦，我需要你马上赶到我身边来帮助我。"

交代完这些，丑陋的妖怪便带贝琳达在宫殿中挑选了很多珠宝首饰和漂亮的衣服，让她带回家作为给家人的礼物。准备好这些，贝琳达便满心欢喜地上床睡觉了，她期待着第二天与家人的团聚。

【行为描写】表现出妖怪的细心周到。

第二天清晨，贝琳达一觉醒来，睁眼一看，却发现自己并不在妖怪的宫殿中，而是在农村的家里，她前一天晚上准备的珠宝首饰和各种礼物也随之放在床边。家人看见贝琳达完好无损地回来了，别提有多高兴了。她的父亲甚至激动地流下了眼泪！

贝琳达将自己在宫殿中的生活详细地告诉了父亲和

【心理活动】收了贵重礼物还嫉妒，可见两个姐姐心胸狭窄。

两个姐姐，又把带给他们的礼物都拿了出来。两个姐姐接过礼物虽然很开心，但更多的是对妹妹的嫉妒。虽然他们的父亲从妖怪那里得到了很多金银财宝，生活得到了很大的改善，可这与他们之前在城里的生活相比，还是有天壤之别。如今，阿苏达的未婚夫只是一个再普通不过的农村木匠，她知道自己永远无法再过上以往那样奢华的生活了。

【语言描写】表现出两个姐姐贪婪、虚荣的本性。

贝琳达手上的那枚魔法宝石戒指，更让两个姐姐看直了眼，她们纷纷向妹妹说道："你手上的那枚戒指真是太漂亮了，我从来没有见过那么璀璨的宝石，把它摘下来借给我戴一戴吧。"两个姐姐戴着贝琳达的戒指，却不想还给她，她们认为妹妹一向慷慨大方，不会太在意这一枚小小的戒指。可是没想到，贝琳达却一反常态，十分看重这枚戒指。每天早上的第一件事，就是缠着两个姐姐将戒指还给自己，最后甚至哭得上气不接下气。这让父亲十分生气，他将大女儿和二女儿狠狠训斥了一顿，两个姐姐只好把戒指还给贝琳达。贝琳达仔细一看，却发现宝石已经变成灰色，她心想着："不好！宫殿里的那个妖怪一定遇到麻烦了，我必须马上回到他身边去帮助他。"

【心理描写】贝琳达信守承诺，她通过戒指知道妖怪出事了。

贝琳达匆匆忙忙地赶回宫殿，发了疯一样四处寻找妖怪的身影，可无论她如何大声呼喊，也没有人回答她。贝琳达忐忑不安，十分难过，一直到吃晚餐的时间，妖怪才终于出现。

他对贝琳达说："你离开了那么长时间，我都生病了，你要是再不回来，恐怕真的再也见不到我了。亲爱的贝琳达，你就那么讨厌我，不愿意和我在一起吗？"

【语言描写】妖怪为什么渴望结婚呢？引人遐想。

贝琳达脱口而出："不，我喜欢你。"

妖怪一听，喜上眉梢，问道："这么说，你愿意嫁给我了。"

可贝琳达却犹豫了，回答道："不，我并不想成为你的妻子。”

妖怪听了这话，悲伤地摇摇头，便离开了。

一眨眼，几个月的时间过去了。有一天，贝琳达发现那棵悲喜树的树叶又一次直直地指向天空。妖怪告诉她，这一次是她的二姐卡罗丽娜要结婚了。

和上一次一样，妖怪同意让贝琳达回家参加姐姐的婚礼。另外，还给她准备了很多金银珠宝、首饰衣服，作为给家人们的礼物。当贝琳达回到家中，父亲和姐姐们依旧十分热情地欢迎她，两个姐姐更是围着她嘘寒问暖，对她关怀备至。可贝琳达不知道的是，姐姐们对她的嫉妒已经超过了对她的喜爱，这些不过是虚情假意罢了。

【心理活动】刻画出两个姐姐虚伪、势利的形象。

第二天，两个姐姐又编出各种各样的借口，骗走了贝琳达的魔法宝石戒指，并且和上一次一样迟迟不愿归还。等贝琳达费尽口舌，好不容易把戒指要回来时，她发现宝石的颜色比上一次更加黯淡了。她马不停蹄地赶回宫殿。

贝琳达回到宫殿，四处寻找妖怪的身影，却毫无收获。到吃晚饭时，妖怪才拖着疲惫的身躯出现在餐厅，此时的他看上去是那么虚弱，他对贝琳达说：“我差点就没命了，下一次你若再不能按时返回，我就真的要死了。”

【埋伏笔】贝琳达一次比一次迟，下一次还会更迟吗？为下文埋下伏笔。

很快，一年的时间过去了。这一天，贝琳达发现悲喜树的树叶全都指向了大地，整棵树看上去也毫无生气。贝琳达连忙去找妖怪，忧心忡忡地告诉他：“悲喜树的树叶都垂下来了，难道我的家里有什么不好的事情要发生了？”

妖怪语气凝重地回答：“没错，你的父亲就快要离开人世了。”

这个消息对贝琳达而言，无异于晴天霹雳。她抽泣着说：“父亲是这世界上最爱我的人，也是这世界上我最爱的人。请让我去送他最后一程吧，我保证这一次一定会提前

【叙述】

妖怪懂得理解他人，充分表现出妖怪善良的本性。

返回。”

善良的妖怪不忍心拒绝贝琳达的请求。

第二天，贝琳达一睁开眼便已经回到了农村的家中。她飞奔到父亲的床前，看见躺在床上的父亲瘦骨嶙峋、一动不动，便伤心地哭了起来。她的哭声惊醒了父亲，父亲虚弱地抬起手轻轻抚摸贝琳达的头发，说道：“我可爱的小女儿回来了，这真是太好了。”

贝琳达留在家中，精心侍奉着病中的父亲。渐渐地，父亲的病竟然有了好转。

这一天，贝琳达在厨房做饭，顺手摘下宝石戒指放在桌子上，可当她把饭做好后却发现戒指不翼而飞，她四处寻找也没找到。贝琳达又着急又生气，她猜想一定是两个姐姐拿走了戒指，便去找姐姐们理论。两个姐姐禁不住她苦苦哀求，只好把戒指交出来。此时，贝琳达却发现戒指上的宝石几乎全部变黑了，只有一个小角落还是白的。她知道宫殿里的妖怪一定出事了，于是连忙赶了回去。可是，这一次却和以往都不同，宫殿里一片漆黑，没有了往日的璀璨灯火，四处阴森森的。贝琳达一边哭着一边喊着，可是妖怪却始终没有出现。

【叙述】

这次的情况变得更严重了，制造紧张感。

贝琳达跌跌撞撞地来到了花园里，在玫瑰花下，她找到了奄奄一息的妖怪。贝琳达肝肠寸断，她将妖怪扶起来抱在怀中，不停地呼喊着他的名字。突然，贝琳达发现妖怪的心脏还在微微跳动着，她更加大声地哭叫：“求求你不要离开我，我不能没有你。你千万不要死，快醒过来吧，只要你醒过来，我就答应做你的妻子。”

【语言描写】

贝琳达答应的原因更大成分在于自责和感动的心理。

话音刚落，宫殿就发生了奇妙的变化。所有的灯光再一次点亮，将宫殿映衬得美轮美奂，优美的音乐从宫殿中传来，而花园里的玫瑰则更加娇艳芬芳。贝琳达听到了优美的歌声，不由得转头望去，宫殿的变化让贝琳达惊讶得目瞪口呆，当她回过神来，却发现怀中的妖怪已经不知所踪。

而旁边的玫瑰花丛里却站起来一位英俊的年轻人，他慢慢地走向贝琳达，深情地望着她，对她说："亲爱的贝琳达小姐，你救了我，我该怎样感谢你呢？"

【叙述】这个年轻人是谁呢？引人遐想。

贝琳达一头雾水，说道："我们并不认识，我怎么会救了你的命啊？我刚刚的话是对那丑妖怪说的。"

年轻人笑着对贝琳达说："那个丑妖怪就是我呀！我得罪了邪恶的巫师，他给我施了魔法，让我变成了那丑陋的样子，要想解除魔法，只有一个办法，那就是要有一位美丽的姑娘自愿做我的妻子。"

【语言描写】解释前因后果，方便读者阅读理解。

贝琳达一听，又惊又喜，和年轻人相拥在一起。后来贝琳达才知道，原来这个年轻人是一个国王。他恢复原样之后，就和贝琳达回到了自己的国家。接着他又派人把贝琳达的父亲和两个姐姐也接到了王宫。

贝琳达的父亲见自己的小女儿成为王后，十分高兴。而她的两个姐姐则受到了应有的惩罚，变成了宫殿门口的两尊石像。

【叙述】父亲十分疼爱小女儿，为她感到高兴。

从此以后，贝琳达便与深爱她的国王幸福地生活在一起。

拓展阅读

名师点拨

作者将贝琳达的两个姐姐作为对比，将贝琳达身上的美好品德衬托得淋漓尽致。当贝琳达和妖怪相遇后，故事的情节正式推向精彩之处。在妖怪日复一日地付出下，他和贝琳达水到渠成地走到了一起，成就了故事的美好结局。

回味思考

1.贝琳达一家为什么要搬到农村?
2.妖怪为什么说要杀掉贝琳达的父亲?

好词收藏

竭尽所能　眼高于顶　高高在上　截然不同　谦逊　青睐
所剩无几　遣散　爱答不理　无所事事　捧腹大笑　恩惠

好句积累

◈ 商人十分宠爱自己的女儿们,他总是竭尽所能地为三个女孩提供最好的生活,三姐妹永远都穿着最时髦的裙子,戴着最珍贵的珠宝,城里的所有女孩都十分羡慕她们的生活。

◈ 每天早上天不亮,他便要起床去田里工作,辛勤地劳动一天,直到太阳下山,才能拖着疲惫的脚步回到家中休息。

◈ 就这样,可怜的父亲两手空空、满怀希望地来到里窝那城,现在又要两手空空、大失所望地离开这里。

◈ 他精疲力竭地靠着一棵树休息,可在黑暗中,他突然听到了狼群的嚎叫,他心想,这次恐怕凶多吉少了。

◈ 就像落水的人抓住了救命稻草,他飞快地奔向那点灯光。

◈ 可除了壁炉里燃烧着的柴火发出噼啪的响声,整座宫殿里一点声音、一个人影都没有。

阅读总结

YUEDUZONGJIE

《欧洲民间故事》读后感

前几天我过生日，妈妈送给我一本书，书的名字是《欧洲民间故事》。刚拿到书，我就迫不及待地阅读起来。

在看过的故事中，给我印象最深的一个故事是《林中的睡美人》。这个故事是这样的：

一位国王很想有一个孩子，后来王后终于生下了一个女儿。他非常高兴，举办了一场盛宴，邀请国内的七位仙女参加。仙女给这个小公主送上了最好的礼物。有一位不请自来的老仙女说："公主会被纺锤刺破手，最终惨死。"所有在场的人都大惊失色。这时，小仙女还没有献上她的礼物，便走上前来说："国王和王后，你们不用担心，小公主不会死去。尽管我的法力不能推翻前一位仙女说的——纺锤会刺破公主的手，但我能保证她不会因此死去，她会沉睡一百年。过了一百年，就会有一位年轻的王子来唤醒她。"国王命令所有人都不能用纺锤、纺线，不能私藏纺锤，否则会被处死。但悲剧还是发生了，小公主在十五六岁的时候还是睡了过去。一百年过去了，等候多年的睡美人，终于等到了解救她的王子，沉睡多年的她，终于获得了自由。而王子的努力最终也换来了圆满的婚姻和爱情。

其实在现实生活中也一样，只要你努力了，就会有收获。如果你的收获不够大，那只能说明你还不够努力。用一颗真诚的心去面对这个世界，打败阻碍你的困难，获得完美的结局。

知识考题

一、填空题

1.希特尔·彼得被村里人称为“聪明人”，但是这个称呼却引起村里三个________的嫉妒。

2.盖尔什留给财主的三个皮箱是________的。

3.《林中的睡美人》这个故事中，王子的母亲的身份是________。王子和公主的两个孩子分别叫________、________。

4.《海陆两行船》中，男孩的三个随从各有特点，分别是________、________、________。

5.螃蟹每天晚上都会下一颗________。

6.鸽子姑娘的真实身份是一位________。

二、判断题

1.卷毛角吕盖很聪明，他娶了一个很漂亮的公主做妻子，并且和妻子分享自己的美貌。(　)

2.玛丽亚公主十分善良。(　)

3.贝琳达并不是真的喜欢那个丑妖怪，只是为了救他才故意那样说的。(　)

4.罗西娜被小青蛙诅咒，之后又被继母陷害，于是变成了一条蛇，最终浴火重生。(　)

5.厄仑史皮格尔真的教会了驴子读书认字。(　)

6.毛地黄最后变成了一个英俊的小伙子。(　)

三、简答题

1.《伟大的欧东那格国王》一文中，作者大肆赞美老国王，这说明了什么？

2.《浴火重生的罗西娜》一文中，小青蛙是如何诅咒罗西娜的？

3.《金角小牛》一文中，继母和她的女儿最后受到了什么惩罚？

参考答案

一、填空题

1.农夫　2.财主的儿子　3.妖精　晨曦　白昼　4.能吃　能喝　能扛重　5.金蛋　6.公主

二、判断题

1.×　2.√　3.×　4.√　5.×　6.√

三、简答题

1.从作者对老国王的大肆赞美中，我们应该看到人们对一位英明领导者的敬仰，以及人们对美好生活的向往。

2.小青蛙说："我诅咒她永远不能看到阳光，一旦见到阳光，就会立刻变成一条蛇，除非她能够钻进燃烧的火炉，否则就无法恢复原样。"

3.继母和她的独眼女儿被王子关进了一座监狱。

图书在版编目(CIP)数据

欧洲民间故事 / 廉东星 编. 一北京 : 东方出版社, 2021.10
(世界经典文学名著)
ISBN 978-7-5207-2318-3

Ⅰ. ①欧… Ⅱ. ①廉… Ⅲ. ①民间故事一作品集一欧洲 Ⅳ. ①I507.3

中国版本图书馆 CIP 数据核字(2021)第 147899 号

欧洲民间故事
(OUZHOU MINJIAN GUSHI)

编　　者: 廉东星
责任编辑: 刘　军
出　　版: 东方出版社
发　　行: 人民东方出版传媒有限公司
地　　址: 北京市西城区北三环中路 6 号
邮　　编: 100120
印　　刷: 湖北画中画印刷有限公司
版　　次: 2021 年 10 月第 1 版
印　　次: 2021 年 10 月第 1 次印刷
开　　本: 715 毫米× 1020 毫米　　1/16
印　　张: 14.625
字　　数: 176 千字
书　　号: ISBN 978-7-5207-2318-3
定　　价: 25.80 元
发行电话: (010) 85924663 85924644 85924641